# たとえ祈りが届かなくても
# 君に伝えたいことがあるんだ

汐見夏衛

Even if my prayers go unanswered,
I have something to tell you.

角川書店

イラストレーション　雨森ほわ
ブックデザイン　モンマ蚕
（ムシカゴグラフィクス）

目の前にはいつも、たくさんの分かれ道がある。
私たちはその中からひとつの道を選び取り、足を踏み入れる。
選べる道は、ひとつだけ。
選んだ道は、変えられない。
過ぎた時間は戻らない。
失ったものは返らない。
やり直しはきかない。
どんなに深く悔やんでも、どんなに強く願っても、過去を変えることはできない。
そんなことは分かっている。
分かっているけれど、でも、それでも私は、取り戻したかった。
過去も、未来も、なにもかも変えたかった。
全部はじめからやり直して、彼を、救いたかった。

# 1章 祈り

Even if my prayers
go unanswered,
I have something
to tell you.

さらさら、ちちち。鼓膜を優しく撫でる音。

今日も私は、小川のせせらぎと小鳥の囀りで目を覚ます。

そう言うとなんだかひどく優雅な生活をしているみたいに聞こえるけれど、ただのスマホのアラーム音だ。

以前はお気に入りの楽曲が流れるように設定していたけれど、真綿に包まれたような心地いい眠りを切り裂かれるたびに、優しくて綺麗だと思っていた歌声を不快に感じるようになり、しまいには街でそのメロディが流れてくるだけでも耳を塞ぎたい気分になった。このままでは大好きだったはずの曲が大嫌いになってしまいそうだと危機感を覚え、寝起きの脳と耳にいちばん心地よさそうな音をデフォルトの中から選んで設定し直した。

いくら好きな音楽でも、目覚ましに使うべきではないと学んだ出来事だ。今のところ水音も鳥の鳴き声も嫌いにはなっていないので、自然の音ならいいのかもしれない。

泥沼から這（は）い出るような気概で必死に睡魔を引き剝（は）がし、タオルケットの繭から抜け出す。クリーム色の遮光カーテンを開けると、窓の向こうに広がる空の明るさに目を射貫（いぬ）かれた。反射的に瞼（まぶた）を軽く下ろし、細かく瞬（まばた）きをしてから、ふうっと息を吐く。

パステルブルーの絵の具に水をたっぷり含ませたような、澄んだ青空の端っこに、真っ白な雲がいくつか浮かんでいる。

いい天気だ。すっきり晴れた空を見ていると、自然とすがすがしい気持ちになる。数日前までの沈んだ気分が嘘のようだ。

なんだか今日はいいことがありそう。そんな、ドラマか漫画の主人公みたいな台詞（せりふ）がふいに思い浮かんだ自分に、ふっと口元が緩んだ。

部屋を出てリビングに入ると、テーブルに置いた手鏡を覗（のぞ）き込んでメイク中のお母さんがこちらに目を向け、「おはよう、なずな」と声をかけてきた。

私はキッチンに向かいながら「おはよう」と答える。お母さんが申し訳なさそうに言う。

「ごめん、今日も早く出ないといけないのよ」

それだけで意図を察して、私は「うん」と頷（うなず）く。

「わかった。大丈夫、適当に食べとく」

「ありがと、毎日ごめんね」

「ううん」

お母さんは今月から所属部署が変わって仕事が忙しくなったそうで、帰りは今までより遅く、朝も早々に家を出ることが多くなった。それで私も、大学生や社会人になったときの自炊の練習のために、朝食は自分で用意することにしたのだ。といっても小学生でもできるような簡単なものだけれど。

食パンをオーブントースターに入れてスイッチを押し、焼いている間に冷蔵庫から卵を取り出して目玉焼きを作り、お母さんが一口大に切って器に盛ってくれている果物にヨーグルトをかける。

それだけの、ほんのちょっとの手間だけれど、毎朝となると微妙にめんどくさいな、と思ってしまう。特に食後の洗い物が面倒だ。今までなにも考えずにやってもらっていたけれど、十七歳にしてやっとそのありがたみを知った。我ながら親不孝だ。

「あら、人身事故だって」

ファンデーションを塗りながらニュース番組を見ていたお母さんがふいに言った。ちょうど手を洗っていてよく聞こえなかったので、私は「え?」と訊き返す。

「事故?」

カウンター越しにテレビに目をやると、グルメ特集でもやっているのか、カラフルなフルーツと真っ白な生クリームが山盛りになったパンケーキが大きく映し出されている。その画面の上のほうに、【交通情報】というテロップが出ているのが見えた。

「地下鉄、止まってるみたいよ」

「ああ、よかった。地下鉄なら関係ないし」

「そうね、よかったわ」

半年ほど前だったか、私が通学に使っている私鉄の栄央線で、ちょうど帰宅ラッシュの時間に事故があり、電車が止まった。そのときは帰りが夜九時すぎになってしまい、へとへとに疲れて、本当に大変だった。

お母さんが「でも」と口紅を塗りながら言う。

「地下鉄が使えないってなると、他の交通機関に人が流れるから、栄央線も混むわよ、きっと。今日はちょっと早めに出たほうがいいんじゃない？」

「ああ、そうだよね。早く出るようにする」

「車で送ってあげられたらいいんだけど、お母さん、もう出なきゃいけないから……ごめんね」

「大丈夫、大丈夫。たぶん始業時間には間に合うから」

ある理由から早めに登校したい私は、いつも時間に余裕のある電車に乗っている。だから一、二本くらいなら逃しても大丈夫だ。

「こういうとき、お父さんがいるといいんだけどねえ」

お母さんがひとり言のようにぼやいた。お父さんは二年前から単身赴任で大阪に行っていて、特別な用事などがある週末にはたまにこっちへ帰ってくるけれど、もちろんなんでもない平日の今日は家にいない。

「じゃあ、行ってきます」

「うん、行ってらっしゃい」

小さく手を振りながらリビングを出ていくお母さんに手を振り返し、私はダイニングでトーストにかじりついた。玄関からがちゃりと鍵(かぎ)の締まる音が聞こえてくる。

なにげなくテレビに目を戻すと、速報のテロップはなにごともなかったかのように消え、湯気の立ちのぼるラーメンの映像に変わっていた。

　黙々と口を動かして朝食を終え、黙々と手を動かして片付けも終えると、私は部屋に戻って制服に着替え、ばたばたと家を出た。


　真っ青な空に、入道雲。外はすっかり夏の景色だ。

　六月末に梅雨が明けてから、まるで取り戻すように一気に暑くなった。少し歩いただけで額にじんわりと汗が浮きはじめる。明日からもしばらく快晴の真夏日が続くと、さっきのニュース番組の天気予報で言っていた。

　別に学校に行きたいと思っているわけでもないのに、遅刻しないようにと早足で、こんな朝っぱらから汗をかきつつ歩いているなんて、よく考えたら馬鹿馬鹿しい。だから、なにも考えない。頭を空っぽにして機械のようにひたすら足を動かし、駅に向かう。

　最寄り駅はそれほど混雑してはいなかった。普段より少し人が多いかな、という程度だ。

　でも、電車に乗ってから約十五分、いつもの乗り換え駅に着くと、ホームは見るからに人が溢(あふ)れかえっていた。

　お母さんの予想が当たった。この駅は地下鉄とＪＲと私鉄の連絡駅になっているので、地下鉄が止まったことで乗客がこちらに集中したのだろう。

　人々でごった返すホームを、波をかき分けるようにして進む。人が多いからか、ひどく蒸し暑い。背中が汗でじっとりと濡(ぬ)れているのが分かる。こめかみから頬へと伝う汗は、ハンカチで拭っても拭っても止まらない。

これはもしかしたら次の電車には間に合わないかもしれないな、と若干の焦りを覚えながら足早に歩く。

なんとか栄央線のホームに辿り着いたものの、すし詰め状態の車両の外に長い行列ができているのを見て、これは無理だと諦めた。おとなしくこの次の電車にしよう。

電光掲示板の表示を確かめると、十分ほどで準急が来るらしい。朝礼の始まる時間にはじゅうぶん間に合うだろう。

それにしてもすごい人だ。朝からさんざんだな、と思いながら、乗車待ちの列に並んだ。

いつもならＳＮＳでも流し見て時間つぶしをするのだけれど、今日は運の悪いことにスマホが使えない。ゆうべ勉強しながら寝落ちしてしまって、充電するのを忘れていたのだ。家を出る前に少しだけ充電したけれど、電池の残量は30パーセントしかなかった。学校が終わるまでもつか怪しい。だからなるべく使いたくない。

今日は古文単語と英文法の小テストがあるので、勉強でもして待とうと思ったけれど、どんどん人が増えて列が詰まっていき、単語帳やノートを広げると周りの迷惑になりそうだった。テスト範囲は昨日の夜ちゃんと復習しておいたので、授業前の休み時間に見返せば大丈夫だろう。

やることがないので、ホームの屋根の向こうに広がる空をぼんやりと眺める。まだ七時台なのに、ずいぶんと明るい。真昼みたいな明るさ。もうすっかり夏だな、と再び思う。

一学期の期末テストは先週のうちに終わり、今週の授業はテストの返却と復習がメインなので、気楽なものだった。まったく手応えのない数学Ⅱのテストが今日か明日には返却されると思うとやっぱり憂鬱だけれど、でも、テストの点数が悪いくらいで死ぬわけじゃないんだし、次また頑張ればいい。右手で左の小指をそっとさすりながら、今はそう思う。

来週は三者面談があるので午前中だけの半日授業で、翌週月曜日の終業式が終われば夏休みになる。とはいえ、子どものころのように『待ちに待った夏休み』とはいかないけれど。大量の課題がずらずら並んだ一覧表がテスト終了後早々に配付されているし、終業式の二日後からは全員参加の進学補習が始まって連日登校することになるからだ。せっかくの夏休みなのに、たいして喜びも解放感もないのが切ない。

小学生のころは夏休みといえば毎日家でごろごろしたり友達と遊んだりして、気が向いたら宿題をする生活だった。あのころは気楽でよかったなあ、なんて心の中で思っていると、やっと電車がやってきた。

車両のドアが開き、中からたくさんの乗客が出てくる。入れ替わるようにホーム上の人々が乗り込んでいく。私もその波に乗って車内に足を踏み入れた。

十分ほど電車に揺られると高校の最寄り駅に着く。徒歩や乗り換え待ちも含めると、通学時間はだいたい四十五分くらいだ。小中学校は徒歩で二十分もかからなかったので、なんだかすごく遠くへ通っているなと思う。今はさすがに慣れたけれど、去年、入学したばかりのころは毎日学校に行くだけで疲れきっていた。

そんなことを考えながら、頭上でひらひら揺れる週刊誌の中吊り広告を見るともなく見ていたら、徐々に電車のスピードが落ち、そのまま完全に停車した。

どこかの駅に着いたのかなと思い、窓の外に目を向ける。でも、線路の両側にはびっしりと住宅が並んでいて、駅でもなんでもない場所だった。こんなところで電車が止まったのは初めてだ。この準急は待ち合わせかなにかで一時停車するのだろうか。

走行音が途絶え、しいんと静まり返る。

周りの乗客たちがきょろきょろと車内を見回しはじめた。やっぱり普段はこの電車に乗らない人が多いのかなと思う。そこに答えがあるわけではないけれど、なにかないかと探してしまう気持ちはよく分かった。

予定通りの停車なのか、なにか想定外のことが起こっているのかも分からず、止まったままの車内で数分が過ぎる。

「なにこれ、どういう状況？」

「なんかあったのかな？」

近くに立っている女子高生ふたりのひそひそと話す声がする。

そのとき、車内アナウンスが流れてきた。

『ただいま安全確認のため停車中です。しばらくお待ちください』

乗客たちが顔を上げて宙を見る。目の前に座っていた大学生風の男性がイヤホンを耳から外し、様子を窺（うかが）うように視線を巡らせた。

「え、なになに？」

「なんかあったってこと？」

「故障かな」

「まあ、どうせすぐ動くだろ」

「うわ待って、俺一限試験なんだけど。遅れたらやばいって。大丈夫か、これ……」

知り合いと一緒に乗っている人たちの交わす言葉が聞こえてくる。

ざわざわしはじめた車内の温度と湿度が、どんどん上がってくるような感じがした。

「まだー？」

「遅くね？」

続報のないまま、時間だけが過ぎていく。腕時計を見るとまだ停車から五分ほどしか経っていないのに、もうずいぶん長く止まっているような気がした。動くべきものが動いていないというだけで、なんだかすごく落ち着かない不安な気分になる。

「いつまで待たされんだよ……」

「なんでもいいから情報欲しい」

「あ、もしもし。すみません、今ですね、電車が止まってしまっていて……」

隣のサラリーマンがどこかに電話をかけはじめた。

「はい、はい、そうです。ちょっとどういう状況か僕も分からないんですけど、もしかしたら少し遅れてしまうかもしれません、はい、本当にすみません、また状況変わったら連絡しますんで……はい、すみません、失礼します」

電話越しにぺこぺこ頭を下げている。自分が悪いわけでもないのにこんなに何度も謝らないといけないなんて、大人は大変だなと思った。

しばらくするとまたアナウンスが入った。

『乗客の皆様、長らくお待たせしており、大変申し訳ございません。現在、引き続き安全確認中です。今しばらくお待ちください』

マジかよ、どうなってんだ、早く動けよ。

どこからともなく文句が飛ぶ。もちろんここで文句を言ったってどうにもならないと分かっていても、黙っていられないという感じの声だった。

「えっ、やば」

近くの女子高生のひとりが唐突に声を上げた。

「え、なになに？」

「なんか近くで電車の事故あったっぽい」

私は思わず彼女のほうを見た。スマホの画面を凝視しながら「事故」と繰り返している。

「えっ、マジで？　栄央線で？」

「そうそう。友達からラインきた。S駅だって」

「えー、そうなの、けっこう近いじゃんやば」

また事故かあ、と私は内心、項垂(うなだ)れた。これは長丁場になりそうだ。

同じ日の朝に地下鉄でも私鉄でも事故なんて、大変なことになるんじゃないか。学校に着くのはいったい何時になるだろう。

「じゃ、それでこの電車も止まってんのかな」

「ぽくない？」

「それやばいやつじゃない？　このままずっと動かないんじゃない？」

そう話す彼女たちの声が大きかったので、車内の人たちがそれぞれにスマホで調べはじめたのが雰囲気で分かった。

私も調べたくなる。でももし電池がなくなったら、いざというとき人と連絡をとることもできなくなるので、できるだけ温存しておきたかった。だから周囲の会話から情報を得ようと必死に耳をそばだてる。

「わ、ほんとだ。S駅で人身事故ってつぶやいてる人いる」

「全線運転見合わせだって……」

「うわ、やばいじゃん」

どうやら事故があったのは本当らしい。私はとうとう誘惑に負けてスマホを手に取る。

ニュースサイトのトピック一覧にざっと目を走らせ、事故や運転見合わせといった文言を拾っていくものの、どれも無関係な土地のニュースだった。事故が起きたばかりで、まだ記事にはなっていないのだろう。

私鉄のサイトを検索してみて、『列車運行情報』というタブを見つけた。

『栄央線　運転見合わせ』

というリンクがあったので、すぐに開いてみる。

『午前7時半ごろ、S駅で発生した人身事故の影響で、栄央線は運転を見合わせています』

うわ、本当だ、と心の中で呟(つぶや)く。これは大変なことに巻き込まれてしまったようだ。

電池の残りがさらに減っているのに気づいて、すぐに画面を消してスマホをしまう。

周りからは絶えることのない溜(た)め息が聞こえてきた。

「飛び込みらしい」

「マジかよ、うっざ、だっる……」

「月曜の朝から勘弁してくれよ……」

「とりあえず次の駅まで行ってくれればいいのに、なんでこんなとこで止まってんの？　降りたくても降りれないじゃん」

　いつまで経っても電車は動かず、ドアも開かない。有無を言わさず閉じ込められているような状態だ。怒りのやり場がなくて、みんなが苛立っている。

「やばいやばい、マジで試験に遅れる」

　大学生らしき男性が焦りはじめた。

「今年単位取れなかったら留年決定なんだよ、どうしてくれんだよ、死ぬのは勝手だけど他人の人生まで狂わしてんじゃねえよ」

　隣に座っている友人らしき人は片方の口角を上げてにやにや笑いながら「ご愁傷様」と肩を叩いている。慰めたいのか面白がっているのかどっちなんだろう。

「ほんとやめてほしい、マジで迷惑」

「死ぬときくらい他人様に迷惑かけないでひとりで死ねよ」

　私はふうっと溜め息を吐き出した。

　私の場合は別に学校に遅刻するだけだし、たぶん電車の遅延証明書をもらえるだろうから先生に怒られたりもしないはずだ。立ったままで足が疲れてきたこと以外は、それほど実害はない。でも、仕事や試験など大事な予定のある人たちにとってはいい迷惑だろう。

しばらくすると、車両の奥のほうから突然、火のついたような泣き声が聞こえてきた。乗客たちの視線がざっと動いてそちらに集まる。

私も反射的に声のする方向に目を向ける。吊り革につかまっている人々の隙間から、母親に抱っこされて真っ赤な顔で泣き叫ぶ赤ちゃんが見えた。もしかしたら大人たちの殺伐とした不穏な空気を感じ取ったのかもしれない。

「うるさ……」

「早く黙らせろよ」

「ただでさえ苛々してんのに……」

母親が泣きそうな顔で「すみません、すみません」と謝りながら必死にあやしているけれど、赤ちゃんが泣き止む気配はなかった。

「どうなってんだよ！　ちゃんと説明しろよ！　こっちは客だぞ！」

おじさんが宙に向かってわめいている。

苛立ちを隠さないひそひそ話と、悲鳴のような赤ちゃんの泣き声と、ときおり響き渡る怒号が、ざわめく車両の空間を埋め尽くしていく。

なんだかどっと肩が重くなった気がした。空気が悪い。早く出たい。スマホも使えないし、友達も乗っていないし、このやるせない気持ちを誰かと分かち合うことすらできなくて、最悪な気分だ。

はあぁ、と再び深い溜め息をついた。

四十分後、やっと電車は動き出した。といってもかなりの徐行運転で、次の駅に着くまでにいつもの倍以上の時間がかかった。

安全確認が終わるまでこの駅で待機するというアナウンスがあり、目的の駅ではなかったけれど、とにかく空気も雰囲気も悪い車内から逃げ出したくて電車を降りた。

たしかこの駅を経由するバスでも学校の近くまで行けたはずだ。バス停は改札を出てすぐのロータリーにある。

そのためにはまず出口に辿り着かないといけないわけだけれど、ホームにはたくさんの人々がひしめき合い、思うように身動きもとれない状態だった。

電車から降りて改札に向かう人たち、車内やホームで運転再開を待つ人たち、どうするか決めかねているようにきょろきょろしている人たち。

駅員が大声を張り上げて誘導しようとしているけれど、誰も耳を傾けていない、というか非常事態で混乱している人々の喧騒（けんそう）の中ではほとんど聞こえない。

こんな状況は初めてだった。とにかく人が多くて自分の意思で歩くこともままならない。

そしてひどく蒸し暑い。異様に喉（のど）が渇く。でも飲み物を出すだけの空間を確保することもできない。

階段のほうへと流れる波を見つけた私は、「すみません、通してください」と繰り返しながらそちらに向かい、なんとか波に乗ることができた。背後から容赦なく迫る人垣に押し流されるように足を動かす。前後左右に人が密着している状態で、汗ばんだ他人の皮膚と触れ合わざるを得ない不快感で胸が悪くなった。

きっと改札もひどい混雑なのだろう、列はなかなか動かない。十秒に一歩くらいのペースでしか進めなかった。トイレの前にも長い列ができていたけれど、用を足しておきたかったので仕方なく並んだ。どこもかしこも人、人、人。

もうなんでもいいから早くこの状況から抜け出したい。そのためには心を殺してただただ歩くしかない。

結局、駅の外に出るだけで十分以上かかった。

そして、やっとのことで改札を通り抜け、ほっと息をついたのも束の間、バス停から伸びる長蛇の列を見て、私は今日いちばんの大きな溜め息をついた。

約三時間遅れでなんとか学校に着いて、生徒玄関で靴を履き替えていると、疲れと憂鬱が一気に襲ってきた。

きっと多くの生徒がすでに登校しているであろう教室に入ることを思うと、気が重い。だからいつも早めに登校しているのに、まさか朝から事故遅延に巻き込まれるなんて、本当についていない。

私がまだあまり人がいないうちに教室に入りたいのには理由があった。それは、私の所属する二年A組が特進クラスだからだ。

成績優秀者が集まった特進クラスの空気は、なんとなく重いというか、湿っているような感じがして、うまく呼吸ができなくなる。

みんな賢そうな顔をしている気がするし、普段はにぎやかにおしゃべりをしたりふざけたりもするけれど、小テスト前の休み時間などは寸暇を惜しんで勉強していて、ほとんどの人が当然のように満点だ。そういうときの張り詰めた雰囲気がひどく息苦しく、居心地が悪い。

それはたぶん、私自身が、自分はここには相応しくない存在だと、嫌というほど自覚しているからなのだろう。

特進クラスにいるのは、自由時間や睡眠時間を犠牲にしてまで勉強することが苦にならないタイプか、あるいは必死になって勉強しなくても地頭のよさから授業を聞いているだけで内容を理解して好成績を維持できるタイプだ。

私は、そのどちらでもない。強いて言えば、頭はよくないけれど、運はいいのかもしれない。

二年進級時の特進クラスと普通クラスへの振り分けは、一年次の成績で自動的に決まる。特進クラスが作られた理由は、『難関大学合格者の人数を増やすために授業の進度と深度を上げる』ことらしい。私はもともと暗記だけは得意で、部活動に入っていないから勉強時間はいくらでもあるのと、心配性で試験前は入念に準備するタイプなので、定期テストはそれなりの点がとれる。実力テストは毎回さんざんだけれど。去年は特に二学期の試験では、苦手な理数系科目でたまたまヤマが当たって普段よりも点数がとれたこともあって、自分でもびっくりするくらい順位が高かった。

クラスの振り分けでは、平常点、つまり普段の授業での学習への取り組み態度も重視され、さらに一学年後半の成績ほど比重が大きくなるとかで、運よくと言えばいいのか、でも私の本心としては運悪く、特進クラスに滑り込んでしまったのだ。

実際、この五月に行われた中間テストの成績は、学年全体の平均点に毛が生えた程度だった。クラス内順位では最底辺に近く、進路面談で苦言を呈されてしまった。

『特進クラスなのにこの点数はちょっとやばいなあ。特進に入りたくても入れなかったやつもたくさんいるんだから、そいつらの気持ちも考えて、次はしっかり頑張れよ』

はいと頷いたものの、そんなことを言われても困る、というのが本音だった。ちゃんと勉強したけれどこの点数だった。これが私の実力。望んで特進クラスになったわけじゃなくて勝手に振り分けられたのに、私は普通クラスでよかったのに、どうしてこんなふうに小言を言われなくちゃいけないの。

そんな気持ちは嚙み砕き、吞み込んで押し殺して、殊勝な顔をして進路指導室を出た。

あのときと同じように、廊下を重い足取りでゆっくりと歩き出す。

なにか話し声がして目を向けると、生徒玄関の向かいにあるピロティに三年生が数人いて、端に設置されている自動販売機の近くでおしゃべりをしていた。リュックやスポーツバッグを持っているので、彼らも今登校してきたところなのかもしれない。

本館の一階部分の一部は柱だけの吹き放しの開放的な空間になっていて、簡易的なベンチやテーブルもあり、ピロティ広場と呼ばれて生徒に人気の場所だ。でも人気だからこそ三年生たちが陣取っていることがほとんどで、下級生は自販機でジュースを買ったり、朝や帰りの待ち合わせに使うくらいしかできない雰囲気だった。

「なずなー、おはよ……」

　ふいに背後からゾンビみたいな声が聞こえてきた。振り向くと、クラスでいちばん仲のいい美結（みゆ）が立っていた。疲れた顔をしている。

　美結の家は私とは反対方向なので上り下りの違いはあるけれど、同じく栄央線の電車を使っている。彼女も運転見合わせで大変な思いをしたのだろう。

　私も彼女と同じように眉（まゆ）を下げ、疲れきった表情とかすれた声を演出して「おはよー」と答えた。

「朝から災難だったねえ」

「ほんとそれ！　疲れたー。来たばっかだけどもうすでに帰りたい……」

　美結が口をへの字に曲げてぼやく。私も「同感」と笑いつつ周囲を見回し、いつも彼女と一緒に登校しているはずの律子（りつこ）の姿がないことに気づく。

「あれ、律子は一緒じゃなかったの？」

「そーなのー。律子ね、昨日はおばあちゃんちに泊まったからバスで学校行くって。あーあ、律子が一緒だったら何時間も待たされてもちょっとはマシだったのに、よりによって別々の日に事故とか、タイミングわるー」

「あはは、ほんとだね。私もスマホ充電し忘れてて、暇つぶしできなくてきつかった」

「え、そうなの⁉　ほんとタイミング最悪じゃん！」

「でしょー？」

　軽く笑い合いながら、ふたりで肩を並べて教室に向かって歩き出す。

　周りには私たちと同じように疲弊した顔の生徒が数人いた。学校までの道では前にも後ろにも人がぽつぽつと歩いていたので、みんなそれぞれ色々な方法で工夫して登校してきたのだろう。朝から突然の事故に振り回されて、それでもみんなちゃんと学校に来るのだから、すごいなと思う。

この中に何人、どうしても学校に行きたいという自分の意志に基づいて行動していた人がいるのだろうか。ほとんどの人が私と同じように、別にどうしても行きたいというわけでもないのに、学校に向かって惰性で動いていたんじゃないだろうか。美結はどうだろう。

もしも「あなたが学校に行く理由は?」と訊ねられたら、私はどう答えるか。「行くのが当たり前だから」、「行かないわけにはいかないから」、「行かないという選択肢はそもそもないから」というひどく消極的なものしか思いつかなかった。

将来のために勉強しないといけないから、というのが当然の理由なのだろうし、それは頭では分かっているけれど、だからといって「私は勉強するために学校に行っています」と胸を張って言うことはできない。

理由も意義も考えず、私はただただ毎日学校に通っている。

「テスト終わっててよかったよね」

美結の言葉でふと我に返った。私は笑みを浮かべて「だね」と頷く。

「期間中だったらめっちゃ焦っただろうね」

「ほんとほんと。でもマジで暑いし動けないし大変だった。もう永遠に学校に着かないかと思った」

「わかる、思った思った」

二年生の教室群が見えてくる。

「授業どうなってるのかなあ。教室入りづらくない？」

美結が他のクラスの教室をちらっと見て、眉を下げて言った。私も同じように覗いてみる。いくつかの空席がある教室で、いつもより緩んだ雰囲気の授業が行われているようだった。

「やだねー。後ろからこそっと入ろうよ」

「今って英文法だっけ」

私は腕時計の示す時間と頭の中の時間割を照らし合わせ、「うん」と頷く。

「今日、小テストの予定だったよね。もうやっちゃったのかな。平常点どうなるんだろ……」

私は定期テストで失敗したときのために、普段から課題や小テストの勉強はしっかりやって平常点を稼げるようにしていた。昨夜も寝る時間ぎりぎりまで頑張って単語と文法を頭に叩き込んでおいたのに、電車が止まったせいで小テストを受けられなくて0点扱いになったら最悪だ。努力が水の泡だ。本当に今日は厄日だな、と小さく息を吐く。

「あ、先生いない」

美結がA組の教室を覗き込んで言う。私も中に目を向けた。

「ほんとだね」

教壇には誰も立っておらず、黒板に白いチョークで『自習』と書かれている。クラスメイトたちの半分ほどは教科書やノートに向き合い、残りの半分は周りとのおしゃべりに興じていた。

イレギュラーな出来事があったせいか、いつもよりクラスの空気がだいぶ柔らかい感じがして、少しほっとする。

ドアを開けて中に入ると、廊下側の後方の席に座っている律子が振り向き、ぱっと笑顔になった。

「美結、なずな、おはよ」

「おはよ、律子」

美結も笑顔で律子に手を振り返す。私も「おはよ」と笑みを浮かべた。

「英文法、自習？」

「うん。なんか先生がまだ来てないんだって」

「あ、そうなんだ。先生も電車なのかな」

英文法の授業担当は、クラス担任の喜久田先生で、新卒二年目の女性の先生だ。うちの高校の先生は車通勤が多いけれど、一部、電車やバスで通っている先生もいた。特に若い先生に多いイメージだ。たまに同じ車両や駅のホームで遭遇することもある。

「朝から大変だったねー」

「ほんとだよー。もう今すぐ帰りたいくらい疲れた」

律子と美結が話している。美結はしばらく席につくつもりはなさそうだったので、私もなんとなく手持ちぶさたなまま傍らに立ってふたりの会話を聞く。

「律子も遅刻した？」

「うん、バス停めっちゃ人多くてさあ。あ、私昨日おばあちゃんちに行ってたから、今日はバス通学だったんだけどね」

律子が私に目を向けて補足してくれる。私は軽く笑って「うん、美結から聞いた」と頷いた。

「そかそか。でね、乗るはずだったバスが超混んでて乗れなくて、一本遅いのに乗って、しかも道が渋滞してたから、結局一時間くらい遅くなった」

「そっかー、お疲れ」

「美結もお疲れ！」

律子が席を立って美結に抱きつき、ねぎらうように背中をぽんぽんと叩く。それからこちらに目を向け、「なずなも大変だったね、お疲れ」と微笑んだ。

「ありがと。律子もお疲れ」

「あ、私トイレ行きたい。一緒行こ」

美結が言い、「おっけー」と律子が答えた。自習時間は、周りの邪魔にならないように気をつけるならトイレは自由に行ってもいい、ということになっている。

「なずなも行く？」

私は駅でトイレを済ませていたので今行く必要はなかったけれど、「行くー」と頷く。

女子同士の友人関係において、トイレは社交場みたいなものだ。用を足すことよりも、連れ立って出かけ、男子がいるところでは出しにくい話題で盛り上がったり、他人には聞かせられない話をひそひそ声で打ち明け合ったりすることのほうに意義があるのだ。だから、トイレに誘われたのに断る行為や、常にひとりで行く人は、社交を拒否していると判断されかねない。

期末テストのことや、夏休みの課題と補習のことなどを話しながらトイレに行って教室に戻り、私は美結と律子に手を振って自分の席についた。ふたりはまだなにか話している。本当に仲がいいなと思う。

美結と私は去年も同じクラスで、入学当初隣の席だったことで仲良くなり、そのまま一年間クラス内ではずっと行動を共にしていた。私は人見知りで自分から話しかけて友達を作るのが苦手なので、初対面なのに人懐っこく気さくに話しかけてくれた彼女の存在は本当にありがたかった。何度かは休日に映画を観に行ったり買い物に行ったりもして、高校でできた友達の中ではいちばんの仲良しだ。

二年生に上がるとき、同じクラスになれたらいいなと願っていたら、本当に同じクラスですごく嬉しかった。一緒にクラス発表の名簿を見て、「やったね」と言い合った。

その直後、美結は名簿に律子の名前を見つけて叫び声を上げた。ふたりは小学校時代からの親友だと、もちろん私も知っていた。一年のころ美結は律子のクラスの前を通るたびに彼女に声をかけていたし、それは律子も同じだった。

新しい教室に入ってお互いを見つけた瞬間、抱き合って喜ぶふたりの姿を見て、私は自分が邪魔者だと悟り、美結から離れるべきだと思った。

新しい友達を作らないといけない。でも、一年生のとき美結以外でよく話をしていた数人の友達は残念ながらA組には誰もいなかった。中学時代や去年のクラス、部活などのつながりからすでにグループができあがりつつある教室の中で、私はひとりぽつんと座っていた。

そんな私に、美結はすぐに声をかけてくれた。去年と同じように。その横には律子もいて、「よろしくね」と優しく笑ってくれた。

私たちは三人で行動するようになった。美結も律子も本当にいい子なので、他に友達を作れなかった私を見捨てられずに一緒にいてくれているのだ。

すごくありがたいし、おかげで楽しい学校生活を送れているけれど、大の仲良しのふたりに交ぜてもらっている、という感覚はいつまで経っても抜けない。

美結たちは地元が同じなので休みの日もしょっちゅうふたりで会っているようだ。昔から好きなアーティストやファッションの趣味も同じらしく、よく楽しそうにその話題で盛り上がっている。私の知らない悩みをお互いに相談したりもしていると、なんとなく伝わってくる。

別に私を仲間外れにしているとかではなく、ふたりにはふたりの積み重ねてきた歴史が、ふたりだけの世界があるのだ。私は、自分の心の内をさらす——他人に悩みを打ち明けたり、愚痴を言ったりする——のが苦手なので、去年も美結と深い話をすることはなかった。そういう私の性格を理解して、美結たちはあえて私には悩みや愚痴を聞かせないのだと思う。

だから、私と彼女たちとの間には、越えられない一線のようなものがある。たとえばトイレにしても、彼女たちから声をかけられたときは私も必ず一緒に行くけれど、自分からは誘えなくてひとりでこそこそ行ったりする。

寂しいといえば、寂しいかもしれない。

でも、自他の距離感の分からない、他人との関係性をわきまえない、境界線を平気でずかずか踏み越えてくるうざいやつ、などというレッテルを貼られたら学校生活は終わりなので、このままなんとかつかず離れずで過ごし、平穏にこの一年を乗り越えられたらいいな、と思っている。

そんなことを考えながら教室内を見回していると。

「なあなあ聞いて聞いてー！」

勢いよく前方のドアが開き、木内（きうち）という男子が騒がしい足取りで飛び込んできた。耳のあたりに垂れた髪の隙間から、銀色のピアスが顔を覗かせている。いつもはピアスホールがあるだけなので、外し忘れているのだろう。うちの高校は装飾品禁止の校則があるので、一部の派手な生徒が学校の敷地内に入る直前にピアスを外して、放課後校門を出た途端に再び耳につける姿をよく見る。

「おー、おはよ」

「なになに、どしたん？」

木内くんと親しい人たちが一斉に振り向いて反応した。うちのクラスの中心的なグループだ。

木内くんはそのうちのひとりのもとにばたばたと駆け寄り、「マジでやばい！」と叫んだ。

「マジやばいんだって！　今朝ってかさっき、栄央線で人身事故あったの知ってる⁉」

「知ってる知ってる、めっちゃ電車遅れてたもん」

「だろ⁉　でさ、俺その電車乗ってたの！」

「うっそ！」

「マジで⁉　やっば！」

クラス中の視線が木内くんに集まる。

「マジマジ！　もうさー、超最悪だった。なんか急にドンって音して電車揺れて、急ブレーキで止まってさー」

「うっわ！　えぐいえぐい」

「きゃあ、こわーい、聞きたくない」

男子も女子も悲鳴を上げ、教室が一気に騒がしくなった。

「全然電車動かんしさー、しかも冷房まで止まってさ、窓開けても超暑くて、蒸し風呂みたいっつーの？　『早く降ろせよ！』とか怒鳴りまくってるおっさんいるし、キレて暴れるおっさんもいるし、ゲロ吐いて倒れたおばさんとかもいるし、カオスだよ。そのあと電車降ろされて、線路の上ぞろぞろ歩いて隣の駅まで行ってさ、もうマジで地獄だった」

「うっわー、ほんと最悪じゃん、お前カワイソー」

「だろ？　マジで朝からえらい目に遭っちゃったわー」

木内くんは眉をひそめ顔をしかめているけれど、でも口角はしっかり上がっていて、確かににやにや笑っている。

彼の周りで「地獄じゃん」などと相づちを打っている人たちも、興奮を隠しきれないように目が輝き、抑えきれない笑みが口元に浮かんでいた。

同じことの繰り返しで代わり映えのしない日々の中では、良くも悪くも『非日常』を運んできた人はヒーローになる。その貴重な経験を吹聴して自慢したくなる気持ちは分からないでもない。そしてそれを聞かされてテンションが上がってしまう気持ちも。

教室の中はもはや無法地帯で、誰も勉強なんてしていなかった。先生がいないのをいいことに、スマホで事故について調べてあれこれ言っている人までいる。

そのとき、バンッ、と空気を切り裂くような激しい音が響き渡った。

一瞬で教室は静まりかえり、音のしたほうにクラス全員の顔が向く。私も同じように目を向けた。

みんなの注目を一身に集めているのは、隅っこの席に座っているひとりの男子、薊芹人（あざみせりと）だった。

薊（あざみ）くんの手には分厚い本が握られている。どうやらそれを机に叩きつけた音だったらしい。

「うるさいな」

彼は四方八方から突き刺さる視線にも一切動じることなく、まっすぐに木内くんたちのほうを向いたまま淡々と言った。

「静かにしろよ、不愉快だ」

彼の手がすっと黒板を指す。

「『自習』って書いてあるだろう。読めないのか？」

しいん、という擬態語がぴったりの雰囲気になる。みんな口をつぐんだまま、薊（あざみ）くんから逸（そ）らした目を泳がせた。誰かなにか言ってよ、なんとかしてよ、という声にならない声が聞こえてくるようだった。

気まずい。薊（あざみ）くんがしゃべると、いつもこういう空気になる。

彼はいわゆる一匹狼タイプで、クラスの内外問わず誰とも親しくすることなく常にひとりでいて、休み時間はずっと小難しそうな学術書を読んでいる。授業で指名されたり先生から話しかけられたりしない限り、彼の声を耳にすることはめったにない。一日中だんまりを決め込んでいる日もある。そのわりに、たまにこうやって口を開くと、ひどく皮肉で嫌みっぽい物言いをする。

つまり、とても扱いづらいタイプの人間だった。

学校という場所では、社交性と協調性とコミュニケーション能力が非常に重視されるし、善かれ悪しかれ、意図的であれ無意識であれ、著しく集団から逸脱することは決して許されない。だから、薊くんのようなタイプはいじめの対象にもなりかねないと、私は経験上知っている。それでも薊くんが、このクラスで今のような腫れ物扱いを受けるだけで済んでいる理由は、主にふたつあると思う。

まずひとつ目に彼は、とても頭がいい。校内の定期テストや実力テストではもちろん常に学年一位だし、模試の成績優秀者の一覧にも常連で名前が載るほどだ。先生たちは難しい問題はたいてい薊くんに当て、それに彼は一度も誤答したことはなく、その上『これは別解のありうる設問なので適切ではないのでは？』などと私たちには全く理解できない次元で質問返しをして、先生をたじたじとさせることすらある。

そしてふたつ目に、薊くんは群を抜いて容姿が優れている。陶器のような肌も、バランスよく配置された目鼻立ちも、すらりとした体型も、どこをとっても非の打ちどころがない。それは見ていて癒やされるようなタイプの美しさではなく、まるでガラスケースに展示された美術品のようにどこか近寄りがたい排他的な美しさで、どちらかと言えば攻撃的ですらあった。長い睫毛の下で強い光を放つ切れ長の瞳に見つめられると、誰もが威圧されて萎縮して、なにも言えなくなるのだ。

生まれつき恵まれた外見をしているとか、誰にも負けない長所があるとか、そういう根拠から揺るぎない自信を持っていると、あんなふうに傍若無人に振る舞えるのだろうか。平凡な私には絶対に無理だ。私は少しでもいい人に思われたいし、周りから嫌われたくないし、悪目立ちはしたくない。だから必要以上に周囲の顔色を窺い、その場の空気に合わせ、波風を立てないように振る舞ってきた。自分の意見を言うなんて、選ばれた人にしか許されない所業なのだ。

薊くんが口を開いたことで静まり返ったクラスメイトたちは、それぞれ手元に目を落とし、勉強をしたりこそこそとスマホをいじったりしはじめた。私も教材を開いて自習を始める。

そして数分が経ったころ、隣の席の林さんが「えっ」と小さく声を上げた。見ると、スマホの画面を凝視したまま硬直している。

「……どうしたの？　林さん」

私は声が響かないようにひそひそと訊ねる。緊迫した様子に嫌な予感がして、黙っていられなかった。

「大丈夫……？」

はっとしたように彼女が顔を上げ、こちらを見た。眉根を寄せて、困ったような、不安そうな表情をしている。

「あ、うん。露草さん、これ見て……」

私は軽く目を見開いて頷き、彼女が差し出してきたスマホの画面に目を落とす。そこには誰かのツイートが映し出されていた。

『S駅で飛び込んだの、北高の男子ぽい』

「えっ」

無意識のうちに私の口から声がこぼれた。声量を抑えることもできなかったので、周囲の視線がぱっと集まるのを感じる。でも、驚きのあまり対応する余裕がない。

「え……うそ……本当かな」

ネットの情報だ、デマである可能性が高い。

林さんが下のほうにスクロールすると、それに返信されたコメントも表示された。

『見たの？』

『マジの情報？』

『えっうちの高校』

『俺も見た、確かに北高の制服に見えた』

『私の友達もS駅のホームにいて見ちゃったって。北高らしい』

私は目を上げ、林さんと顔を見合わせる。彼女もまだ要領を得ないような戸惑った様子だった。

再び画面に目を落とす。ツイートに対する反応の数がみるみるうちに増えていく。どうやら付近の学校に通う生徒たちの間で拡散されはじめているようだ。まだ混乱の影響が続いていて、待機や自習になっているところも多いのだろう。

教室内が再びざわつきはじめた。前後左右へと飛び交う視線。この情報が回ってきた人が周りに話しているのだ。

「えっえっマジで？　やばくない？」

「ええー、どうせデマじゃないの？　フォロワー増やしたいだけでしょ」

「……でも他の人も返信してるし、ほんとっぽくない？」

「うちの何年生かな？　二年だったらどうする？」

「休校とかなるんじゃね？」

「それは嬉しい。夏休み早く始まるかもな」

「最高じゃん。あ、夏休みと言えばさ、花火大会どうする？」

「ユニバ行きたいなー」

「なあなあ、再来週の土日、海行こうぜ！」

初めは暗く小さな声で交わされていた会話が、徐々に明るく屈託のないトーンに変わっていく。誰も本気にはとっていない。

みんなが思うように、きっとうちの生徒だというのは誤報なのだろう。まさか同じ学校の生徒が電車に飛び込むなんて、そんな漫画や映画みたいなことが実際に我が身に降りかかってくるとは考えにくい。

でも、北高の男子の制服は、上は白シャツに濃紺のネクタイ、下は深緑のチェック柄のズボン。女子は同じ色柄のリボンとスカートだ。付近に似たような制服の学校はないので、見間違える可能性は低そうに思えた。

じゃあ、やっぱり本当なんだろうか。この学校の生徒の誰かが、自分の意志で電車に飛び込んだのだろうか。それって、つまり。ぞわっと背筋が寒くなる。思わず目を閉じて、軽く頭を振った。勉強する気にもなれずにぼんやりしていると、「あれ」と誰かが声を上げた。

「鈴白（すずしろ）、まだ？」

クラス中の視線がざっと動き、教室の後方中央に集まる。空っぽの机と椅子がそこにあった。

私は教室の中をぐるりと見回し、また後ろに目を戻す。空席は、ひとつだけだった。

クラス委員長の鈴白蓮（れん）くんの席だ。

「ほんとだ。鈴白くん、いないね」

林さんが言った。私は頷き、「うん、珍しいね」と答える。

私の記憶のかぎりでは、彼が欠席したことはこれまで一度もなかった。去年も修了式の学年集会で皆勤賞の代表として表彰されていた。

「てっきり鈴白くんも遅延に巻き込まれて遅刻してくるのかなと思ったけど……」

私のあとにも何人かぱらぱらと登校してきて、すでに彼の席以外は埋まっていた。遅延の影響は終わったのだろう。

「普通に体調不良とかかな」

林さんの言葉に私は「そうかもね」と再び頷いた。

「でもほんと珍しいよね。鈴白くんが休むなんて、よっぽど調子悪いのかも。大丈夫かなあ」

「夏風邪は馬鹿が引くって嘘だね」

林さんが冗談めかして言い、私は笑って同意する。

「あはは、そうだね。鈴白くんが馬鹿だったら、うちらみんな大馬鹿になっちゃうもんね」

「だよねえ。あ、ひとりを除いて……」

彼女がちらりと見た先には、薊（あざみ）くんの席がある。私は思わず押し殺した笑いを洩（も）らした。彼にばれたら怒られそうなので、さっと目を逸らす。

たしかに、この学年で鈴白くんよりも成績がいいのは薊（あざみ）くんだけだった。鈴白くんは一年生のときからずっと、薊（あざみ）くんに次ぐ成績をキープしている。薊（あざみ）くんが毎回全教科ほぼ満点という桁違いの点数をとるので、二位の鈴白くんとは多少差があるものの、それでも鈴白くんはいつも三位以下を大きく引き離していた。

うちの学校では試験の終了後に必ず、得点分布図が添えられた成績表が配られる。そのグラフを見れば、一位と二位がいかに飛び抜けているかはすぐに分かる。平均点の付近にごちゃごちゃと固まる集団からかけ離れた場所にある、ふたつの点。もちろん氏名は明かされないけれど、みんな風の噂でそのふたりが誰なのかは知っていた。

なにごとにおいても平均値で、有象無象のど真ん中にいる私から見れば、鈴白くんも薊くんも、あまりに遠く現実味のない存在だった。同じクラスで一緒に授業を受けていることが信じられないくらいに。

「——鈴白だったりして」

ふいに木内くんが言った。その声は、ざわついた教室の中でもはっきりと耳に届いた。

「自殺したの、鈴白だったりして」

一瞬の間のあと私は、ふっと笑みをこぼしてしまった。鼻で笑う、という表現がぴったりくる笑い方だったと思う。

私以外のみんなも似たような反応だった。当然だ。

だって、『鈴白くん』と『自殺』なんて、いちばん遠い言葉だ。あまりにも似合わない。このクラスの人間なら、いや、彼は有名だから同じクラスでなくても、きっと誰でも知っている。

「いやいやいや、ねえだろ」

「ないない！　なに言ってんだよお前」

木内くんの仲間たちがどっと笑いながら突っ込みを入れる。私と林さんも「そんなことあるわけないじゃんねえ」「ねえ」と笑い合った。

「鈴白なんて人生勝ち組決定じゃん。自殺なんかする意味いっこもないよな」

前の席の男子が、隣の男子に話しかけている。

「だよなー。顔よし、頭よし、性格よし、運動神経よし、だもんな。漫画のキャラかって」

「もし鈴白が自殺しなきゃいけない世界線なら、俺なんて息する価値もないわー」

「あはは。俺なんかが生きててごめんなさいってなるよな」

分かる分かる、と私は心の中で頷いた。

鈴白くんのような完璧（かんぺき）な人が、たとえば『自分には生きている価値がない』だとか言って自ら命を絶ったとしたら、世の中のほとんど全ての人が無価値な人間だということになってしまうだろう。私は右手で左の親指と小指を包み込むように握った。

一瞬、頭の中に、強烈な夕陽の幻影がよぎった。そこに滲（にじ）む、インクのような黒い染み。

でも、すぐに振り払った。やっぱり、ありえない。

彼が自殺なんて、あるわけがないのだ。

まったく木内くんてば変なこと言うんだから。そう思いつつ、なにげなく前方に目を向けた。

提出物のプリント類やノートが散乱している教卓、ところどころに消しむらが残った黒板、チョークの粉が大量に落ちている教壇。

今日はやけに汚いなあと思って、すぐに理由に思い当たる。鈴白くんが来ていないからだ。

私はクラスの中でも朝、教室に入るのはかなり早いほうだ。それなのに、鈴白くんがあとから登校してくるのを見たことがなかった。

彼はいつも誰よりも早く学校に来ている。そしてよく教室の掃除をしている。机や椅子を綺麗に並べたり、教室の床や教壇が汚れていたらほうきで掃いたり、教卓の上を整理したり。

特に黒板回りの掃除の仕方は念入りで、まず黒板消しで綺麗にした黒板を、さらに濡れ雑巾で拭いて丁寧に仕上げ、チョーク置きに降り積もった粉まできっちり拭き取って、チョークを色ごとに並べる。放課後の掃除時間では教室担当の生徒はたいてい黒板を消すだけで終わるので、一日の汚れは翌朝までそのままになっていた。

『汚れてると、使う人の服とか手が汚れちゃうでしょう。それに、黒板が綺麗だと、授業する先生も、板書を見るみんなも気持ちがいいかなと思って。僕の自己満足だよ』

なんでそこまでするの、と一度誰かに訊ねられた彼は、そう答えていた。

それを、誰に頼まれたわけでも指示されたわけでもなく、自ら進んでやるのだ。しかもわざわざ朝早くに登校して、なるべく人に見られないようにこっそりと。彼が毎朝掃除をしていることを知っているのは、一部の早朝登校派の生徒だけだ。つまり彼は、褒められたいとか、感謝されたいとか、そういう承認欲求を満たすためにやっているわけではないのだ。

鈴白くんは、そういう人だ。

彼ががらんとした教室を黙々と綺麗にしていく様子を、私はよく勉強や読書をするふりをしながら眺めていた。

手伝おうかなと思ったこともあった。でも、勇気が出なかった。

なぜなら、たとえ誰もが認める善行だとしても、他人がやらないことをやるというのは目立つことで、つまり勇気がいるのだ。下手をすると、目立ちたがりや出しゃばり、いい子ぶりっこなどというレッテルを貼られかねない。そうなったら平穏な学校生活は一気に遠ざかる。だから、私のような地味で平凡な人間は、与えられた仕事だけを過不足なく粛々と遂行するか、なにも与えられなければ黙って気配を消しているしかない。

大人はよく『指示待ちではなく、自分で仕事を見つけないといけない』などと言うけれど、やるべきことをやったほうがいいことに気づくよりも、それを実行に移すほうが、ずっと難しくハードルが高いと思う。悪目立ちしかねない行動は、勉強やスポーツや容姿など、なにかしらの取り柄があって、自分に自信のある人にしか許されない。気づくか気づかないかよりも、それをする権利を持っているかどうかが重要なのだ。

「でもさあ」

また木内くんの声が聞こえてきた。

「漫画とかだとさ、鈴白みたいな『なんでもかんでも全て完璧に思い通りいってます』的なやつのほうが、意外と病んでたりするじゃん?」

「そうかあ?」

「あー、でも、なんか分かるかも。実はめっちゃ闇深くて、それ隠すために聖人なふりしてるっていうかー」

「黙れ」

低く鋭い声に、彼らの会話は遮られた。薊（あざみ）くんの声だった。

「黙れ」

彼は苛立たしげな険しい表情で、念を押すように繰り返した。抑えているのに、鋭く通る声。

「こわ……」と誰かが囁く。

みんなが気まずそうに口をつぐんだ数秒後、授業時間の終わりを告げるチャイムが鳴り響き、ほっとしたように空気が緩んだ。

昼休みになり、私はいつものように美結と律子と机をくっつけて、おしゃべりしながらお弁当を食べる。

鈴白くんはまだ来ていない。やっぱり欠席なのだろう。

ざわついていた教室の空気も、今はすっかりいつも通りだった。うちの高校の生徒が電車に飛び込んだなどというデマを信じかけてしまったなんて、非日常の熱に浮かされていたんだなと思う。

「そういえば、なずな、あれってどうなったの？」

美結がふと私を見て訊ねてきた。

「うん？　あれ？」

なんのことかすぐには分からず首を傾げた私に、今度は律子が「ほら、弁論大会」と言う。

ふたりはときどき、まるで以心伝心というように、お互いの考えが分かっているようなときがあった。

「あー……弁論大会ね……」

　私は箸でつまみ上げたおかずを一旦弁当箱に戻し、わけもなくつつきながら唸った。

「まだ全然……ひと文字も書けてない……」

　項垂れた私に、律子が眉を下げて「あらら」と笑う。

「発表って終業式の日だったっけ？」

「そうそう、終業式のときに体育館で各クラス代表が発表だって」

「あと二週間かあ」

「そうなの、ほんとやだ……しかも今週中に原稿書いて現国の先生に提出して、内容チェックしてもらわなきゃいけなくて……」

「ええっ、そうなの？」

「うん。なんかそれでアドバイスもらって修正してから本番なんだって」

「わあ、大変そう……」

「ほんとだよー。私、本読むのはまあ好きなほうだけど、作文とか全然得意じゃないのに。ていうかそもそも全校生徒の前でしゃべるとか無理……本当に誰かに代わってほしい……」

　そうぼやいた私の視線は無意識のうちに、隅っこの席でパンをかじりつつ読書に没頭している横顔へと向いていた。

　弁論大会のA組の代表として私に白羽の矢が立ったのは、薊くんのせいと言っても過言ではないのだ。

『露草さん、弁論大会、出てくれないかしら』

先月初め、突然クラス担任の喜久田先生からそう声をかけられたとき、私は心底びっくりした。

私は人前に出るのが苦手だ。たくさんの視線を浴びると極度の緊張ですぐに顔が赤くなって、声が震えてしまう。小さいころ習っていたピアノの発表会では、毎回足が震えて頭が真っ白になって、ほとんど記憶がないくらいだ。自分の容姿や能力が注目に耐えうるようなものではないという自覚があるから、他人から見られるのが苦手だった。

今年だって、四月の自己紹介では緊張して自分の名前すら噛んでしまったし、授業で指名されても俯(うつむ)いて小さな声でぼそぼそ答えるのがやっとだし、グループ活動のときなどはいつも全力でリーダーや発表役を回避してきた。とにかく目立つことをするのが嫌なのだ。

だからきっと先生だって私には向いていないと分かっているはずなのに。そう思ってすぐに喜久田先生に訊ねた。

『どうして私なんですか？』

『露草さんが適任だと思ったからよ。誰に頼もうかなって悩んでたときに、司書の先生から、一年生のときは薊(あざみ)くんの次に露草さんの貸出冊数が多かったって伺って』

ええー、と口に出してしまいそうになったものの必死に呑み込み、できるだけ控えめに訊ね返した。

『じゃあ、なんで薊(あざみ)くんに頼まないんですか……？』

たしかに私はよく図書室で本を借りているけれど、薊(あざみ)くんのように難しそうな専門書ではなく、気軽に読めるライトな小説ばかりだ。勉強のためではなく、娯楽のための読書で、映画やドラマを観たり漫画を読んだり音楽を聴いたりするのと同じような感覚だ。薊くんみたいに寸暇を惜しんで知識を得るように読むという感じではなくて、私にとっていちばん手軽でお金のかからない暇つぶしの方法が読書だというだけ。ぼんやり目で文字を追っているに過ぎないから語彙力も文章力も大してなく、国語の成績も悪くはないけれどそれほどよくもないし、作文で賞をもらったりしたこともない。

つまり、どう考えたって私は適任ではない。私に声がかかるのはおかしい。私なんかより薊くんのほうがずっと高尚な内容の弁論ができるに決まっている。

でも、先生は眉を下げて少し困ったように笑った。

『だって、薊くんが引き受けてくれると思う？』

私は一瞬口をつぐみ、それから小さく答えた。

『……思いません』

『でしょう？』

喜久田先生は、学級担任を受け持つのは初めてだと一学期の始業式の日に言っていた。いつも笑顔で優しくて、話しやすいと人気の先生だけれど、生徒に毅然とした態度で厳しく対応するようなタイプではない。薊くんみたいに我の強い生徒はお手上げだろうなと思う。私だってもしも学校の先生になったとして、彼のような生徒がいたら、きっと触らぬ神に祟りなしという感じでなるべく接触しないようにするだろう。

薊くんは、私の知る限り、クラスのために行動したり、面倒なことや損な役回りを引き受けたりしたことは皆無だった。

ひどく個人主義的で、彼は『誰かのため』『みんなのため』などという理由で自分を犠牲にしてなにかをするような人間ではないのだ。自分がやりたいことしかしないし、やりたくないことは絶対にしない。すごくシンプルな行動原理で動いている。

四月の委員長決めのとき、成績がいいという理由で薊くんが他薦され、投票の結果一位になった。彼は一年生のころから優秀で有名だったので、私もその性格はよく知らずに薊くんに票を入れた。私を含め、まだみんな彼のことをよく理解していなかったのだ。

でも薊くんは冷ややかな顔で『嫌だ』とすげなく断った。誰も口を挟める空気ではなかった。

それで、次点だった鈴白くんが委員長に決まったのだ。

『僕でよければ』

鈴白くんは、薊くんとは正反対の穏やかな微笑みを浮かべて言った。

『至らないところも多いと思いますが、少しでもみんなの力になれるよう精一杯努めますので、よろしくお願いします』

そう丁寧に言って深々と頭を下げた鈴白くんの姿と、頬杖をついて我関せずの態度を貫く薊くんを見比べて、みんな『委員長が鈴白くんになってよかった』と心から思ったに違いない。

『あの、一応訊きますけど、鈴白くんとかは……』

薊くんは無理にしても、私よりは絶対に鈴白くんのほうが適任だ。でも喜久田先生は小さく首を振った。

『鈴白くんは弓道部の練習と生徒会で毎日忙しいみたいだから。七月は部活の大会とか、生徒会のボランティアイベントとかもあるらしいし、あとはなんだっけ、体育祭の運営委員と、全国大会に行く部の激励会の準備も担当してるんじゃないかな』

『うわあ、聞いただけで大変そう。さすがですね……』

　鈴白くんはいつもなにかの仕事を抱えていて、先生たちの手伝いを率先してやったり、生徒会関係の人と話し合ったり、クラスメイトや部活の後輩からの頼み事や相談を受けたり、とにかく色々な用事で常に忙しそうにしていた。でも嫌そうな顔や疲れた顔なんて一度も見たことはない。いつも朗らかな笑顔で、なんでも軽々とやってのけるのだ。

『そんな状況なのに弁論大会まで頼んだら負担になっちゃうでしょう。鈴白くんなら、お願いされたら無理してでも引き受けちゃうだろうし……』

『……そうですね』

　鈴白くんが『忙しいのでできません、他の人に頼んでください』と断る姿なんて、想像もできなかった。特に弁論大会で発表するなどというほとんどの人が嫌がる面倒ごとを他人に押しつけるなんて絶対にしないだろう。きっと彼は心身を削ってでも引き受けてしまう。

　もしも私が断ったら、鈴白くんにお鉢が回ってしまうかもしれない。それはさすがに申し訳なさすぎる。

『じゃあ……私、やります』

　そう考えて、自分なりに覚悟を決めて引き受けたわけだけれど。そんな一ヶ月前の自分を、「考えが甘い、調子に乗るな、分をわきまえろ」と怒鳴りつけたくなるくらい、事態は逼迫（ひっぱく）していた。

　そもそも、長いものに巻かれ、流れに身をまかせてのほほんと生きてきた私に、全校生徒の前で訴えたいような考えなんてあるわけがないのだ。もしあったとしても、批判覚悟で堂々と主張するような度胸はない。

「やっぱどう考えても無理だったー。律子、替わってー」

冗談めかして言うと、「がんば」と笑って返されてしまった。でも、頑張ろうにも、考えるネタがないのだ。いっそのこと誰かの考えを代弁しろと言われたほうがずっと楽だった。

私って本当に自分がないんだな、と改めて実感させられて、なんだか虚(むな)しく、途方に暮れたような気持ちになった。

「はああ、ほんと、どうしようかなあ……」

そのとき、ふいに教室が静かになった。前のほうからじわじわと波が引くように。

私たちは同時に、クラスメイトたちが見ているほうへ目を向けた。教室の前のドアが開いていて、喜久田先生が中に入ってくるところだった。

昼休みの時間に先生が教室に入ってくるなんて珍しい、というか初めてだった。

「きくちゃん、どしたのー？」

木内くんが先生に手を振って言った。いつもなら喜久田先生は笑いながら『こら、先生って呼びなさい』と言うし、木内くんのほうもそれを分かっていてにやにやしながら先生の言葉を待っている。

でも、今日の先生はなにも言わなかった。不思議に思って顔を見ると、深く俯いていて表情がよく分からない。淡いピンク色のブラウスに包まれた薄い肩が、細かく震えているように見える。

なんか様子が変だな、と思った。もしかして具合が悪いのだろうか。だから英文法は自習だったのか。

次の瞬間、先生がゆっくりと顔を上げた。ひと目見てすぐに分かるくらい、ぞっとするほど青白くて、みんなが驚きの声を上げる。

「先生、大丈夫ですか？」

「なんか顔色すごく悪いですけど……」

いちばん前の席に座っていた女子ふたりが、心配そうに声をかける。

先生はいつものように笑顔で応じる余裕もないようで、ほとんど上の空の様子で彼女たちに軽く頷きかけただけだった。

それからふらふらと教壇にのぼり、教卓の前に立つ。

尋常ではない雰囲気に、みんな固唾を呑んで先生を見守る。

何度か呼吸したあと、先生が口を開いた。

「……み、みなさんに……、つ……」

声がひどく小さい。一部の人たちが怪訝そうに「なに？」「聞こえない」「なんか変じゃない？」などと呟きはじめたため、にわかに騒がしくなってきた。

「おい、静かにしろ」

低く太い声が響いてきて、みんながはっとそちらを見る。

いつの間にか、学年主任の渡辺先生が教室の中に入ってきていた。先生はいつになく硬い表情をして言う。

「喜久田先生から、大事な連絡があるから」

「連絡？」と誰かが小さく言った。普通なら連絡事項はホームルームのときに伝えられる。わざわざ昼休みに教室に来てまで話さないといけないということは、よっぽど緊急の連絡なのだろうか。

「大丈夫ですか」

渡辺先生が教壇にのぼり、喜久田先生に近寄って訊ねる。先生はふらつきながら目元に軽く手を当てた。

「は、はい……すみません……」

「話せますか」

「だい、大丈夫です……」

「…………」

渡辺先生が黙って教壇から下りた。喜久田先生が真っ青な顔で私たちを見る。

「……みなさんに、伝えなくてはいけないことが、あります……」

胸騒ぎがする、という表現の意味を、初めて知る。

お腹の底から急激にせり上がってくる、吐き気にも似た不快感。こんなに気持ちが悪いんだ。

私は無意識のうちにごくりと生唾を飲み込んだ。

「……っ、す……」

先生が突然、両手で口元を覆い、前かがみに倒れるようにしゃがみ込んだ。その口から、か細い悲鳴のような声が洩れ聞こえてきて、みんなが目を見開いて絶句する。

「喜久田先生！　大丈夫ですか」

渡辺先生が駆け寄り、肩を抱くように支えたけれど、喜久田先生はそのまま泣き崩れてしまった。

異様なほどに静まり返った教室に、先生の押し殺したような泣き声だけが響く。

「……代わりに話しましょうか」

渡辺先生が低く言った。

「うっ、うう……お願いします……」

喜久田先生は俯いたまま呻（うめ）くように答える。

渡辺先生が頷き、こちらを向いて視線を巡らせた。

「鈴白くんが――」

どくっと音を立てて、心臓が跳ね上がる。

夕陽の幻影が、再び甦（よみがえ）る。

「鈴白蓮くんが、亡くなりました」

午後の授業は中止になり、体育館で臨時の全校集会が行われたあと、全生徒が一斉下校した。
帰り際、明日以降のことは夜までに保護者に連絡する、と伝えられた。
気がついたときには、家のソファに座っていた。どうやって帰ってきたのか、ほとんど記憶がない。ただ、帰りの電車も駅も、まるでなにごともなかったかのように、怖いくらいにいつも通りだったことだけは、妙にはっきり覚えている。

外が暗くなるまでぼんやりと天井を眺めていて、やっと我に返り、無意識にスマホを手に取った。『電池残量が少なくなっています』という表示を見て、機械的に身体を動かし、充電ケーブルにつなぐ。

テーブルの上にあるテレビのリモコンを見て、なにも考えずに電源ボタンを押した。

真っ黒だった画面がぱっと明るくなり、夕方のニュース番組が映し出された。薄暗い部屋で皓々と光る画面をじっと見る。【今日のニュース　トピックス】というテロップの下に、いくつかの吹き出しが表示されている。

【猛暑の予想、熱中症に注意を】

【未明の住宅火災　住人夫婦が死亡】

【振り込め詐欺　受け子役の中学生逮捕】

【スーツケースから性別不明の遺体発見】

そのうちのひとつを目にした瞬間、呼吸が止まった。

【栄央線で人身事故　10万人に影響】

瞬きも忘れて画面を凝視した。

テロップが効果音とともに浮かび上がり強調表示され、アナウンサーが無表情にニュースを読み上げる。

『十日朝、栄央線で人が電車にはねられて死亡する事故があり、周辺の区間で運転を見合わせるなど、通勤・通学の足に大きな影響が出ました』

　映像が切り替わり、駅のホームを少し過ぎたところに停車した電車が画面に映し出された。見慣れた車両だ。線路の上で、警察官がなにか作業をしている。

　テレビ消さなきゃ、と瞬時に思ったけれど、身体が動かなかった。目を逸らすことさえできず、見たくないのに見てしまう。

『きょう午前七時半ごろ、栄央線S駅のホームで、A駅発Y駅行きの特急電車に人がはねられ、病院に搬送されましたが、約一時間後に死亡が確認されました。乗客・乗員およそ五百名に怪我はありませんでした』

　映像が再び切り替わる。人がひしめき合うホーム、飛び交う怒号、駅員のアナウンスの声。右上には【混雑する駅の様子　視聴者提供】と表示されていた。

『この事故の影響で、栄央線はF駅からU駅の間で上下線ともに約二時間にわたり運転見合わせとなり、約十万人の足に影響が出ました』

「ただいま」

　突然背後から声がして、薄闇に包まれていた部屋が白い光に照らし出された。お母さんが帰ってきたのだ。

「どうしたの、電気もつけないで。制服のままだし。寝てたの？」

「ううん……」

　頭が重い。後ろから髪を引っ張られたように、ソファの背もたれに倒れかかった。

「ああ、今朝の事故ね」

お母さんがテレビを見て言う。

「すごい渋滞で全然車が動かなくて、なんでこんなに混んでるのかしらって不思議に思ってたら、電車の事故の影響だったみたいで驚いた。サイレンの音がすごかったわよ。月曜は多いわよねえ」

私は声も出せず、お母さんの顔を見ることもできず、ただじっとテレビのほうを向いていた。

『事故の直前、鞄をホームに置き線路に飛び降りる人を目撃したという情報もあり、警察は自殺の可能性が高いとみて詳しい状況を調べています。次のニュースです』

一気に画面が明るく、鮮やかになる。【夏本番！　臨海公園ビーチ海開き】。さんさんと降り注ぐ太陽の光の下、海水浴場を埋め尽くす人々。カラフルな水着やパラソル、レジャーシート、ビーチボールや浮き輪で、砂浜も海面も色とりどりに染まっていた。目がちかちかする。思わず顔を背けた。

お母さんは興味を失ったようにテレビから離れ、ダイニングの椅子にバッグを置いた。

「なずなも大変だったでしょう。電車、かなり遅れたんじゃない？」

「うん……」

私はスカートの裾をいじりながら上の空で頷いた。

「そうよねえ。授業には間に合ったの？　まあ、こういうときは遅刻扱いにはならないでしょうけど」

「うん……まあ」

「よかったわね。私は駅近くの国道で渋滞に巻き込まれちゃってね、踏切がずっと閉まったままで、何分経っても全然動かないんだもの、参ったわよ。会社に着くまで二時間もかかっちゃって、朝からさんざんだったわ」

「……おつかれ」

「遅刻しちゃった同僚が多くて仕事にならないし、私も代わりに受付に出たりして本当に大変だった、もうへとへと。晩ごはん、ありあわせでいいわよね」

「うん……」

　お母さんは疲れた顔をしつつも、いつになくよくしゃべった。いつかの帰宅中に事故遅延に巻き込まれたときの私も、こういう感じでお母さんにたくさんしゃべった記憶がある。こんなことがあった、こんなに大変だったと、非日常の経験からくる興奮と熱を抑えきれずに、晩ごはんを食べながら絶え間なくしゃべった。

　もうすぐお母さんはきっと学校からのメールを見て、電車に飛び込んで死んだのはうちの高校の、しかも私と同じクラスの生徒だと知ることになるだろう。

　そうしたら、お母さんは、どんな顔をするだろうか。もしかしたら『どんな子だったの？』などと根掘り葉掘り訊かれるかもしれない。

　小学生のとき、同じ学年の子が車と接触する事故があったときも、『同じクラス？　どこのクラス？　どんな子なの？』と訊かれた。お母さんは噂話が好きなので、なにかいつもと違うことがあるとすごく話を聞きたがるのだ。

　私は事故に遭ったその子のことを直接は知らなかったので、適当に答えてあしらったような記憶があるけれど、もし今、あのときと同じように鈴白くんのことを訊かれたりしたら、耐えられる気がしなかった。

「……疲れちゃったから、今日はもう寝るね」

ソファから立ち上がってそう呟くと、お母さんは目を丸くした。

「あら、そうなの。事故のせいで大変だったからね、きっと」

「………」

「あとでなにか食べるもの持っていこうか？　おにぎりとかりんごとか。あ、ヨーグルトもあるわよ」

「ううん、大丈夫。お腹空いてないからいい」

「あらそう？　もしかして風邪の引きはじめかしら」

お母さんが近寄ってきて、私の額に手を当て、「熱はなさそう」と言った。

「でも、念のため早く寝たほうがいいわね。ああ、お風呂は明日でいいけど、服はちゃんと着替えなさいよ、皺になるから」

はい、おやすみなさい。小さく返し、スマホを充電ケーブルから外して、すっとリビングを出て自室に戻った。

身体が重くて歩くのもだるかったけれど、様子がおかしいと思われたら部屋に入ってこられるかもしれないので、いつも通りに振る舞わなければと必死だった。今日はもう誰とも話したくない。

なんとか部屋着に着替えたあと、倒れ込むようにベッドに横たわり、見慣れた天井をじっと見つめる。クロスの合わせ目がわずかに膨らんでいる。初めはぴったり綺麗に貼り合わせてあったのに、時間が経つうちに徐々によじれて歪んできたのだ。

スマホを手に取り、ロックを解除した。いつもの癖で無意識にツイッターを開く。

ぼんやりとタイムラインを追っていると、去年同じクラスだった女子のツイートが現れた。『これうちの学校の子らしい（泣）』というコメントとともに、ニュースサイトの記事を引用している。記事タイトルは、『特急にはねられ男性死亡』。

見なければいいのに、開いてしまった。私は馬鹿だ。でも、一度開いてしまったら、読まずにはいられなかった。

記事の内容は、さっきのテレビのニュースとほとんど同じだった。

その下のほうに、読者が投稿したコメント欄がある。いちばん上に表示されているものが自然と目に入ってきた。

『また人身事故テロか。世界一迷惑な死に方』

見たってろくなことはないと頭では分かっているのに、他のコメントも流し読みしてしまう。

『死ぬのは勝手だけど、ビルから飛び降りたり電車に飛び込んだりは絶対にやめろ。少しは周りの迷惑も考えろ。死ぬならひとりでどうぞ』

『運転士さん、トラウマだろうな。可哀想。電車飛び込みって自分さえよければいいっていう無責任な死に方だと思う』

『死んでまで家族に迷惑かけるな。本人は死んで全部放棄して楽になるだろうけど、遺族は損害賠償何億円も請求されて、一生苦しむことになるんだぞ』

『この事故のせいでタクシー使う羽目になった。遺族にタクシー代も請求したい』

『自分の結婚式の日、人身事故で電車が遅れました。お客さん待たせて、お色直しもなくなって、何ヶ月もかけて準備してきたのに、一生に一度の思い出を台無しにされました。いまだに許せないです』

『あえてたくさんの人を困らせる死に方を選ぶのはなぜ？　社会への恨み？　復讐？　自分の人生がうまく行かないのは社会のせいではなく自分のせいなのに』

『自殺するような心の弱い人間は社会に必要ない。存在自体が迷惑。死にたいやつは安楽死できるような制度を早急に作るべき』

読んでいるうちにだんだん気分が悪くなってきて、画面の左上のバツ印を思い切りタップしてニュースを閉じた。

元のツイートには、いくつか新しく返信がついていた。

『死んだの学生さんなの？　可哀想。泣ける』

『死にたいくらいつらいなら、学校行かなくてもいいんだよ』

『いじめられてたのかな。死ぬことないのに。今はつらくても、生きてればいいことある！』

それから、『もしかしてこれ？』という言葉と共に、一枚の写真。

人で溢れる駅のホーム。たくさんの警察官が目隠しをするようにブルーシートや毛布をかかげている。その隙間から、シートに覆われた担架が救急隊員に運ばれていく様子がちらりと見えていた。

私はすぐに左上の矢印マークを押してタイムラインに戻った。

無意識にスクロールすると、みんなのツイートがどんどん流れていく。

午後休校になったラッキー今から映画行く。テスト返ってきた死んだ。大好きな漫画のアニメ化が決まったので来年まで絶対生きます。今日から鈴木真昼(すずきまひる)のドラマ始まる早くお風呂入ってスタンバイしなきゃ！　部屋のクーラー壊れたマジつらい。日本代表予選通過おめでとう！今日の晩飯ハンバーグかよ昼とかぶった最悪。

　そこにあるのは、変わらない日常。

　私のタイムラインは学校関係の人のツイートがほとんどで、鈴白くんのことが分かった昼すぎはさすがに静かになっていたけれど、今はすっかり普段通りだ。クラスメイトたちも、いつもとなんら変わりない言葉や写真ばかり投稿している。

　体育館で行われた臨時集会の光景を思い出す。壇上の校長先生の口から、さすがに名前は伏せられたものの、本校の生徒が鉄道事故で亡くなったという事実が告げられた。自殺という言葉は使われなかったけれど、閉鎖された校内にいてもインターネット経由でいくらでもリアルタイムの情報は入ってくる。臨時休校のアナウンスが流れてから体育館に移動するまでの十分ほどの間に、おそらくほとんど全ての生徒が、何年何組の誰が死んだのかということ、そしてどうやら自ら電車に飛び込んだらしいということを知っていたと思われる。鈴白くんは生徒会役員の仕事や弓道部の表彰で人前に出る機会も多かったので、なおさら噂が回るのは早かっただろう。

　校長先生の話が始まってすぐに、あちこちから泣き声や洟(はな)をすする音が聞こえてきた。泣き崩れる生徒もいた。他学年の生徒たちは『やばくない？』『怖いね』などと囁きあっていた。クラスメイトの女子のほとんどが顔を覆って涙を流していて、男子も俯いたり天井を仰いでいたり、何人かは目を擦っていた。

あんなにみんな哀しそうだったのに、たったの数時間で、私を取り巻く世界は元通りになり、学校の人たちはなにごともなかったかのように生活している。

いや、あえて、そうしているのかもしれない。私だって、いくらネット上とはいえ、彼のことに触れる気にはなれない。

スマホの電源ボタンを押した。四角い世界が一瞬にして真っ黒になり、全ては呑み込まれ、掻き消される。手垢や埃で汚れた画面に、やけに虚ろな目をした自分の顔が映っていた。

枕に頭を埋め、目を閉じる。でも、眠気はない。

瞼の裏に、スマホの画面を埋め尽くした心ない言葉が灼きついている。

鈴白くんの事故のニュースにコメントを書き込んだ人たちは、きっと錆びた刃物を宙に放り投げたくらいの気持ちでいるのだろう。特定の誰かに投げつけたわけではないのだから、誰にも当たらないし、誰も傷つけないと思っているのだろう。

でも、それはまぎれもなく、研ぎ澄まされた鋭利なナイフだった。その証拠に、あの言葉たちを見た私の心はずたずたに切り裂かれていた。そして言葉は毒のように内側から心を蝕む。

――世界一迷惑な死に方。

――少しは周りの迷惑も考えろ。

――存在自体が迷惑。

迷惑、迷惑、迷惑。

違う違う、絶対に違う。鈴白くんはそんな人じゃない。迷惑をかけようとしたわけじゃない、絶対に。

彼は誰よりも優しくて、誰に対しても平等に親切で、他人に迷惑をかけるようなことは決してしない人だ。

――あえてたくさんの人を困らせる死に方を選ぶ……。

――自分さえよければいいっていう無責任な死に方……。

そんなはずない。そんなはずないのに。

彼はいつだって自分のことは後回しにして、当たり前のように他人を優先して、周りのことばかり考えているような、そして引き受けたことは少しも手を抜いたりせず必ず最後までやり通す責任感の塊のような人だ。

そんな彼が、見ず知らずの人たちから罵倒され、非情な言葉を投げつけられるような最期を迎えるなんて、誰が想像できただろう。鈴白くんを知る人なら、絶対に想像すらしなかったはずだ。

私は怒りに任せて心の中で喚き散らしていたけれど、しばらくして、ふと気がつく。

よくよく考えてみたら、どれも今朝の電車内で聞いたのと同じような言葉だ。遅延に苛々した乗客たちが似たようなことを言っていて、私もそれを聞いていたけれど、あのときは別になにも思わなかった。

でも今は、あまりにも冷たく無情で残酷な言葉に聞こえる。

そうだ、私だって同じだ。まったく関わりのない他人の命は、無意識のうちに自分には無関係だと割りきっている。もしも誰かが死んで自分がなにか直接的な影響を受けてしまったら、ある。

迷惑にすら感じる。毎日いくつも流れてくる死亡事故や殺人事件のニュースを、お菓子を食べながら、髪の枝毛を探しながら、スマホで動画を見ながら、上の空で聞いていたことが何度もある。

知らない場所で、知らない人が死んだと聞いても、ほとんど心なんて動かされない。私だって充分に冷たく無情で残酷な人間だ。

だけど私は、鈴白くんを知っている。毎日同じクラスで共に過ごした。

彼の死は私にとってあまりにも衝撃的だった。関わりのある人が突然死ぬという出来事は、こんなにも重く、大きいのだと初めて知った。

鈴白くんが死んだと聞いてから、私の頭はずっと彼のことでいっぱいだった。

彼はみんなから好かれていて、しかも頭もよくて容姿にも恵まれていて、学業でも部活でも優秀な成績を維持し、抱えきれないほどの仕事を要領よく軽々とこなす能力もあって、誰もが認める立派な人だ。神様に選ばれ、特別に手をかけて造られたような人だ。

なのに、どうして自殺なんかしたんだろう。どう考えたって彼の行く先の道には、希望の光しか射していないのに。

——自殺じゃないんじゃないか。

ふいに湧き上がってきた疑念に、私ははっと目を見開いた。

鈴白くんが死んだと聞かされてから、ずっと胸の中にあった空洞に、その疑念がぴったりと嵌(は)まった気がした。

鈴白くんが自ら電車に飛び込んで死んだなんて、やっぱり信じられない。

そうじゃなくて、たとえば、突然気分が悪くなってよろけて、そこが運悪くホームの端で、気づかずに足を踏み外してしまったとか。

それか、考えるのも怖ろしいけれど、誰かに突き落とされたとか……。駅ですれ違っただけの人をカッターで切りつけたり、はさみで服や髪を切ったりという無差別犯のニュースを何度も見たことがある。世の中にはそういう人が普通に出歩いているのだ。彼も不幸にもそういう事件に巻き込まれてしまったんじゃないか。

もしくは、ホームから転落しそうになった誰かを助けようとしたとか。鈴白くんなら、そういう場面に遭遇したらきっと誰よりも早く動くだろう。彼は自己犠牲を厭わない人だから。

もちろん全てただの想像だけれど、こういうことのほうがよっぽどありえそうだった。というか、こういう経緯があったのなら納得できる。

それくらい、鈴白くんのイメージは『自殺』からかけ離れていた。

再び下ろした瞼に、彼の姿が甦ってくる。いつも穏やかな表情でクラスのみんなを見つめていた温かい眼差し。誰にも頼まれなくても褒められなくても、みんなのために黙々と教室を綺麗にしていた背中。

そして、あの日、世界をかき消すほどの目映い夕陽に照らされた屋上で、私にくれた言葉と微笑み。

ゆっくりと目を開けて、あてもなく視線を巡らせたとき、机の上に置いてある砂時計が目に入った。

私は無意識のうちに立ち上がり、よろよろと歩いて椅子に腰かけて、目の前のそれを手にとった。木枠にはめられたひょうたん形のガラスの中に、真っ白な細かい砂が入っている。

ゆっくりと逆さまにすると、さらさらと砂の落ちる音が微かに響き始めた。

とめどなく流れ続ける砂を見ていたら、突然、涙が溢れて止まらなくなった。

「……っ」

机に覆い被さるように身を縮め、声が洩れないように必死に口元を押さえる。お母さんに気づかれたらいけない。

涙で視界が歪む。引き絞られたように喉の奥でぎゅうっと音が鳴った。苦しい。

鈴白くんが死んだ。死んでしまった。

もう戻ってこない。もう彼はいない。

どうして、明日も明後日も彼は生きていると、当たり前のように思ってしまっていたんだろう。そう思っているという自覚すらなく、思い込んでいた。

終わりはいつも前触れもなく訪れ、日常は呆気なく奪われる。身の回りの、そして世界中の出来事がそれを日々証明して見せつけてくるのに、どうして私たちはそんな重大なことを忘れてしまうんだろう。

この時間が永遠に続くと、絶対に明日は来ると、みんな明日もそこにいると、大きすぎる勘違いをして、私たちは毎日を刹那的に過ごしてしまっている。

見えるのに触れられないガラスの向こう側で、延々と流れ落ちていく砂。

決して手は届かない。止められない。

戻らない。戻せない。

過ぎた時間は決して戻らない。絶対に戻せない。

どうして。意味のない疑問が込み上げてきて、心の中で暴れ、叫び、喚き散らす。

どうして死んじゃったの。わけが分からない。信じられない。

鈴白くんのどこに死ぬ理由があるの。なにもかもに恵まれた完璧な人で、たくさんの人から慕われて、頼られて、愛されて、そんな人がどうして死ななきゃいけないの。

こんなにも理解できない現実を突きつけられたのは初めてだった。今まで生きてきて一度も、こんなに混乱したことはなかった。

ショックだとか、悲しいだとかではない。目の前に忽然（こつぜん）と現れた理解しがたい事実を前に、ただただ言葉を失い、呆然（ぼうぜん）としていた。涙だけが勝手に溢れてくる。

砂の音が止まった。砂時計をそっと手にとり、ひっくり返してことんと置く。落ちたはずの砂が再び流れはじめる。過ぎたはずの時間がまた動き出す。

こんなふうに時間を巻き戻せたらいいのに。そうしたら、鈴白くんが死んだなんていうわけの分からない現実もリセットされるのに。

そんなの無理だと、嫌というほど分かっている。

時間は決して戻らない。どんなに願っても、どんなに祈っても。

止めどなく流れる砂を見つめながら、気がついたら意識が途切れていた。

# 2章 綻び

Even if my prayers go unanswered, I have something to tell you.

さらさらと流れる音で目を覚ました。

一瞬、砂の音かと思ったけれど、いつもの小川のせせらぎだとすぐに気がつく。

瞼を上げてすぐ、ぼやけて霞(かす)んだ視界に入ってきたのは、机の上で静まり返った砂時計だった。ぼんやりと瞬きをしながら、時の止まった時計をじっと見つめる。純白の砂を包み込む透明なガラスが、朝の光に溶けて消えてしまいそうに見えた。

身体が痛い。首や肩や背中が固まったようにぎしぎしと軋(きし)む。ゆっくりとベッドから身を起こす。いつの間にベッドに入ったのだろう。机に突っ伏して目を閉じたところから記憶がなかった。

砂時計から目が離せない。眠っている間は忘れていた、鈴白くんが死んだという現実がまた私の全身を覆う。

苦しくなって彷徨(さまよ)わせた視線が、窓をとらえた。ぴったりと閉じたカーテン。いつ閉めたのだろう。記憶にはないけれど、身に染みついた習慣で閉めたのかもしれない。

ふっと口元がいびつに歪んだ。鈴白くんが死んだのに、すごくすごく悲しくてあんなに泣いたのに、私の身体はカーテンを閉め、ベッドに入り、いつも通りの動きをしたのだ。

だらりと手を伸ばして、カーテンをつかみ、細く開ける。隙間から見える窓の向こうは薄暗く、空はどんよりと灰色に曇っていた。しばらく晴れが続くと昨日の天気予報では言っていたのに、まるで梅雨空みたいだ。

頭が重くて、なにも考えられない。ベッドの上に座り込んでぼうっと膝(ひざ)を抱えていたら、

「なずなー、起きたのー？」

お母さんの声が洗面所のほうから聞こえてきて、はっと我に返った。

「うん、起きてる」

答えた声はからからにひび割れていた。こくりと唾を飲み込み、もう一度「起きてるよ」と言う。

「今日、午前中から雨になりそうですって。傘忘れないようにね。きっと電車も混むわよ、早くしなさい」

「はーい……」

のろのろと身体を動かしてベッドから下り、部屋を出て洗面所に向かった。

「おはよう」

お母さんが洗濯機から衣類を取り出しながら振り向き、声をかけてきた。

「おはよう」

そう答えつつ、お母さんの顔色を窺う。昨日の夜のうちに、鈴白くんのことで学校から連絡があったはずだ。でも、お母さんは特にそのことには触れず、濡れたブラウスをぱんぱんと叩いて皺を伸ばしている。あえて触れないという気遣いなのか、それとも同じクラスの子が死んだということまでは伝わっていないのか。分からないけれど、私も彼の話をしたくはないので、確認が必要なことだけを口にする。

「……今日、学校あるの？」

小さく訊ねると、お母さんはきょとんとした顔をこちらに向けた。

「へ？　あるに決まってるでしょ。今日、平日よ？」

「え、あ、うん」

戸惑いながら答えると、お母さんがふふっと笑い、洗濯かごを抱えたまま、ぽんと私の頭に触れた。

「どうしちゃったの？　頭でも打った？」

おかしそうにくすくす笑うのを見て、反射的に「大丈夫」と首を振った。

そうか。生徒がひとり死んだくらいでは、学校は休みにはならないのか。てっきり今日は休校だろうと思っていたので驚いた。

でも、確かにそういうものなのかもしれない。多くの生徒にとって鈴白くんは顔と名前を知っているだけでまともに話したこともない人だろうし、クラスメイトだってただ同じ教室で授業を受けているだけで家族でもなんでもない。ただの『他人』。他人が死んだところで忌引きにはならないのだから、休校になるわけがないような気もする。学校にとっては授業を進めることのほうが大事ということなのだろう。

そうか、そんなものなのか。鈴白くんの死は、私たちにとって、そんな程度のものなのか。

なんだか身体に力が入らない。洗面台に手をついて、ごぽごぽと水を吸い込んでいく排水口をぼうっと見つめる。

駄目だ、すぐに思考が飛んでしまう。なににも集中できない。こんなんで今日の授業大丈夫かな、と不安になったけれど、授業なんてどうでもいいような気もした。

「あ、お風呂……」

そういえば昨夜は入浴せずに寝てしまったのだったと思い出した。

振り返って浴室のドアを開けると、お母さんが「どうしたの？」と声をかけてくる。

「あ、昨日お風呂入ってないから、シャワーだけでもと思って」

「えっ？」

お母さんがびっくりしたように声を上げ、それから怪訝そうに眉をひそめた。

「なに言ってるの。ちゃんと入ったでしょう」

「え」

「ほら、なずなの分、あるでしょ」

お母さんが洗濯かごの中を指差す。たしかに私のバスタオルや肌着が入っていた。

言われてみれば、真夏に入浴しないまま寝てしまったわりには、肌や髪のべたつきを感じない。もしかして、夜中に目が覚めてお風呂に入ったとか？　だからベッドに寝ていたのか。でもなにも覚えていない。鈴白くんのことで混乱していたから、昨夜の記憶がなんだか曖昧だ。

「なあに、本当にどうかしちゃったんじゃない、大丈夫？」

お母さんが冗談半分、心配半分というような笑みを浮かべて言った。

「夏バテかしら。調子悪いんなら今日は学校休む？」

「あ、ううん、大丈夫。体調は、悪くない」

「そう？　ならいいけど……」

お母さんは少し首を捻りつつも洗面所を出ていった。

顔を洗って寝癖を直し、制服に着替えてリビングに入る。いつもなら化粧をしているお母さんが、テレビを見ながらまだ朝ごはんを食べていた。特に急いでいる様子もない。

「あれ、お母さん、もう行かなきゃじゃない？」

私は時間を確かめてから言った。お母さんも「え？」と壁掛け時計に目を向ける。

「まだ全然大丈夫よ。なあに、さっさといなくなってほしいみたいな言い方ね」

私は慌てて首を振った。

「いやいや、そういう意味じゃないよ」

仕事の繁忙期はもう終わったのだろうか。それならそれでいいのだけれど。

食欲はまったく湧かなかったけれど、お母さんに気づかれないようになんとか詰め込んだ。

少し時間に余裕をもって、十分ほど早めに玄関に向かう。

「じゃあ、行ってきます」

「行ってらっしゃい」

お母さんより先に家を出るのは久しぶりだった。

曇り空の下を行く。こんなにどんよりした天気は、たしか梅雨以来か。じめじめしていて気が滅入るけれど、陽射しがないからだろうか、ずいぶん体感温度が低いのは助かる。

駅に着き、ホームの列に並ぶ。電車の時間まで少し余裕があるので、柱に寄りかかってスマホを取り出す。昨日帰宅してすぐ充電したあと、夜はあまり使わなかったからか、今日は電池残量は充分だった。

タイムラインを見ると、『眠い』だとか『学校だるい』だとか『テストやばい』だとか、まったく普段通りの様子だった。

家も、学校も、いつもとなにも変わらない朝だ。

トレンドに『人身事故』とあってどきりとしたけれど、まったく関係のない県でＪＲが運転見合わせをしているという話題が並んでいるだけだった。昨日の鈴白くんの事故なんて、どこにも触れられていない。

鉄道事故なんて珍しいものではなく、日本各地で毎日何件も起こっているのだ。翌日まで注目されるようなニュースではない。

ぼんやりと画面を見つめる私の耳に飛び込んでくる、電車待ちの客たちのざわめき、次の電車の行き先を告げるアナウンスの声、電車の到着を知らせるチャイムの音、駅前を走り抜けていく車のエンジン音とクラクション。

鈴白くんが死んだのに、世界はあまりにも普通だった。なんにも変わらない。まったくいつも通り。

そういう歌があったな、とふいに思い出す。誰かが死んでも、三日もすればみんな忘れる、みたいな歌詞の歌だ。

でも実際は、三日どころか、一日もしないうちに、世界はまったく元通りだった。

誰かの死は、身近な人たちにとっては受け入れがたい重大なものでも、その他大勢にとっては毎日毎秒いたるところで数えきれないほどに頻発している、ごくありふれた出来事なのだ。

そういうものだ。

そういうものだと分かっていたはずなのに、今回ほど身に沁みたことはなかった。

ホームに滑り込んできた電車に乗り込む。

高校の最寄り駅について改札を出たところで、足が止まった。雨が降り出している。そして、傘を持ってくるのを忘れた。

さっきまでは空はどんよりと曇っているものの天気は持ちこたえていたのに、今は耐えかねたように雨粒がぽつぽつ落ちてくる。空の色は暗く、これからひどくなりそうに思えた。

これくらいの雨なら、駆け足で学校に向かえばびしょ濡れになる前になんとか辿り着けるかもしれない。

意を決して、雨の中へと踏み出そうとしたときだった。

「露草さん」

その声が背後から聞こえた瞬間、驚きのあまり息が止まりそうになった。

ふんわりと柔らかい声。聞き覚えがある。この声は。

「おはよう」

当然のように朝の挨拶をしてくる人物を、振り向いて確かめる。

「……え」

鈴白くんが、いた。

真っ白なシャツに映える、よく晴れた空みたいな淡いブルーの傘を差して、私の真後ろに立っていた。

「え……？」

私は唖然としたまま身体の向きを変え、正面から鈴白くんを見上げる。

とっさに浮かんだ言葉は、幽霊、だった。

でも、目の前にいる彼は、いわゆる幽霊のイメージにはほど遠い。幽霊というものが本当にいるとして、実際のところどういうふうに見えるのか私は知らないけれど、どう見ても普通に足が生えていて、その足はしっかりと地面を踏みしめていて、身体が透けているだとか、淡く発光しているだとかいう様子もない。血色のいい顔も、小首を傾げる仕草も、どう見ても生きた人間だった。

「傘、ないの？　これ、よかったら使って」

いつもと変わらない調子で、爽やかな笑みを浮かべて、鈴白くんが私に折りたたみ傘を差し出している。

さすが準備がいいなあ。いや、そうじゃなくて。そんなことはどうでもよくて。

鈴白くんだ。鈴白くんがいる。

にわかには信じがたくて、まじまじと観察してしまう。細く柔らかそうな薄茶色の髪と、優しげな眼差しの薄茶色の瞳、するりと滑らかな色白の肌。

紛れもなく、鈴白くんだ。何度見ても、瞬きすら忘れて凝視しても、鈴白くんだ。

生きている。鈴白くんが生きている。

喉の奥底からなにかが込み上げてきた。

「――鈴白くん！」

無意識のうちに、叫ぶように声を上げていた。

彼の綺麗な二重の目が、驚いたように丸く見開かれる。それから彼は目を細めてふわりと笑い、「はい、鈴白です」と応えた。

「な、なんで？」

震え、かすれる声で私は訊ねる。鈴白くんが折りたたみ傘を私に差し向けたまま、「え？」と声を洩らし、ぱちりと音のしそうな大きな瞬きをした。

「だって、濡れて風邪ひいちゃったら大変でしょ」

彼はそう言って、自分の頭上を覆う青い傘を軽く揺らした。

「僕はこの傘があるから、折りたたみでよければ、露草さん使って」

「いやあの、そうじゃなくて」

小さく言いつのる私に、「ん？」と不思議そうな顔をしつつも彼が傘を手渡してくれる。

「あ、ありがと」

反射的に受け取ると、鈴白くんはにこりと笑い、「行こうか」と駅前商店街のほうに向かってゆっくりと歩き出した。私も急いで借りた傘を開き、早足であとに続く。

彼はちらりと私に目を向けて、

「滑ったら危ないから、気をつけて」

と言い、歩調を合わせてくれた。私はかすれた声で「ありがとう」と答える。

学校へと向かう道を、肩を並べて歩く。鈴白くんは天気の話やテストの話など、当たり障りのない世間話を振ってくれる。でも私は曖昧な相づちを打つことしかできなかった。隣を歩く彼の姿が幻みたいに消えてしまうんじゃないかと思うと、気が気ではなかったのだ。

「……大丈夫だったの？」

信号待ちのタイミングで、とうとう我慢できなくなって訊ねた。

「え？　なにが？」

「だ、だから、昨日の、じ……」

口から飛び出しそうになった言葉を、慌てて呑み込む。いくらなんでも本人に向けるべき単語ではない。

「じ、事故……」

なんとか言い換えると、鈴白くんがひょいと首を傾けた。

「へ？　事故？」

「怪我とかは……？」

言いながら彼の全身にさっと目を走らせ、どこにも怪我はなさそうだと安堵する。

「怪我？　どこもしてないよ。そもそも事故に遭ったりもしてないし」

「え……？」

もしかして私は、私たちは、大きな勘違いをしていたんじゃないか。

たとえば、実は電車に飛び込んだのは鈴白くんではなく、他の誰かだった。それなのになにかの手違いで彼だということになってしまった。

もしくは、あの人身事故自体が誤報だった。彼はただ欠席しただけだったのに、学校側が彼が事故死したと誤って伝えてしまった。

あるいは、彼は確かに電車に飛び込んでしまったけれど、運良く怪我もなくすんで、でも自殺しようとしたことには触れられたくないから、なんの話か分からないというふりをしている可能性もある。

なんでもいい。理由も原因も経緯も、どうでもいい。

とにかく、鈴白くんが無事に生きているのなら、それでいい。

もしも彼が昨日のことをなかったことにしたいのなら、私は話を合わせるだけだ。

「……そっか。それならよかった」

「うん。心配してくれてありがとう、露草さん。僕は大丈夫だよ」

鈴白くんの顔には、いつもの優しく穏やかな微笑みが浮かんでいる。耳に心地いい柔らかな声もいつも通りだ。

よかった、本当によかった。鈴白くんが生きていてくれてよかった。

学校に近づくにつれて、周囲にぽつぽつと生徒が増えてきた。

今にも誰かが鈴白くんに気づいて余計なことを言うのではないかと、はらはらする。でも、雨のおかげでみんな傘を差しているので互いの顔はほとんど視認できず、なにごともなく教室に辿り着いたのでほっとした。

教室にはまだ誰もいない。席について教材の整理をしながら、なにか話したほうがいいかな、などと考えていると、鈴白くんはいつものように黒板を綺麗にしはじめた。

手伝おうかな、でもどうやって話しかけよう、無言で手伝うのも変だろうし。逡巡(しゅんじゅん)しているうちに、ちらほらとクラスメイトたちが登校してきた。こうなるともう声はかけられない。彼はすぐにみんなに囲まれるからだ。

「はよー、鈴白」

「おはよう、川野(かわの)」

「相変わらず早いなー」

「ねえねえ鈴白くん、数Bの課題で分かんないとこあったんだけど、教えてくれない？」

「うん、もちろんいいよ。ああ、これはね……」

「鈴白ー、俺も長文読解の和訳で分かんないとこある！」

「ん、どれ？　ああ、ここ難しいよね。ええとね……」

いつもの光景。でも、違和感を禁じえない。

どうしてみんな、鈴白くんが普通に生きていることを、こんなにもあっさり受け入れているのだろう。

そのとき、美結と律子が教室の後方ドアから入ってきた。

「おっはよー、なずな」

「あ、おはよう」

私は慌てて立ち上がり、彼女たちに駆け寄った。それからおそるおそる訊ねる。

「……あのさ、鈴白くんが、来てるんだけど……」

尻すぼみになってしまった言葉を訊き返すように、律子が首を捻る。

「え？　鈴白くんがどうかした？」

美結もきょとんと不思議そうな顔をしている。

私は口をつぐんだ。言葉が出てこない。ひとつ呼吸をしてから、へらりと笑った。

「……ううん、なんでもない」

私は「じゃ、あとで」と自分の席に戻った。

一昨日までと同じように、クラスメイトたちに囲まれて柔和な表情を崩さない鈴白くんを、そっと観察する。鈴白くんも、他のみんなも、本当にまったくいつも通りだ。自分だけが違う次元にいるみたいな錯覚に陥る。

なにかおかしい、と思った矢先、喜久田先生がやってきて朝礼が始まり、私の思考は遮られた。先生もいつも通りの様子だった。

もしかしたら、私の知らないうちに、鈴白くんの昨日の事故については触れないという不文律ができあがっているのかもしれない。たとえば、『鈴白くんが亡くなったのは誤報だった。ちゃんと生きている。でも、鈴白くんが気を悪くするかもしれないから、黙っておこう』という連絡が回ったとか。その情報が、私にだけ届かなかったとか。

それはそれでちょっとショックではあるけれど、鈴白くんが無事だったのだから、もういい。

一限のチャイムが鳴り、国語の田代先生が教室に入ってきた。

私はぼんやりしたまま、ほとんど無意識に条件反射的に、置き勉していた現代文の教科書を机の中から取り出した。

「はい、じゃあ、教科書186ページ」

先生からの指示で、みんなが一斉に教科書を開く。

私も指定のページを開き、はたと動きを止めた。夏目漱石『こころ』のページだった。

あれ、『こころ』ってもう終わったんじゃなかったっけ。期末試験の復習でもするのかな。というか今日はテストの答案が返却される予定じゃなかったっけ。まだ採点が終わっていないのだろうか。

引っ掛かりを覚えつつも、ノートを開いてシャープペンシルを握りしめる。

「さて、今日も『こころ』の続きだな。ここからクライマックスでどんどん話が動いていくから、ちゃんと集中してついてくるように」

心の中で首を捻る。先生は冗談を言っているのだろうか。でも、とぼけているようにも見えないし、クラスのみんなも誰ひとり笑ったりはしていない。

「じゃ、まずは宿題の確認。前回のところで、のちの『先生』である『私』は、自分の下宿先で同居している親友の『Ｋ』から、下宿の奥さんの娘である『お嬢さん』に対する『切ない恋を打ち明けられた』んだったな。『私』は以前から『お嬢さん』に恋をしている。つまり三角関係だ」

先生の説明に、木内くんが「えっ」と声を上げた。

「三角関係？　やべーじゃん！　俺こーゆーの好き！」

彼はときどき居眠りをしているので、あらすじが分かっていなかったのだろう。そんな状態でテストを受けて、赤点にはならなかったのだろうか。他人事ながら心配になってしまう。

先生は「それなら今日は寝るなよ？」と苦笑いで釘(くぎ)を刺した。

「ま、それはさておき、宿題の話に戻るぞ。あえて先のページは読まずに、先生とＫとお嬢さん、三人の関係が今後どうなっていくかの予想をしておくように、と言ってあったはずだが、ちゃんと考えてきたか？　じゃ、森田(もりた)」

「はい。私は先生とお嬢さんが結ばれると思います。理由は、Ｋよりも長く一緒に過ごして人柄が分かっているはずだからです」

「えー？　俺はＫに一票ですね」

いちばん前の席に座っている男子が挙手をして口を挟んだ。先生が「ほう」と笑う。

「それはどうしてだ？」

「だって、Ｋってイケメンなんですよね。しかも真面目で頭いいとか、最強じゃないすか。絶対お嬢さんはＫを選ぶと思います」

「えー、そうかな。私は……」

「俺的には……」

何人かの積極的な生徒が口々に意見を表明しだすと、普段は大人しい生徒たちも周りとそれぞれに話をしはじめた。一気に騒がしくなる教室。収拾がつかなくなる。

あ、これ、見たことがある。ふいに思った。

私はこの体験を知っている、同じ光景を見たことがある、というありえない錯覚。知らないはずなのに知っているという感覚。デジャヴだ。

しかも私はなぜか、このあとどういう展開になるかまで分かる。そうだ、彼が——。

「うるさい」

薊(あざみ)くんが、盛り上がるみんなに頭から氷水をぶちまけるような冷たい声で言った。

「どうして他人の、しかも作り話の中の人間たちの色恋沙汰(いろこいざた)でそこまで盛り上がれる？　理解不能だ。とりあえず耳障りだから黙ってくれ」

一瞬にしてしんと静まり返った教室を見回し、田代先生が眉を下げて笑った。それから薊(あざみ)くんに静かな目を向ける。

「薊(あざみ)は恋をしたことがないのか？」

問われた彼が、「は？」と言わんばかりに顔をしかめる。

「あるわけないでしょう。恋愛に限らず、そもそも他人に興味がないので」

先生がまた小さく笑い声をあげた。

「興味がないとか自分で言ってるやつは、たいてい実は興味あったりするんだけどな。本当に興味がなかったら、興味がないことにすら自覚がないから」

「…………」

薊くんはぐっと眉をひそめて教科書に目を落とし、低い声でぼそりと呟く。

「うざ」

こわ、と私は心の中で思う。それすら私は知っていた。

この違和感はなんだろう。こんなに長いデジャヴは初めてだ。今までも何度もデジャヴだと思われる経験をしたことはあったけれど、どれもほんの一瞬の、瞬間的で曖昧な、すぐに通り過ぎて忘れてしまうような、もしかしたらただの勘違いかもしれないという程度の感覚だった。

でも今日は違う。まるで本当に過去の記憶をなぞっているかのように、細かいところまで、今この瞬間だけでなく未来のことまで、はっきりと『経験したことがある』と思ってしまうのだ。

『こころ』は先週受けたばかりの期末テストの範囲だった。どんな問題が出たかも、まだしっかり覚えている。

なにかがおかしい。彷徨わせた視線の先で、黒板の右端に書かれた日付に目を奪われる。

「……え？」

『六月十二日』。

鈴白くんが死んだ日の約一ヶ月前だ。

私は「えっ？」と声をあげ、勢いよく立ち上がった。

「おお、びっくりした。どうした、露草」

田代先生の言葉で我に返る。そして、クラス中のみんながこちらを見ていることに気がついた。ぼっと火がついたように頬が熱くなる。

「……すみません、なんでもありません」

私はぼそぼそと答えながら腰を下ろす。

「お騒がせしました」

どっと笑いが起こった。先生も少し呆れたような顔で微笑んでいる。でもすぐに教室内の空気は元に戻り、授業が再開された。真面目な人が多い特進クラスでよかった、と初めて思った。

再び黒板の右端を見つめながら、一度冷静になろう、と自分に言い聞かせる。もしかしたら日直が書き間違ったのかもしれない。そのことにまだ誰も気づいていないだけかもしれない。

机の下でそっとスマホを取り出し、ロック画面の隅に小さく表示されている日時を確認した。

六月十二日。じわりとこめかみに汗が滲む。

学生なんて毎日同じことの繰り返しだ。朝が来れば学校に行き、終わったら帰宅するだけ。部活にも委員会にも入っていない私は、何日になにがある、というスケジュールもないので、曜日は意識していても、日付なんてほとんど気にしていない。しかも今日は、鈴白くんのことで衝撃から抜け出せず、朝からずっとぼうっとしていて、時間割やカレンダーなどもまともに見ていなかった。だから、今の今まで全く気づかなかった。

検索サイトのトップページから天気予報を開き、今日の日付を見る。やっぱり六月十二日だ。

ちらりと後ろを見ると、鈴白くんは真剣な表情で板書をノートに写していた。

ああ、夢だったんだ。やっと実感した。

鈴白くんが電車に飛び込んで死んだというのは、私の昨晩の夢だったのだ。

色々とつじつまの合わないこともある気がしたけれど、もう考えないと決めた。そんなことはどうだっていい。

鈴白くんは死んでなんかいない。ちゃんと、いつも通り、生きている。

なんて縁起の悪い夢を見てしまったんだろう。鈴白くん、ごめんね。心の中で謝りつつ、全身の力を抜いて椅子の背にもたれかかり、深く深く安堵の息を吐いた。


それから一ヶ月後。

鈴白くんが死んだ。

七月十日の月曜、よく晴れた朝、特急電車にはねられて、死んだ。

さらさらと流れる音。
はっと目を覚まして、普段は気にもしないスマホの日付表示を、まっさきに確認した。
六月十二日。鈴白くんが死んだ日のちょうど四週間前。

やっぱり、と思う。私の予想は当たったらしい。

昨日――二回目の七月十日の昼休み、あのときと同じように喜久田先生と渡辺先生が教室にやってきて、鈴白くんが亡くなったと私たちに告げた。

あまりの衝撃に、呼吸も瞬きも忘れた。

朝から人身事故で電車が止まり、クラスでは冗談まじりに鈴白くんの名前が挙げられ、昼になっても彼は登校せず、一ヶ月前の夢を思い出して嫌な予感はしていたけれど、まさかそんなことがあるわけないと自分に言い聞かせていたのに。

記憶にあることが繰り返される日々を夢だと決めつけて呑気に過ごしていた私は、そこでやっと気がついた。鈴白くんの死は、私のデジャヴでも夢でもなく、実際に起こったことだったということ。そして、あの悪夢が繰り返されてしまったということ。

私が夢だと自覚できないくらいリアルな予知夢を見たという可能性もあるけれど、そんな特殊能力なんて備わっていないことは自分がいちばんよく分かっているので、その可能性は除外した。

それよりも、心当たりが、ひとつだけあった。

動作の重いロボットを操縦するような気持ちで学校からの帰り道をのろのろ歩いている間、私の頭の中には砂時計の砂が落ちる光景がずっと浮かんでいた。砂の流れる音が幻聴のように鼓膜に甦った。

私の感覚では一ヶ月前の、最初に彼が電車に飛び込んだ日の夜、私は泣きながら、時間を巻き戻せたらいいのにと願いながら、砂時計をひっくり返して眠った。

目が覚めると、世界は一ヶ月前に戻っていた。学校でも家でも、記憶にある通りの毎日を過ごし、同じことを繰り返し、一ヶ月間ずっとデジャヴを感じ続けているような毎日。

そして七月十日も、同じことが起こった。

おそらく私は過去に戻ったのだ。あまりにも非現実的ではあるけれど、そうとしか考えられない。

そしてそのきっかけは、砂時計だろうと思った。

あの砂時計は、今年の五月に行われた修学旅行で作ったものだ。行き先は観光スポットとして人気の、美しい海に囲まれた街だった。その海には神様が住んでいると昔から言い伝えられていて、海岸は『願い砂』と呼ばれる真っ白な砂で埋め尽くされていた。その砂に願掛けをすると神様が願いを叶(かな)えてくれると言われている、と観光案内の人が教えてくれた。

宿泊施設のワークショップで、漂流ごみアート、貝殻キャンドル、陶芸の絵付け、サンドピクチャー、砂時計作りなどの中から好きなものを選び、グループでクラフト体験学習をした。

私は砂時計を選び、同じグループには鈴白くんと薊(あざみ)くんがいた。二年生になって二ヶ月弱のころで、まだ鈴白くんともまともに話したことがなかった。

クラフト体験用の願い砂は赤や青や黄色や緑などカラフルに着色されているものもあり、初めに係の人からどれがいいかを訊かれた。私は天然砂のまっさらな色に惹(ひ)かれて、着色なしの純白の砂を選んだ。私の他に、鈴白くんと薊(あざみ)くんも白を選んだ。鈴白くんが『白は僕たちだけみたいだね』と少し照れくさそうに笑い、薊(あざみ)くんは顔色ひとつ変えずに無視していたけれど、私は嬉しかった。鮮やかで華やかな色の砂を選んだ他の人たちの中で、無色の砂時計を作るのは浮いてしまうのではないかと不安だったのだ。だからほっとした。

『すごく綺麗な砂だよね』

代表して材料を受け取りに行ってくれた鈴白くんが、天然砂の入ったガラス瓶を軽く揺らしながら言った。私は、慣れない彼との会話に少し緊張しながら笑みを浮かべ、『うん』と頷いて答えた。

『願い砂の砂浜、すごく綺麗だったから、そのままの色がいいなと思って白を選んだんだ』

私の言葉に、鈴白くんは『僕も』と笑ってくれた。

私たちは同じガラス瓶に入った願い砂を分け合い、それぞれ砂時計を作った。

どうして私は、鈴白くんの死んだ日から、翌朝を迎えることなく過去に戻ったのだろう。そう考えたとき、きっとあの海に住んでいるという願い砂の神様が、鈴白くんの死を止めるために時間を戻してくれたんじゃないかと思った。

彼は海岸での漂流ごみ清掃のとき、だるいと愚痴りつつ半分遊びながらごみ拾いをする人たちを尻目に、

『こんなに綺麗な海に、ごみが溢れてるのは悲しいね』

と言って、誰よりも真剣に熱心に、誰よりもたくさんのごみを集めていたから。

神様は心優しい鈴白くんを救うために、時間を巻き戻し、彼の自殺を思い止まらせる役割を私に与えた。きっとそうだ。

でも、どうして私だったのか。鈴白くんにとって私はただのクラスメイトのひとりに過ぎないだろうし、その中でも特に印象に残らない存在のはずだ。彼は誰にでも分け隔てなく接する

人だから、私相手でも毎日顔を合わせると挨拶をしてくれるし、ちょっとした会話を交わすこともあるけれど、私たちは特に親しいわけでもなんでもない。彼には私よりも仲のいい人がいくらでもいるし、部活や生徒会の仲間もいる。

それなのに、どうして私が。そう考えたとき、私と鈴白くんをつなぐものは、砂時計しか思い浮かばなかった。それ以外、私たちに特別な接点はない。

だから昨夜、鈴白くんが二度目の終わりを迎えた日の夜、私はあの日と同じように砂時計を逆さまにして、時間よ戻れと必死に願いながら、砂の流れる音とともに眠りについた。そして、たぶんまた同じように一ヶ月前に戻ってきたのだ。

砂時計を反転させて眠りにつくと、過去に戻ることができる。この仮説が正しいとして、でもこれが無限に続くのかは分からない。あと何回チャンスがあるのか分からない。もしかしたら、これで最後かもしれない。

ただひとつ分かるのは、鈴白くんの死を止めることができるかもしれないということ。寝起きの鈍い頭をフル回転させて考える。鈴白くんを救うにはどうすればいいか。自殺を思い止まらせるにはどうすればいいか。

とにかく時間がない。私に与えられた時間は一ヶ月だけ。

これまでずっと密な関係を築いてきた家族や親しい友達なら、一ヶ月もあれば彼の気持ちを変えることはたやすいかもしれない。でも、ただのクラスメイトでほんの数ヶ月の付き合いでしかない私は、まず彼との心の距離を縮めるところから始めなければならない。今の関係のままでは、私なんかがなにを言っても、きっと声は届かないから。でも私は昔から、人と距離を詰めるのがとても苦手で下手だった。

しかも平凡な私は、今まで生きてきて一度も、誰かの命に、生死に関わるような場面に立ったことはなかった。そんな私に、鈴白くんを救う、彼の決断を変える力があるとは思えない。

どう考えても無謀な挑戦だ。成功するわけがない。

だけど、やるしかないのだ。

鈴白くんを死なせないために。

三回目の六月十二日。今朝はちゃんと傘を持って家を出た。

頭上には、重たい灰色の雲に覆われた梅雨空が広がっている。

居ても立ってもいられなくて朝食もそこそこに家を出た上に、とにかく気がはやって、でもただ足を動かすことしかできなくて、黙々と早足で歩いた。そのせいか、普段より一本早い電車に乗ることができた。

教室にはまだ誰もいない。私はぽつんと席に座ったまま黒板を見つめた。

鈴白くんは来るだろうか。ちゃんと生きているだろうか。じっとしているとどうしようもなく不安が込み上げてきた。

黒板にはやっぱり『六月十二日』と書かれている。昨日の日直が書いたものだ。日直は終礼後に翌日の日付に書き換えてから帰ることになっていた。

私のスマホも、朝の情報番組の表示も、たしかに六月十二日だったけれど、そのすべてが間違っていることもあるかもしれない。今日は本当は七月十一日かもしれない。

どんどん膨らんでいく不安と闘っていたら、小さな足音が聞こえてきた。徐々に大きくなり、この教室に向かっていると分かる。

この時間に登校してくるのは、鈴白くんくらいだろう。

一気に心拍数が上がり、緊張のあまり口から心臓が飛び出しそうになる。

全身が硬直したまま、それでもかろうじて視線を動かし、入り口のほうに目を向けた。

足音が止まる。と同時に、からからと音を立ててドアが開き、鈴白くんが姿を現した。

叫び声を上げそうになった。なんとかこらえて、平静を装う。

「……おはよう、鈴白くん」

私のほうから声をかけるのは初めてだった。彼はいつも相手に気づくとすぐに微笑んで挨拶をしてくれるから。

鈴白くんは軽く目を見開き、それからにこりと笑った。

「おはよう、露草さん。早いね」

「うん……」

うまく話ができない。曖昧に答える私に、彼は少しおどけた口調で言った。

「露草さんはいつも早いけど」

ふっと肩の力が抜ける。私もからかいまじりに応じた。

「鈴白くんこそ」

「たしかに」

ははは、と笑い声を洩らして、鈴白くんが自分の席についた。

「僕、朝の静かな教室って、なんか好きなんだ。みんながいて賑やかな教室も好きだけど、それとはまた別の魅力があるというか」

「うん、なんか分かる。朝早くの学校って、なんていうか、独特の雰囲気があるよね」

「ああ、伝わってよかった。さすが早朝組だね」

私は思わず小さく噴き出した。

「あはは、早朝組って」

「露草さんもいつも朝早いもんね」

「鈴白くんほどじゃないけど」

だよね、と彼はまた笑った。

「僕さ、すごい朝型人間で、毎日四時とか五時に目が覚めるんだよね」

「ええ？　ほんと早い。すごいね」

「すごくはないけど。なんだろう、体質かな。眠りが浅いみたいで、外の音で自然と目が覚めて。それで時間を持て余しちゃって、必然的にね」

「へえ、そうなんだ。私なんて目覚ましが鳴らなきゃ絶対起きれないよ」

「それだけ深く眠れてるってことでしょう、健康的ですばらしいことだよ」

私たちはよく早朝の教室でふたりになることがあったけれど、いつも挨拶を交わすだけで、こんなふうに会話をしたことはなかった。私は気まずさから教科書や文庫本を広げていたので、気遣い屋の鈴白くんは邪魔をしないようにと考えてあえて声をかけなかったのだろうなと思う。でも今日は私の机の上にはなにもないので、きっといつもとはまた別の気遣いで私に話しかけてくれているのだ。

荷物の整理を終えた彼が立ち上がり、前に移動して黒板消しを手に取った。数秒ほど逡巡して、私は意を決して席を立つ。こっそりと深呼吸をしてから、

「……手伝っていい？」

そう訊ねると、鈴白くんは少し目を見開いて振り向き、それからふわりと笑って、

「ありがとう。大歓迎です」

と頷いてくれた。クラスのことだから彼がお礼を言う筋合いなんてないのに。しかも、大歓迎、という言葉が、私の緊張も不安も一気に晴らしてくれた。手伝いなんて迷惑かもしれないという私の懸念に気づいていたのかもしれない。

もうひとつの黒板消しを手に取りながら、鈴白くんはすごいなあ、と思う。いつも全方向に気が遣えて、相手の気持ちを楽にする言葉をさりげなく口にしてくれる。

こんなにすごい人がどうして、という思いがまた込み上げてきた。

どうして電車に飛び込んだりしたの？　本当に死にたかったの？

吐き出せるわけもない疑問が胸をいっぱいにして、息が苦しい。

私は黒板消しを走らせながら、隣に立つ鈴白くんをこっそり観察する。

どこかにサインがあるのではないか。死にたいほど悩んでいるのだというサインを、彼は発しているのではないか。きっとあるはずだ。身の内に死が巣くっているのに、外側になにも顕（あらわ）

れないはずがない。

でも、分からなかった。少なくとも私の目には、いつも通りの彼しか映っていない。ゆっくりと丁寧に黒板を整えていくひたむきな横顔。白や黄色や赤のチョークの粉が、綺麗な薄茶色の髪や皺ひとつないシャツの肩にはらはらと降りかかっているけれど、気にする素振りもない。

穏やかな微笑みを絶やさず、優しい眼差しと柔らかい声音で話す。

その姿のどこにも、ひと月後に自ら命を絶つ気配は感じられなかった。

もしかしたら、今はまだ、彼の心の中には死の影はないのかもしれない。これから一ヶ月の間に、なにか死ぬほどつらいことが鈴白くんの身に降りかかるのかもしれない。

私にできることは、毎日彼を観察して、その変化を見逃さないようにすることだけだ。


始業時間が近づいてきて、ほとんどの席が埋まった。

勉強をする人、早弁をする人、おしゃべりをする人。

鈴白くんは今日も人気者で、何人ものクラスメイトに囲まれ、代わる代わる話しかけられ、その全てに丁寧に応対し、ときには顔をくしゃくしゃにして楽しそうな笑い声を上げている。

そんな彼の朗らかな雰囲気に吸い寄せられるように、さらに人が集まる。

――この中のいったい何人が、鈴白くんのことを『本当の意味で』知っているだろう。

誰が『本当の鈴白くん』を知っているだろう。

彼が自ら命を絶つかもしれないと思っている人は何人いるだろう。きっと誰もいない。鈴白くんが一ヶ月後に電車に飛び込んで自殺するなんて、きっと誰ひとり、これっぽっちも想像すらしていないだろう。

私だってそうだった。いつだって目映い光を浴びている彼の背後に、実は暗く濃い影が落ちているなんて、考えたこともなかった。見えていなかったし、見ようともしていなかった。

毎日同じ教室で過ごして、一緒に授業を受けて、親しく話をして、みんな鈴白くんのことをよく知っているはずなのに、本当はなんにも見えていない。

他人を理解するというのは、それほどに難しいことなのだ。

鈴白くんの裏側に目を凝らすことができるのは私しかいない。

私がやらなくてはいけないのだ。

鈴白くんを死なせたくないのなら。

あっという間に二週間が経ち、もう六月も終わりが迫っていた。

だらだらと消費する一ヶ月は持て余すほど長いのに、やるべきことのある一ヶ月はひどく短いのだと思い知らされる。

私なりに気をつけて見ているつもりだけれど、鈴白くんの様子に変化はない。

改めて、彼は本当にフラットな人だと思う。機嫌が悪い日だとか、普段と違う顔を見せる日だとかは全くない。いつだって平常運転なのだ。

　これまでもずっとそうだった。鈴白くんはいつも『鈴白くん』だった。いつでも親切で、優しくて、みんなから頼られ、慕われている。

　彼らしくないことをしたり、つらそうだったり悲しそうだったりすることはないか、なにか自殺につながるような糸口をつかめないかと注意しているのに、なにも起こらない。

　鈴白くんが死ぬ日まで、あと二週間。

　私は彼の運命を変えることができるのだろうか。こんなにもいつもと様子の変わらない人の変化に気づいて救うなんて、本当にできるのだろうか。

　あまりにも高く分厚い壁の前に立たされたような気分だった。途方に暮れた私は、毎日ただ彼をこっそり見つめることしかできずにいる。

　三、四限目は調理実習だった。メニューは、ミートソースのスパゲッティと野菜のコンソメスープ。
　家庭科の授業のときの席は出席番号で割り振られているので、私は鈴白くんと同じグループになる。

「すごい、上手だね」

　鈴白くんが慣れた仕草で包丁を手にして、とんとんと軽快な音を立てながらスープ用の野菜を刻むのを見て、私は感嘆の声を上げた。この姿を見たのはもちろん私にとっては三回目なのだけれど、何度見てもやっぱり感心してしまう。

これまでの二回は、私なんかが声をかけるのはおこがましいと思って、ただ心の中でひっそりと賞賛を送るだけだった。でも、今は少しでも鈴白くんとの距離を縮めるという目的がある。なにかきっかけがあれば、私からどんどん話しかけようと決めていた。

彼は少し照れたように笑い、

「休みの日とか、たまに料理を手伝ったりするから、ちょっとは慣れてるんだ」

と控えめに答えた。

さすがだなあ、と思う。家でも鈴白くんは鈴白くんなのだ。

「鈴白くん、さすがー。料理できる男の子って格好いいよね」

同じグループの女子ふたり、沙希ちゃんと優香ちゃんがにこにこしながら言った途端、

「えー、そうかあ？　男なのに母ちゃんの手伝いとか、ださくね？」

隣のグループの木内くんがふいに振り向いて、にやにや笑いを浮かべて会話に入ってきた。

前回まではなかった展開だった。私が鈴白くんに声をかけたせいだろうか。

沙希ちゃんたちはすぐに口をつぐんだ。私もなにも言えない。

木内くんは身長も態度も声も大きくて、威圧感がある。反論して睨まれたりしたら怖い。

それにしたって嫌な言い方するなあ、と私は内心眉をひそめる。男の子が料理をしてなにが悪いのだ。全然ださくなんかない。料理は母親の仕事と決めつけて、ふんぞり返ってご飯が出てくるのを待っているような人よりずっと素敵なのに。

そう思うものの、私だってごく最近まで料理はお母さんの仕事と決めつけてまともに手伝っ

たこともなかったのだから、人のことは言えない。

唐突で一方的な悪意にさらされたのに、鈴白くんは朗らかな表情で木内くんに向かい合った。

「うちは父さんもよく料理するんだよね。昔から好きだったんだって。それで父さんと母さんがふたりで台所に立って、わいわい作ってるのを見てるとすごく楽しそうで、仲間に入れてほしくなって、僕も手伝うようになったんだ」

彼の育った家庭が目に浮かぶようだった。きっと家族仲がよく、温かい幸せな家庭なのだろう。だからこそ彼はこんな素晴らしい人に育ったのだろう。

うちのお父さんとお母さんは仲が悪いわけではないけれど、たまにお父さんが単身赴任先から帰ってきたときも、必要最低限の会話しかしない。ふたりで仲よく料理をする姿なんて、想像することもできない。

「マジかよ。包丁もってる親父とか絶対見たくねーんだけど。なんか情けねえっつーか、だせーじゃん」

なおも食い下がる木内くんに、鈴白くんは微笑みを浮かべたまま柔らかい口調で答える。

「そうかなあ。僕は手際よく美味(おい)しい料理を作る父さん、格好いいなあと思いながら見てるよ。尊敬してる」

「でもさ、料理とか、女みてーじゃん」

「そうでもないよ。料理人は男の人も多いでしょう。それに料理って難しくて面倒くさそうなイメージあるかもしれないけど、やってみたらけっこう楽しいよ。美味しそうに食べてもらえると嬉しいし。木内もやってみたら？」

「はあ？　やんねーよ料理なんか」

「そっか、残念。木内って器用だし要領もいいから、すぐ上手くなりそうなのに」

「え……っ、あ？」

突然の褒め言葉に意表を突かれたのか、木内くんは急にしどろもどろになった。それから照れくさそうに訊ね返す。

「そ、そうかな？」

そう思うよ、と鈴白くんが真顔で深く頷く。

「去年の文化祭のとき、大道具係で舞台装置とか背景とかすごく上手に作ってたから、木内は手先が器用なんだなって感激してたんだ。しかも手際もよくて次々に仕上げていくし、すごいなって。スピードと丁寧さのバランスがいいというか。僕はそういうの苦手だから、本当に尊敬するよ」

「あー、ああ、そんなこともあったな……」

手放しに褒めてくれる鈴白くんにどんどん毒気を抜かれたように、木内くんの表情も柔らかくなっていく。

「木内ならすぐ上達して、すごく凝った料理とか作れるようになりそう。時間のあるときに、一度お母さんを手伝ってみたら？　きっとすごく喜ぶよ」

「おー……ま、気が向いたらやってみてもいいかな。……なんか、ありがとな」

木内くんは照れ笑いさえ浮かべながら自分のグループに戻っていった。さっそく包丁を握っていて、私は思わず笑ってしまう。鈴白くん、お見事！　と拍手をしたい気分だった。

　私にとって木内くんは、お調子者でちょっと怖い、あまり関わりたくないタイプの男子だった。そこには彼の派手な見た目に対する偏見もあるかもしれない。

　でも鈴白くんは、頭の回転が速いからというのもあるだろうけど、なにより、普段から偏見のない目で相手を見て、その人のいいところを探しているのだろう。だから今も、突然絡んできた木内くんに対して即座に完璧な対応をとることができたのだ。

　鈴白くんみたいな人は、やっぱり、絶対に、死なせちゃいけない。

「衛生のために、食器類は洗ってから使用しましょうね」

　先生の言葉が聞こえてきて、はっと我に返った。私は手近なところにあったパスタ皿を手に取り、水道の蛇口をひねる。

「じゃあ私、これ洗っとくね」

「えっ、いいの？　なずなちゃん」

　沙希ちゃんが申し訳なさそうに言ってきたので、笑顔で頷き返す。

「全然いいよー、洗う洗う」

「ありがとう、露草さん」

　鈴白くんがにこりと笑って言った。

　スポンジに洗剤をつけて泡立てているとき、ふとどこからか視線を感じた。

　隣の木内くんたちのグループにいる薊（あざみ）くんが、ほとんど睨むような目でこちらを——鈴白くんを見ている。

「……偽善者が」

小さな呟き。でも、断片的に聞こえた声と唇の動きで、そう言ったのが分かってしまった。

私は反射的に鈴白くんに目を向ける。彼は玉ねぎをみじん切りにしながら隣の男子と談笑していた。

よかった。薊くんの言葉は聞こえていないようだ。

ほっとした拍子に力が抜けてしまったのか、持っていた皿が、つるりと手から滑り落ちた。

あっ、と息を呑む。お皿がごんっとシンクのふちに当たって弾かれ、床へと落ちていく。

私の目はそれをしっかりとスローモーションで見ているのに、身体はちっとも動かない。

空気を切り裂くような鋭い音が響き渡る。

粉々に割れた皿の破片が目に映った瞬間、さあっと血の気が引いた。やってしまった。

「きゃあっ」

「やばっ」

「なになに？　なんか割れた？」

「誰、誰？」

近くの悲鳴と、遠くの好奇心。たくさんの視線が自分に集中していることが分かって、頭が真っ白になる。

微動だにできずに俯いていると、「露草さん」と声をかけられた。鈴白くんだ。

「大丈夫？　危ないから下がって」

彼は安心させるように笑顔でそう言って、さっと床にしゃがみこんだ。ちょうど先生が持ってきてくれたちりとりやほうき、軍手や新聞紙を、「僕やりますよ」と受け取る。

「みんなはそのまま調理のほう進めといてくれる？　よろしくね」

と他のメンバーに伝えると、止める間もなくてきぱきと処理しはじめた。

私は慌てて鈴白くんの隣に腰を落とし、作業を手伝う。

「ごめん……」

思わず洩らした声は、情けないくらいかすれていた。

「気にしないで。誰でも経験あることだよ」

そうかもしれないけれど、もう高校生なのに、しかも学校で、みんなの前でなんて、恥ずかしすぎる。

「なんか縁起わるー」

誰かが半笑いでこそこそ言うのが聞こえた。普段なら聞き取れないくらいの声なのに、こういうときは聴覚が過敏になるのか、不思議とはっきり耳に届いてしまう。

「分かる。皿とか割れると不吉って感じだよね」

どきりとした。鈴白くんが死んだ日のことが頭をよぎる。思わず一瞬、手が止まった。胸の奥にじわりと黒い靄(もや)が広がっていく。

「大丈夫。不吉じゃないよ」

大きな破片を拾い終え、細かいものをほうきで集めながら、鈴白くんが小さく言った。

「露草さんの悪い運を、このお皿が代わりに引き受けてくれたんだよ」

「え……？」

驚いて見上げると、彼はふっと目を細めた。

「そういう考え方があるんだって。妹が子どものころ、よくコップとか茶碗とか落として割っちゃってたんだけどね、そのたびに母さんが言ってたんだ。あなたや家族に災いが降りかからないように、食器が身代わりになってくれたんだよって」

慰めてくれているのだと分かって、目頭が熱くなる。

ありがとう、と声にならない声で答えて、私は深く息を吐いた。

「鈴白くん、妹さんがいるんだね」

さっき思い浮かべた幸せな家庭のイメージに、もうひとり女の子が加わる。

「うん。三つ下で、今中学二年生だよ」

鈴白くんが自分の話をするのは珍しかった。彼は誰とでもよく話すけれど、あまり自分から個人的なことを口にすることはない。

「そっかあ。どんな子？　鈴白くんに似てる？」

せっかくだから話を広げたくて、訊ねてみる。

「あんまり似てないかな。すごく優しくて気遣いのできる子だよ」

じゃあそっくりじゃん、と微笑ましく思いつつ「素敵だね」と告げると、彼は嬉しそうに破顔した。

「気を遣いすぎて、まだ小さいのに両親の手伝いをしたがって、食器を下げたり洗ったりするときに、よく落としちゃって。そのたびに目いっぱいに涙をためて唇噛んで震えてたなあ」

懐かしそうに目を細めている。

「可愛いね」

「うん、すごく」

鈴白くんはこくりと頷き、柔らかい顔でふふっと笑った。妹さんが可愛くて仕方がなくて、大好きなんだろうなあと思う。妹さんもきっと優しいお兄さんのことが大好きなのだろう。

そして、鈴白くんが死んだときの妹さんの心情を思って、胸が苦しくなった。生まれたときから一緒だった兄が突然死んだ。ただのクラスメイトの私より、ずっとずっと衝撃も悲しみも大きく、絶望したに違いない。

そんなに可愛い妹さんがいるのに、素敵なご両親がいるのに、どうして自ら命を絶ってしまったの。

鈴白くんのことを知れば知るほど、彼が自殺という道を選んだことが、さらに信じがたくなるばかりだった。

七月になり、期末試験が終わった。
さすがに三回も同じテストを受けていればほとんどの内容を覚えていて、特に暗記科目は満点をとれそうなくらいだったけれど、実力に見合わない点数をとってしまってあらぬ疑いをかけられたら困るので、なるべく最初と同じ解答をするように心がけた。
それに、ここで過去に戻ったことを活かしてずるをしてしまうと、罰が当たりそうな——鈴白くんを助けるといういちばん大事な部分でよくないことが起こってしまいそうな気がしたのだ。自分なりの願掛けと験担ぎのようなものだった。

今日の現代文は、『こころ』のグループワークを行うことになっている。

教科書に掲載されている本文は最後まで読解し終えて、試験も終わっている。そこで発展学習として、『Kはなぜ自殺したのか』『自殺についてどう思うか』について考えてくるように、という課題プリントが出されていた。

そして今日は、その課題に基づいて各班で意見を出し合い、それぞれのテーマについて話し合う。次回の授業では、グループ内でどういう意見が出たのかをまとめて、最後に代表者が発表する。

鈴白くんが自殺についてどう考えているのか確かめることができる、そしてなにか自殺へとつながるような兆候があるなら見つけることができるかもしれない、貴重な機会だった。でも彼は私とは別のグループで、場所も離れているので、話を直接聞くことはできない。

前回の今日も、この授業のときは落ち着かなかった。あのときは鈴白くんが死んだというのは自分の夢だと思い込んでいたから、彼が自殺なんてするわけがないとは思っていたけれど、それでも自殺という言葉が目に、耳に入ってくるたびに、彼のことが気になって仕方がなかった。

今回は、前回よりももっと確信的な思いをもって、鈴白くんの様子が気になって気になってそわそわしている。

田代先生の指示で机を動かして班を作り、話し合いが始まった。

その最中も、私はときおりちらちらと鈴白くんの様子を窺う。でも予想通り、いつもとまったく変わらない鈴白くんがそこにいるだけだった。柔らかい表情を崩さず、リーダーとしてグループをまとめ、みんなの発言を真摯に聞く姿。そこには不穏な兆候など微塵も感じられなかった。

私のグループのメンバーは、美結と小山さん、織田くんと安井くん、そして薊くんだ。

「Ｋってマジで可哀想じゃね？」

口火を切ったのは安井くんだった。

「先生とお嬢さんが結婚するのなんて、見てらんないだろ。しかも先生はＫの気持ちを知ってたのに最悪だよ。Ｋは親友と好きな人を同時に失くしたっていうのがマジで切ないよな。俺なら無理だわ……」

織田くんが「それなー」と同意してから、「でもさ」と続ける。

「先生の気持ちも分かるんだよな。自分のほうが先にお嬢さんと出会って先に好きになって、一緒にいた時間も長いのに、あとから来てお嬢さんのこと好きになったＫに奪われるなんて、悔しいって思っちゃうじゃん、やっぱ。まあ恋愛に順番とか関係ないんだけど」

「まあな。でもやっぱＫが可哀想って思っちゃうな。すげえ真面目で純粋ないいやつだもん」

「だよなあ。ま、先生も、恋愛が絡まなければすげーいいやつなんだけどな。困ってるＫを迷わず助けてあげたわけだし」

彼らの話を黙って聞きながらも、私はどこか懐疑的だった。

Ｋが本当に「いいやつ」なのかは分からない。先生目線で描かれた物語なので、どうしても先生の心の動きやよくない感情ばかりが目立ってしまうけれど、もしかしたら実はＫは打算的な人間で、先生の恋心に気づいた上で牽制するためにあえてお嬢さんへの気持ちを告白したのかもしれない。

他人の気持ちを本当に全て理解することはできない。目に見えない、耳に聞こえない気持ちは、他人には永遠に理解できない。悲しいことだけれど。

小山さんが「Ｋの自殺の理由についてだけど」と口を開いた。

「Ｋは、自分の気持ちを知ってたのに抜け駆けしてお嬢さんに告白した先生のことを恨んでて、当てつけで自殺したんじゃないかなって私は思った」

「うーん、当てつけか……。俺は普通にお嬢さんに失恋したのがショックで、生きる希望を失ったからと思ったけど、たしかにそっちの線もあるのか」

すると美結が眉根を寄せて「でも」と口を挟んだ。

「先生への当てつけにしろ、失恋のショックにしろ、Ｋの気持ちは分かるけど、やっぱり自殺なんて駄目だよね」

美結らしいなあ、と私は思う。彼女はとても素直な女の子で、善良でまともな価値観を持っている。

彼女の言葉に他のみんなも同意するように頷いた、そのときだった。

「なんでだよ」

冷ややかな声が空気を震わせた。声の主は薊くんだった。

私たちのグループ全員からの注目を一身に浴びても、彼は少しも揺るがない。

「なんで駄目なんだ？　自殺しようがすまいが、本人の勝手だろう」

薊くんの硬質な瞳は、まっすぐに美結に向けられている。彼女の肩が震えるのが分かった。

「自分の人生なんだから、どんな死に方をしようが自由だろう。他人にとやかく言われる筋合いはない」

美結はくっと唇を嚙み、細い声で弱々しく、でも真摯に答える。

「だって……死んだら家族も友達も悲しむよ」

私は思わず「そうだよ」と声を上げた。怯えた表情をしている美結の味方をしなきゃという思いと、鈴白くんの自殺に対する思いが同時に込み上げてきて、黙っていられなかった。

家族でも親友でもない私たちだって、あんなにショックだったのだ。たったひとりの死が、あんなにも大きな衝撃をたくさんの人に与えた。それを知った今、私は自殺を容認する気には到底なれない。

「Kが自殺して、先生もお嬢さんも奥さんも、Kの家族も、どんなに悲しんだか、そんなの考えなくても分かるでしょう」

私は薊くんを見つめながら、硬い口調で言った。

次の瞬間、美結がぽかんと口を開いてこちらを見ているのに気がついて、ひどく自分らしくないことをしてしまったと自覚する。

そうだ、私はこんなふうにわざわざ出しゃばってまで真正面から他人の意見に反論するキャラではなかった。平凡な自分が悪目立ちしてはいけないから、いつだって周りの顔色を窺い、空気に合わない本心は隠し、周囲に迎合して生きてきたのに。

美結が戸惑ったようになにかを言いかけたけれど、その前に薊くんが「なるほど」と口を開いた。射貫くような眼差しは、今度は私に注がれている。

「じゃあ、家族も友達もいなくて死んだって誰も悲しまないやつなら、自殺していいってことか。誰からも愛されてないやつは死んでもいいんだな」

思いもよらなかった言葉をぶつけられて、私は息を呑む。

「それは……そういうわけじゃないけど……」

まさかそんな切り返しをされるとは予想もしていなかったから、咄嗟に言葉が出てこない。必死に答えを探すけれど、なにも言い返せない。

悲しむ人がいるから死んじゃいけない、というのは世間一般によく言われていて何度も聞いてきたことだし、私自身も当たり前のようにそう思っていた。

でも、たしかに薊くんの言う通り、そういう考え方であれば家族や友達や恋人のいない人は誰も悲しませないので死んでもいいということになってしまうのか。

黙りこくった私に、彼はさらに追い討ちをかけるように言う。

「逆に、自分が死んだら悲しむやつがいる場合は、どんなに生きるのがつらくても、死ぬほど苦しくても、悲しむやつらのために血反吐を吐きながらでも生きろっていうことか」

「…………」

私には、なにも言えない。言う資格がない。

だって、私はまさに鈴白くんに対してそれをしようとしているから。

「日本の年間の自殺者数は約二万人だ」

薊くんが静かに告げると、美結が目を見開いて「えっ」と声を上げた。私も声こそ出さなかったものの、思いのほか大きい数字に驚きを隠せない。この国で、毎年二万もの人が、自ら命を絶っている。

「交通事故死者数の約八倍だよ。単純計算で毎日五十人以上が自殺していることになる。未遂も含めたら、とんでもない数になるだろうな」

交通事故で誰かが亡くなったというニュースは、毎日毎日何件も流れてくる。その八倍もの人が、自殺しているのか。一日に五十人以上も。

首筋にぞわりと鳥肌が立った。急に寒くなった気がして、袖から伸びた腕を反対の手でさする。

「十代から三十代までの死因ナンバーワンは自殺。不慮の事故や悪性新生物による死亡者よりもずっと多い。特に十代後半から二十代では、次点の死因の四倍から六倍の人が自殺で死んでいる。四十代でも悪性新生物に次いで二位。その上の年代では病死が増えるから相対的に自殺の順位は下がるが、数で見たら依然多い。年代にかかわらず、とにかくみんな自殺しまくる。自殺大国だよ」

形のいい薄い唇を、薊くんは皮肉っぽく歪めた。

「二〇〇六年に自殺対策基本法が制定されて、自殺の予防と防止に力が入れられるようになってから、二十代以降の自殺者数は減少傾向らしいが、十代の自殺者数はずっと横這いで全く減っていないそうだ」

私と同じ年代の人たちが、今もどこかで究極の決断をし、行動に移しているのかもしれない。

そして、そのうちのひとりが、鈴白くんだ。私は無意識のうちに彼のほうへ視線を投げる。

微笑みを浮かべてグループメンバーの話に相づちを打つ柔和な横顔。

数字だけで見れば、年間二万人、一日五十人の自殺者のひとり。

でも、私は彼が生きている姿を知っている。だからこそ、彼が死を選んだこと、この世から消えてしまうという事実が受け入れがたい。大勢の中のひとりだなんて思えないのだ。

データの話なんてどうでもいい。聞きたくない。

でも、薊くんの言葉は止まらない。

「自殺なんて珍しいことでもなんでもないんだよ。文豪だの言われてありがたがられて教科書にまで載ってる芥川も太宰も、川端も三島も自殺した。それでも今もたくさんの人に読まれて敬われてるし、偉人扱いされてるだろう。自殺して、家族や友人やファン、さぞや大勢の人を悲しませただろうに」

淡々と語る低い声が、胸の奥まで染み込んでくる。

まっすぐに私に向けられた、光のない黒い瞳。吸い込まれて、深い深い底まで引きずり込まれてしまいそうになる。

「自殺したらいけないなんて法律はないし、日本人の大多数には宗教もない。そもそも自殺を禁じている宗教の信者だって、おかまいなしに自殺する。そんな世の中で、どうして『自殺は駄目』なんて言えるんだ？　みんながやってることなら正しい、許される。それが日本人的な考え方だろう」

怖い。薊くんは、怖い。どうしてこんなに鋭く尖った言葉を投げつけてくるのだろう。

「死にたいなら死ねばいい。死にたいやつは死ねばいい。どうぞご勝手に」

心なしか、薊くんの声が大きくなった。

私の知る限りでは、彼がこんなにたくさんしゃべるのは初めてだ。相変わらずの無表情ではあるけれど、どこか興奮しているようにも見える。

「自殺は日本では犯罪でもなんでもないんだ、本人の自由だろう。それを他人が自己満足の感情論でどうこう言うなんて、それこそエゴの極みだ。反吐が出る」

自己満足。エゴの極み。彼の言葉は、ぐさぐさと刺さって抜けない棘のようだった。

あまりの剣幕に、いつの間にか教室は静まり返り、田代先生も含めて全員が薊くんの話に聞き入っている。

「薊……今日はまた一段と舌鋒鋭いな」

凍りついた空気を和らげようとするように、先生が困った笑みを浮かべて言った。

薊くんは少しもひるむことなく、真正面から「先生」と問いかける。

「どうして俺たちにこんなことをさせるんですか。この授業の目的はなんですか」

先生はくしゃくしゃと髪をかき回し、「こういうことを言うとあれだが……」と呟いてから続けた。

「正直言うとな、先生も若いころは、死にたいと思ったことが何回もあるよ」

みんなの真剣な目が先生を見つめる。

「部活のことで悩んだり、人間関係で悩んだり、恋愛のことで悩んだり、受験や就活のことで悩んだり、あとここだけの話にしてほしいけど、教員になってからも仕事のことで悩んだりな。そのたびに、ああもう嫌だ、死んだら楽になれるのかな、なんてな。そりゃ思ったことあるよ。

もちろん実際に試みたことはないけどな。この中にも、同じように考えたことくらいはある子が何人もいるだろう」

誰も答えない。興味本位で視線を彷徨わせて誰かの顔色を窺うようなこともない。どんなに親しくても、触れてはいけないことがある。

「でも、自分のことは棚に上げといてって感じだが、先生はやっぱり、みんなには死んでほしくない。生きててよかった、生きてるからこそ感じられる楽しみや幸せがあるって実感してるからな。だから、この授業を通して自殺について考えて、もしもそういうことを思ってる生徒がいるなら、考え直すきっかけを与えたい。そう思って計画したグループワークだよ」

先生の真摯な答えを、薊くんは「はっ」と鼻で笑った。

「無駄ですよ。死にたいやつは、どうせ死ぬ。ほっといてもほっとかなくても、どうせ死ぬ」

彼の吐き捨てるような言葉とともに、終業のチャイムが鳴り響いた。なんとも後味の悪い終わり方だ。

号令のあと、私は鈴白くんに視線を向けた。

その表情にも動作にも、特段変わった様子はなく、なにごともなかったかのように、淡々と教材を片付けていた。

鈴白くんが死ぬ日まで、あと十日もない。きっとその心にはすでに自ら命を絶つという選択肢があるはずだと思う。

彼は今、なにを考えているのだろう。『こころ』を読んで、Kの自殺に対するみんなの意見を聞いて、薊くんの言葉を聞いて、先生の話を聞いて、いったいなにを思ったのだろう。

鈴白くんが死んでから、私の頭の中ではずっと、ひとつの映像が何度も何度も再生されていた。

放課後の屋上。暴力的なほどの眩しさで世界を照らす夕陽に全身を包まれて、優しい微笑みを浮かべる彼。その姿が光に滲んで、消えてしまいそうに見える。

あれは、鈴白くんが電車に飛び込む三日前の七月七日、前週の金曜日だった。私が彼に会った最後の日だ。

光に溶けた彼を見たとき私は、なにか言いようのない不安に襲われた。なんだか鈴白くんがどこか遠くへ行ってしまって、もう二度と会えなくなるような気がしたのだ。

ほんの一瞬で消えた、なんの根拠もない予感だったから、気のせいだろうと思って深くは考えなかったし、すぐに忘れた。それよりも私は、自分のことで精一杯だった。

でも、鈴白くんが自ら電車に飛び込んで死んだという事実を知ったとき、すぐにあのときのことを思い出して、急激に怖ろしくなった。

なぜ彼はあの日あそこにいたのか。それを考えることすらしなかった私は、大変なミスを犯してしまったのではないか。

あのとき私が彼についてなにか気づけていれば、そしてなにか適切な言葉をかけることができていれば。

そうしたら、彼の運命を変えることができたのかもしれない。

だから私は今日、屋上に行く。

前回は彼が死んだのは夢だと思っていて、でもその悪夢のショックから抜けきれていなかったから屋上に行く気にもなれず、七月七日にふたりきりで彼に会うこともなかった。

でも、今回こそは、私は行かなきゃいけない。


三回目の七月七日、放課後。

二時間ほど図書室で時間をつぶし、あの日と同じ時刻に、屋上に向かう。

朱色の墨で『立ち入り禁止』と書かれた紙がぶら下がった黄色いプラスチックチェーンをまたぎ、ぐるぐる巻きにされたロープの上からノブをつかんでゆっくり回し、扉を開ける。

鍵が壊れたのはほんの数日前らしい。絶対に屋上には出ないようにと全校集会で連絡があった。おそらく夏休み中には修理されるだろう。

今思えば、先生に怒られるのが怖くて校則違反なんて絶対にできない小心者の私が、よくもまあこんな無謀なことをできたものだ。

屋上に出た途端、校舎独特の埃っぽいにおいから解放され、新鮮な空気が肌を包んだ。

夏らしい真っ青な空が頭上に広がっている。低い空には真っ白な入道雲。

いい天気だ、と思う。あのときは全然こんなことは思わなかった。それどころではなかったからだろう。

左手首の腕時計に目を落とし、時間を確認する。

ふうっと細く息を吐き、まっすぐに屋上の端へ向かう。

転落防止のフェンスが張り巡らされている。ところどころ錆びついた金網に両手の指を絡ませると、かしゃりと無機質な音がした。またひとつ息を吐き、右足を上げて爪先を網目に引っかける。

ぐっと右足に力を込めて、左の爪先が宙に浮いた瞬間、ぎいっと背後でドアの開く音がした。

「……露草さん？」

背後から呼ばれた。鈴白くんの声だ。

記憶通りのことが起こってくれたことに、ほっとした。でもそれを顔に出さないようにしなきゃと気を引き締める。

あのときと同じように、ゆっくりと足を下ろした。しっかりと地面を踏んでから、なに食わぬ顔で振り向く。

「あれ、鈴白くん。偶然だね」

私はにこりと笑って言う。

「そうだね」

彼もにこりと笑って答える。そしてふっと天を仰ぐように顔を上げる。

「空が広いね。いい天気だ」

「ほんと。気持ちがいいよね」

あのときも私は、今とは別の理由で、でも今と同じように吐きそうなくらい心臓をばくばくさせながら、必死に平静を装って鈴白くんと会話した。不審に思われないように、勘ぐられないように、深入りされないように。

もしかしたら鈴白くんも同じ気持ちなのかもしれない、などとは一切気づくことなく、自分のことばかり考えて、なんとかその場を無事に乗り切ることだけで頭がいっぱいだった。

私たちはどちらも、『たまたま放課後の屋上で出くわして世間話を交わすクラスメイト』を演じている。

なぜわざわざ立ち入り禁止の屋上に忍び込んだのか、なにをしにここへ来たのか、そんなことは決して口にしない。

でも、今回は、私はあえて触れる。きっとこれが最後のチャンスだ。

「……それにしても」

私は金網の向こうに見える低い空を見つめながら口を開いた。不自然な表情を浮かべてしまっていたらいけないので、じっと前を向いたまま。

「鈴白くんが立ち入り禁止の場所に忍び込むなんて、意外だなあ」

「露草さんこそ」

彼は笑いを含んだ声で答えた。こういうふうに返されると、二の句が継げなくなる。

少し考えて、私はまた口を開いた。

「どうしてここに来たの？」

「ああ……」

鈴白くんは中途半端な相づちを打ち、一瞬、黙った。

「……誰か屋上に出たみたいだったから、もし行けるなら、僕もどんなところか見てみたいなと思って」

私は視線を動かし、フェンスに軽く背をもたれるようにして立つ鈴白くんの横顔を見上げた。

「そう……そうだね。今しか入れないもんね」

「うん。貴重な体験だね」

彼の顔にはいつもの穏やかな微笑みしか浮かんでいない。

私はあのときも今回も、屋上に出るとき、ドアの周りをなるべく乱さないように気をつけた。チェーンもロープもそのままにしておいたし、埃っぽい床に足跡が残らないよう細心の注意を払った。ぱっと見ただけでは、誰かが屋上に行ったことなど分からないはずだ。それに、そもそも屋上につながる階段は、屋上に行くためにしか使われない。付近には、普段は使われておらず物置き部屋のようになっている空き教室しかないので、屋上に行くという目的以外で近くに来ることはないはずだ。

つまり、誰かが屋上に出たらしき痕跡を見つけるためには、自分も屋上に行こうとしたという行動が前提になる。

間違いなく鈴白くんは自分の意思でここに来たのだ。どんな目的かは、まだ断定できないけれど。

「もしかして……飛び降りようとした？」

そう訊ねたら、彼はどう答えるだろう。

でも、口に出すことはできなかった。彼を傷つけてしまったらどうしようという不安や、逆にそれが自殺の決定打になってしまったらどうしようという恐怖が、私の喉をきつく締めつけていた。

それに、もしも私が逆の立場だったら、たとえ本当に飛び降りるつもりで屋上に来ていたとしても、「はいそうです、飛び降りようとしていました」とは決して答えない。だから、危険なだけの無意味な問いかけだと判断して、やめた。

しばらく考えて、質問を変えることにする。

「……この前の『こころ』のグループワークのとき」

そう呟くと、鈴白くんは「うん？」と首を傾げて私に目を向けた。

「薊くんが言ったこと、覚えてる？」

「ああ、あれか」

彼は眉を下げて、おかしそうに目を細めた。

「うん。覚えてるよ」

それから続きを待つように微笑んだまま静かに私を見つめる。

私はふうっと細く息を吐いて、再び口を開いた。

「薊くんは、なんでみんなの前であんなこと言っちゃうんだろう。もしも……」

少し迷ったものの、意を決して続ける。

「……もしも本当に、死にたい気持ちを抱えて悩んでる子がいたとして、その子が自分の言葉のせいで『あ、死んでもいいんだ』って思って自殺なんてしちゃったらどうしようとか、思わないのかな」

うーん、と鈴白くんはなにか考えるように視線を斜め上に投げた。

「薊は独自の感性を持ってるからね」

口元は笑みの形のまま。

「きっと彼なりの考えがあったんじゃないかなと思うよ」

「……そうかな」

私は小さく答える。次の言葉を必死に探す。

「薊くんは、ああ言ってたけど……」

私はなおも諦めきれなくて、鈴白くんを見上げて言い募った。

「……自殺なんて、やっぱり駄目だよね」

「そうだね」

きっぱりと答えた彼は、曇りひとつない澄んだ眼差しをしていた。

三日後には自らの手でその命を終える人が、こんなふうに即答できるだろうか。そんなわけがないという気がする。

「自殺のニュースを見るたびに、すごく胸が痛むよ。どれだけ苦しんだんだろうとか、残された家族や友達はどんなに悲しいだろうとか考えると、やるせなくなる」

「……そうだよね」

私はほっと息を吐いた。

鈴白くんの言葉も表情も、自殺を考えている人とは思えない。

きっと考えが、気持ちが変わったのだという期待に胸が膨らむ。

私は結局なにもできていないけれど、鈴白くん自身の中で、大切な家族を悲しませたくないから死ぬのはやめよう、という気持ちが芽生えてくれたのかもしれない。

それならよかった。きっと彼は死なない。生きていてくれる。

「——鈴白くんは、誰よりも必要とされてるよ」

思わず吐露してしまった私の脈絡もない言葉に、彼は一瞬目を見開き、それからふわりと微笑んだ。

「そうかな。そうだと嬉しいな」

西の空の雲間から、濃いオレンジ色の光が射してくる。

「そうだよ。絶対に」

私は力いっぱいに頷いて答えた。

「はは、ありがとう」

鈴白くんがこらえきれないように笑い声を洩らした。

私も、自分の必死さがおかしくなって、思わず噴き出した。

笑い声が夕陽に溶ける。

目を細めて笑う鈴白くんの、少年のように屈託のない明るい笑顔。

あのときと同じように夕焼け空を背に立つ鈴白くんは、今日は決して溶けて消えてしまったりしそうには見えなかった。

　そして、三回目の七月十日。

　鈴白くんは死んだ。

　その朝、きっと今回は大丈夫だという気がしていたけれど、それでも私は居ても立ってもいられなくて、彼が死ぬ時間に間に合うように、彼が死ぬ場所に向かった。

　いつもよりずっと早起きをして、電車を乗り換えてS駅に行き、ホームで待機し、十分ほどして姿を現した鈴白くんに偶然を装って声をかけ、一緒に電車に乗り、一緒に学校に向かった。

　彼はいつも通りの様子だった。これで自殺を止められたと心から安堵した。

　なんとか助けられた、と泣きそうになりながら帰宅し、全身に漲（みなぎ）る達成感と心地よい疲労感からソファで横になっていたとき、その知らせは飛び込んできた。

『鈴白くんが学校の屋上から飛び降りて死んだ』

　私はまた失敗してしまったのだと悟った。

　グラウンドで部活動をしていた生徒のうちの何人かは、落下した瞬間や、地面に倒れた姿を目撃してしまったらしい。気分が悪くなって救急搬送された人もいたという。

　その夜のSNSには、『わざとみんながいる場所で、みんながいる時間に飛び降りて、たくさんの人にトラウマを植えつけた最悪な行為』で『他人を巻き込む可能性もあった』ということで、鈴白くんへの非難の声が溢れていた。

全身の力が抜けて、動くこともできなくて、ベッドから起き上がれない。

感情が死んでしまったように、頭も心もまったく機能していない。

私は呆然としたまま再び砂時計を逆さまにして、眠くもないのにベッドに入って必死に目を閉じ、戻れ戻れ戻れとひたすら念じながら、かろうじて眠りについた。

今日もまた、鈴白くんが死んだ。

もう何度目かも分からない。数える気力もなくなった。

何度やっても駄目だった。なにをやっても駄目だった。

何度時を遡（さかのぼ）っても、毎回必ず鈴白くんは死んでしまう。

時間も方法もさまざまだったけれど、鈴白くんは、七月十日に必ず自殺する。

過去に戻るたびに私は、彼が死ぬまでの一ヶ月間、自分なりに思いつく限りのことをやった。

あるときは毎日何度も声をかけて、前よりずっと距離を縮めた。あるときは、私の知らないところで誰かからいじめなどを受けている可能性を考えて、校内で常に彼から目を離さないように注視しつづけ、クラスや同学年の人たちにそれとなく聞き込みもした。またあるときは、「なにか悩みがあるように見える、悩んでるなら相談して」と声をかけた。『こころ』のグループワークで柄にもなく発表役に立候補し、クラス全員の前で「病気や事故で生きたくても生きられない人がいるんだから、自分で自分の命を絶つなんて、絶対に駄目だと思います」などと話したりもした。見つかったらストーカーとして通報されることも覚悟の上で、一ヶ月間毎朝S駅で待ち伏せして、学校に着くまでずっと跡を尾け、放課後の部活のあとも尾行して、S駅で降りて帰路につくまで見届けつづけたこともある。自棄になって生まれて初めて恋の告白をしてみたことまであった。もし万が一上手くいけば、付き合っている相手になら悩みを打ち明けてくれるかもしれないと思ったのだ。

でも、なにをやっても駄目だった。

鈴白くんの生活のどこにも、私の目や耳に届く範囲では、彼を自殺に向かわせるような原因や理由を見つけられなかった。いじめも嫌がらせも諍いも、彼の周囲にはなにひとつなかった。

そして、どんなに距離をつめて表面上は親しくなれても、鈴白くんは決して心の内を明かさず、ひとかけらの影も弱さも見せず、悩みがあることすら匂わせず、ずっと鈴白くんのままだった。必死の声かけも付きまといも告白も、すべて笑顔で受け流される。

彼の心はまるで、いくら叩いても破れない、柔らかくて分厚い殻の中に閉ざされているようだった。そして、自ら命を絶つ決意は石のように堅かった。

何度繰り返しても、彼は決行してしまう。飛び込みや飛び降り、ときには他の方法で、必ず自らの意志を全うしてしまう。

そのうち私はだんだん、なんのためにやっているのか分からなくなってきた。

これほどまでに強く死にたいと思っている人を、あれこれ手を尽くして無理やり生かそうとして、私はなにをやっているのだろう。そして結果として、何度も何度も鈴白くんに死の苦しみを味わわせている。

そんなに死にたいなら死なせてあげればいいんじゃないか。そう思う自分もどこかにいる。

それでも私は、七月十日の夜、砂時計に願いをかけてから眠るのをやめられなかった。もしも砂時計を反転させず、そのまま七月十一日の朝が来てしまったら、きっとそこは鈴白くんのいない世界だ。つまり私が鈴白くんの死を確定させることになる。それは私が彼を殺してしまうようなものだという気がして、できなかった。もはや義務感だった。

目を覚まして無事に過去に戻っていると分かっても、今や喜びも安堵もない。私の心にはもう希望も期待も気力もなにも残っていない。

ご飯を食べられなくなった。本を読めなくなった。勉強も手につかない。生きるだけで精一杯の毎日。疲れきっていた。泥のような疲労感が心にも身体にもびっしりとへばりついていて、常に息苦しい感じがする。

もう無理かもしれない。何度も思った。やっぱり私なんかが鈴白くんを助けることなどできるわけがなかったのだ。

死を思う人の絶望に寄り添うこともできない、苦悩を癒やせるような優しさもない、決意を揺るがすような言葉を見つけることもできない、役立たずでちっぽけな私。

そしてまた、無力な私の目の前で、今まさに鈴白くんは電車に飛び込んだ。

夜八時すぎ、通勤通学客で混み合う駅のホームで、電車を待つ人々の列に並ぶ彼の後ろ姿を少し離れた柱の陰から見つめていたとき、彼はふいに歩き出して吸い寄せられるようにホームの端まで進み、そして線路の上にひらりと飛び降りた。まるでちょっとした段差を飛び降りるような自然さで、迷いなく飛び降りた。

あまりにも自然で、あまりにも突然で、あまりにも前兆がなかったので、いざというときは止めようと待ち構えていたのに、私は一歩も動けなかった。

そこに電車がけたたましい警笛を鳴らしながら滑り込んできた。

全身の血が一瞬で沸騰した気がした。思わず目を背けてしまう。

急ブレーキのかかった車輪がレールと擦れ合う耳障りな音と、響き渡る悲鳴。

私は両手で耳を塞いでしゃがみ込む。それでも鼓膜は音を拾う。

激しく軋みながら停車する電車の音、人々のざわめき、走り出す足音、スマホのカメラのシャッター音。

私は激しく動悸がする胸をぎゅっと押さえて、ふらつきながら改札のほうへ向かった。

電車やバスに乗る気にはなれなくて、一時間以上かけて徒歩で帰った。

信号待ちで無意識にスマホを開くと、トレンドワードに『人身事故』を見つけた。やめればいいのにタップしてしまう。ハッシュタグをつけたツイートがたくさん出てきた。

『早く帰りたい。へとへと。お腹すいた』

『ダイヤぐちゃぐちゃ。日付変わるまでに帰れるだろうか』

『せめて土日にしろよ』

『本当に迷惑』

鈴白くんのことを言っているのかは分からない。でも、これが、電車に飛び込んで自殺した人への世間の反応だ。

ひとりの人間が、たったひとつの命を自ら投げ出した。きっとその心にひとかけらの光も射さない真っ黒な絶望の中で、自ら足を踏み出し命を絶ってしまった。そのどうしようもない救いのなさよりも、自分の帰宅が遅れることのほうが、多くの人にとって重大なことなのだ。見ず知らずの他人の命が消えたことよりも、自分の時間を奪われたことのほうが重大で、腹立たしいことなのだ。

誰もが日々の生活に疲れきっていて、他人を思いやる余裕なんてない。だから、電車が止まって遠回りをしないといけなくなること、帰りが遅くなることが、その原因である電車に飛び込んだ『迷惑』な人間が、どうしても許せないのだ。不満と怒りをぶちまけて発散しないと我慢できないほどに。

思い通りにならないとき、自分にはなにも非がないのに被害を受けたとき、きっと人は誰かを、なにかを憎まずにはいられない。

私だって同じだ。電車が遅延するたびにうんざりして、だるいと思っていた。その原因が人身事故だと知っても、あまりに聞き慣れてしまって、ただの日常の出来事で、そこでひとつの命が失われたかもしれないということには思い至らなかった。鈴白くんが死ぬまでは。

きっと次もまた彼は自殺してしまうのだろう。何度やっても同じだ。どうせ駄目だ。分かっている。

それでも、諦めるわけにはいかないのだ。彼を死なせたくないから。死んでほしくないから。

だから私は今夜もまた、砂時計を逆さまにして、砂の流れる音を聞きながら眠る。

糸のように細い雨の中、学校へと向かう道を、身体を引きずるようにのろのろと歩く。使い慣れた傘が、やけに重い。柄を握る手に力が入らなくて、弱い風にも負けて手放してしまいそうになる。

もう動きたくない。でも、動かなくてはいけない。動かないと、過去に戻った意味がない。目が覚めても全然寝た感じがしなくて、全身を覆う疲労感が私のすべてに浸蝕（しんしょく）している。それで今朝はなかなかベッドから起き上がれなくて、学校に着いたときには始業ぎりぎりの時間になってしまっていた。

「なずな、おはよう。すごい顔……どうしたの？」

教室に入った途端、律子と美結が驚いた様子で近寄ってきた。

おはよう、と応じた私をじっと見つめ、ふたりは困ったような顔をしている。

「なんか今日元気ないね、なずな」

「珍しく遅かったし……なにかあった？」

「顔色悪いよ。ていうか、隈（くま）がすごいよ」

「大丈夫？　寝不足？」

私は無理に笑みを浮かべた。うまくできている自信はない。

「……そんなことないよ。いつも通りだよ」

私の答えに、美結が口元を歪めた。

「でも、いつもと全然顔つきが違うよ。別人みたい……」

「あはは……」

乾いた笑いが洩れてしまって、慌てて「そんなはずないじゃん」とごまかした。

彼女たちが知っている『いつもの私』は、私にとっては遥か昔の、なんにも知らなかったころの私だ。全然違って当然だ。

「なんか悩みごとあるなら、相談のるから。いつでも話してね」

律子が言う。隣で美結も深く頷く。

「ありがとう」

今度は自然に口元が緩んだ。ふたりは優しい。まっすぐに向けてくれる親切心が嬉しい。

でも、だからといって、『実は一ヶ月後に鈴白くんが自殺するから、助けたくて過去に戻ってきたの』なんて話せるわけがない。きっとどうかしてしまったと思われて距離を置かれるか、病院をすすめられるだろう。

「だけどほんと大丈夫だよ。心配かけてごめんね」

笑って答えると、ふたりはちらりと顔を見合わせて、「じゃあ、またあとでね」と去っていった。

ふう、と息を吐く。疲れた。もうずっと疲れているけれど。

大きな隠しごとを抱えて、でもそれをおもてに出さずに普通に日々を送るというのは、本当に疲れることなのだ。

近づいてくる足音が聞こえてふと目を上げると、鈴白くんが眉を寄せて立っていた。

「露草さん」

「あ……鈴白くん」

「大丈夫？」

彼は心配そうに問いかけてきた。

一ヶ月後に自ら人生を終える人が、ただ少し疲れた顔をしているだけのクラスメイトを心配して、わざわざ席までやってきて声をかけてくれたのだ。

私なんかより鈴白くんのほうがずっとずっと、今にも崩れそうな崖の縁ぎりぎりに立っているはずなのに。

目の奥が熱い。涙が溢れそうになり、見られる前に両手で顔を覆った。

「えっ、大丈夫⁉　どこか痛い⁉」

慌てた声で鈴白くんが言う。周囲の気配がざわつきはじめた。自分の席から様子を窺ってくれていたのか、美結と律子も「なずな！」と呼びながら駆け寄ってきたのが分かる。

「露草さん、保健室に行こう」

「……うん」

このままだとみんなの前で泣いてしまいそうだった。身体を丸くして片手でお腹を押さえて、腹痛を起こしているふりをする。

「うちらが連れてくよ」

律子の声に、鈴白くんが「うん」と答えた。

「じゃあ、よろしく。女の子のほうがいいもんね。気をつけて」

「あ、喜久田先生に伝えといてくれる？」

彼は安心させるように「まかせて」と頷いた。

「ありがと、お願いね。なずな、歩けそう？」

律子が右側、美結が左側で支えるように立たせてくれた。

私は深く俯けた顔をハンカチで覆い、きっと潤んでいる目を見られないように注意しながら、必死に声を励まして「大丈夫、歩ける」と答えた。

「露草さん。お大事に」

教室を出るとき、後ろから声がした。

ちらりと振り向く。鈴白くんがこちらを見ていた。朝陽を背に受けた彼の顔は、逆光でよく見えない。

「ありがとう……」

ごめんね、鈴白くん。心の中で謝る。

本当にごめんなさい。私なんかには荷が重すぎたみたい。鈴白くんを助けるなんて、私にはできなかった。神様の人選ミスだった。

もっと他の人なら、きっと鈴白くんをちゃんと救ってあげられたのに。

今ほど自分が自分であることを憎んだことはない。

チャイムの音でふと目が覚めて、ゆっくりと瞬きをする。

白い天井と四方を取り囲む薄黄色のカーテンを見て、保健室のベッドですっかり眠り込んでいたことを悟った。

美結と律子に付き添われて保健室に入り、養護の先生に『奥のベッドで横になって』と案内されたところで記憶が途切れている。たぶん布団に肌をつけた瞬間に寝入ってしまった。

重い左腕を上げて時計を確かめると、ちょうど二限目が終わる時刻だった。つまり丸二時間も保健室で休んでいたことになる。自分の図太さにびっくりだった。でも、へばりついた疲労感はまだ身体の芯(しん)に色濃く残っている。

ぱたりと腕を落とし、あてもなく宙に視線を投げる。真っ白で真四角のパネルが規則正しく貼られた天井。

先生は席を外しているのか、室内はひどく静かだった。やけにうるさく響く自分の呼吸音を聞きながら、数秒間目を閉じて、ゆっくりと開ける。再び閉じて、また開ける。

眠りが深かったせいか、頭の中は霧が立ちこめたようにぼんやりしていて、なにも考えられない。これからのことを、大事なことを考えなくてはいけないのに、頭が働かない。
二、三分ほど経ったころだろうか、からからと扉の開く音がして、それから中に入ってくる足音が聞こえてきた。

先生が戻ってきたのだろう。足音はまっすぐにこちらへと近づいてくる。

私は身を起こして、ベッドから下ろした足を上履きに差し入れつつカーテンに手をかけた。すぐそこに人影があるのが分かる。

「先生、ありがとうございました。もう大丈夫で――えっ」

少し開いたカーテンの隙間から見える顔を確認した私は絶句し、手を止めた。立ち上がりかけた身体から力が抜け、すとんとベッドに腰を落とす。

「――露草なずな」

不遜（ふそん）な声で言い、睨むような鋭い眼差しでこちらを見下ろしているのは、予想もしなかった人物だった。

「え、あ、薊（あざみ）くん……？」

彼に名前を呼ばれたのは初めてだった。この人私の名前なんか知ってたんだ、と場違いなことを思う。

そもそも六月十二日時点では話しかけられたのも初めてだと記憶している。修学旅行の体験学習でも、同じグループではあったもののまったく会話はなかった。

そんな薊（あざみ）くんが、どうして私の寝ている保健室のベッドまでわざわざやってきて、しかも声までかけてくるのだろう。わけが分からない。

「な……なんで？」

私の問いかけには反応せず、彼は険しい表情で訊ね返してきた。

「お前は馬鹿なのか？」

「……へ？」

それはもちろん薊くんに比べたら馬鹿だろうけど、どういう経緯で、どういう理由で、面と向かって改めてこんなふうに確認されているのだろう。どう答えるのが正解なのだろう。

「賢そうではないと思ってたが、ここまで馬鹿だとも思わなかった」

「は……？」

予想外かつ理解不能な展開にぽかんと口を開いたまま硬直している私を見下ろし、薊くんは呆れ返ったように溜め息を吐き出して大げさに肩をすくめた。

「絵に描いたような阿呆面だな」

彼は畳んだ状態で壁に立てかけられていたパイプ椅子を雑な仕草でがちゃんと開き、どすっと音を立てて億劫そうに腰かけた。無駄に長い脚を邪魔そうに組み、さらに腕組みをして顎を上げ、眉間に皺を寄せて私をまっすぐ射貫くように見つめてくる。

まるで独裁国家の暴君のような尊大な態度だった。あまりの横柄さに、こちらは圧迫面接か尋問でも受けているような気持ちになる。

混乱した頭の片隅で、ただの高校生のくせにこの人はどうしてこんなに偉そうなんだろう、とまた場違いな感想を抱いた。

「お前は一体いつになったら諦めるんだ？」

いまだに状況を呑み込めずにいる私に、薊くんは遠慮なく言葉を重ねてくる。

「なぜ諦めない。いつまでこんなことを続けるつもりだ」

私が今現在、諦めきれずにいることはただひとつ。でも、それを薊くんが知っているわけがない。だから、彼の言いたいことが理解できない。

「諦めるって……なにを？」

「とぼけるな」

彼は苛立ちを隠さずに派手な舌打ちをして、苦い顔で低く答えた。

「自分がいちばん分かってるだろ」

ほっそりと長く、節の目立つ指が、まっすぐに私を差している。

「露草なずな。どうして鈴白を止めようとする。いくら馬鹿な頭でも、さすがにもう分かっただろうが」

「え……？」

鈴白くんの名前を、薊くんが口にした。ということは、彼はまさに今私がやろうとしていることを知っているということになる。そんなはずはないのに。

「今回だってどうせ死ぬと分かってるだろ。鈴白はなにをやっても、何回繰り返しても、必ず死ぬ。絶対に死ぬんだよ」

「は……？」

私は大きく目を見開いた。

「え……っ、ど、どういう、どういうこと？」

衝撃と動揺で口がうまく回らない。

「薊くん、薊くんは、鈴白くんが、じ……、……いなくなっちゃうって知ってるの？」

「知ってるよ。鈴白は自殺する」

私が戸惑いから口に出せなかった単語を、彼はあっさりと口にした。

「ちょうど四週間後の七月十日、電車に飛び込んで、あるいは屋上から飛び降りて、自殺する」

「本当にうんざりだよ」

そうぼやくように言いながら、薊くんはまさしく『うんざり』といった表情で空を見上げていた。

私たちは今、非常階段——校舎の外壁に設置された屋外階段にいる。薊くんが三階と四階をつなぐ階段の中段あたりに腰かけ、私はその下の踊り場に立っていた。

空は薄暗いものの、雨はちょうど切れ間のようだ。でも空気はじっとりと湿っぽくて重い。十五分の中休みだけれど、あたりに人はいない。非常階段は、夏は暑いし冬は寒いし、掃除も行き届いていなくて埃っぽいし、雨が降ったらびしょ濡れになってしまう。なので、普段は先生も生徒も使うことはなく、年二回の避難訓練のときに避難経路として利用されるくらいだった。

薊くんが鈴白くんの自殺について触れた直後に養護の先生が戻ってきたので、私たちはすぐに保健室を出た。そして、人目を避けることができ、かつ誰にも話を聞かれる心配のない場所を求めて、ここへやってきたのだ。

私のベッド脇に座っていた彼を見て、先生は心底びっくりという顔をした。保健室を出るとき、「あの薊くんが女の子のお迎えに来るなんて意外だわー」と少しにやついた顔で言われてしまい、辟易した。妙な勘違いをされてしまっている気がしたけれど、薊くんが先生の言葉には一切の関心を向けずにすたすたと歩き出したので、私は否定する間もなく追いかけざるを得なかった。

「どうして俺がこんな目に遭わないといけないんだ。まったくもって納得できない」

薊くんは苛々と続ける。思わず「お気の毒です」と相づちを打つと、「お前のせいだろうが」ときつく睨みつけられた。怖い。

「お前がいつまで経っても諦めないせいで、俺も巻き込まれて迷惑してるんだ。馬鹿のひとつ覚えみたいに性懲りもなく何度も何度もやり直しやがって……。もういい加減にしてくれ」

「あ、あの……」

私は思わず挙手をして彼の話を遮った。

「なんだ」

「ひとつ確認なんですが……」

「だから、なんだよ」

「もしかして、薊くんも、未来から過去に戻ってきたの……?」

未来から過去に戻る。口にするとあまりに非現実的な言葉で、ありえないことで、やっぱり自分は夢でも見ているんじゃないかと思ってしまう。

でも、彼は心底嫌そうな顔で「ああ、そうだよ」と頷いた。

「七月十日から六月十二日に戻ってきた。しかも何回も何回もループしてる」

何回も、という部分を嫌味ったらしく強調して、薊くんが答えた。

瞬間、私は強烈な安堵感に包まれる。ああ、自分だけじゃなかったんだ。そう思った途端、ふうっと身体の力が抜けて、私はへなへなと階段の最下段に腰を落とした。

「よかったあ……」

「なにがよかったんだ」

私の言葉に、彼は眉をひそめた。私は少し首を傾げて訊ねる。

「だって、薊くんも鈴白くんを助けようとしてる……んだよね？」

その目的を彼なりに達成しようとしている上で、私のやり方が気に食わず、あるいは私がうろちょろするのが邪魔で、だから怒っているのだろうと予想していた。

でも、彼は「はあ？」と大きく顔をしかめ、

「一緒にするな」

一音一音区切るように、ゆっくりと発音した。本当にいちいち嫌味ったらしい人だ。

そのとき、チャイムが鳴り響いた。予鈴だ。あと三分で三限目が始まる。

話を切り上げて教室に戻ったほうがいいかと思い目を上げると、薊くんがくっと眉を上げて

「次は自習だろ」と呟いた。たしかに六月十二日の三限目の世界史は毎回、担当の先生が急な出張に行くことになったとかで自習になるのだ。

「何回目だよ」

呆れたように言われ、私はむっとして言い返す。

「……分かってるよ」

「それならいいが」

薊（あざみ）くんは階段に腰かけたまま、身体を少し後ろに倒して脚を組んだ。ここから動かずにまだ話を続けるつもりらしい。

私としてもまだ訊きたいことがたくさんあったので、腰を据えることにした。

「一緒にするなって、どういうこと？　まさか薊（あざみ）くんは鈴白くんを止めるつもりがないの？」

彼は当たり前のように頷いた。

「ああ、そうだよ。そんなつもりは一切ない」

「信じられない……なんで？」

「俺は無駄なことはしない主義なんだ」

「は？　無駄？」

知らず声を荒らげてしまう。人の生死に関わる話題で、無駄なんて単語は聞きたくない。

それでも薊（あざみ）くんは嘲笑（ちょうしょう）を浮かべて「無駄だよ」と繰り返した。

私は唇を噛んで彼を見上げる。

「無駄って……人の命がかかってるんだよ？　無駄とかそういう次元の話じゃないでしょ」

「人の命がかかっていようがかかっていまいが、無駄なものは無駄だろ」

「……っ、でも」

「あいつはどうせ死ぬんだから、助けようとしたって無駄だ」

ひどく冷淡な声音だった。私は言葉を失った。

「死にたいやつはなにをやっても死ぬ」

小雨が降りはじめた。雨粒がぱらぱらと踊り場に吹き込んでくる。

「実際、何度やり直しても鈴白は自殺をやめないだろう。それだけ死にたいってことだよ。お前がひとりで阿呆みたいに頑張ってなんになる。なにができる。自分に人ひとりの運命を変えられるだけの特別な力があるとでも思ってるのか？　映画のヒーロー気取りか。とんだ思い上がりだな。お前は傍から見ればただの滑稽な道化――」

「――うるっさい！」

気がついたら叫んでいた。

「黙って！」

急に声を張り上げたせいで、喉が痙攣するように震え、ひりひりと痛んだ。

薊くんが眉を上げ口をつぐみ、ひどく意外そうな顔をしている。

私だって、自分でも意外だった。相手の顔色を窺って周りに合わせてばかりの私が、こんなふうに人を怒鳴りつけることができるなんて思っていなかった。

でも、叫ばずにはいられなかった。たかぶる感情をどうしても抑えられなかった。

とはいえ、大声を上げたら誰かに聞かれてしまうかもしれない。こんな場所で薊くんとふたりきり、しかも自殺だのなんだのと不穏な会話をしているのを誰かに知られたら、面倒なことになる。私はふうっと深呼吸をした。

「……そんなわけないでしょ」

なんとか気持ちを落ち着けようと、今度は低く唸るように声を絞り出す。

「特別な力があるなんて……そんなことまったく思ってないよ、思えるわけない」

それでも爆発しそうな感情を必死に抑え込むようにぐっと唇を噛み、きつく拳を握る。手のひらに爪が刺さって、ぴりっと痛みが走った。

「ちゃんと分かってるよ。私はただの、どこにでもいる普通の、普通すぎる十七歳で、物語の主人公みたいに世界を変える力どころか、クラスメイトひとりの死にたい気持ちさえ変えられない、無力でちっぽけな存在だよ。そんなの嫌っていうほど分かってる。分かってるけど、でも、やるしかないじゃん」

　一気に言い切り、肩で大きく息をした。

「鈴白くんを助けるためには、やるしかないじゃん……」

　薊くんが脚を組み替えた。眉を寄せて静かに問いかけてくる。

「……なんでそこまでして助けたいんだ。鈴白はお前にとってなんなんだ」

「なにって……」

「あいつに恋愛感情でも持ってるのか」

　彼らしい小馬鹿にしたような言い方ではなく、からかっているふうでもなく、ただ単純に事実確認をしているという口調と表情だった。だからこそ驚く。

「そんなんじゃないよ。恋愛感情とかは断じてない」

　これは照れ隠しでも虚勢でもなく、本当のことだ。私は鈴白くんのことを人として尊敬しているけれど、恋愛対象として好意を抱いているということはない。

　これは私の個人的な見解だけれど、鈴白くんという人は、恋愛だの友情だの、そういう俗っぽいものとはまったく無関係な場所にいる存在という気がする。通常の人間関係に付随する利己的で醜い感情——たとえば嫌悪だとか憎悪だとか諍いだとか、嫉妬だとか独占欲だとか——からはすっかり解放された別次元に、ふわふわと浮いているイメージ。そして、低俗な牽制や争いを繰り広げる私たちを、天使のように無垢で穏やかな微笑みを浮かべて、遥か高みから優しく見守っている。

そういう人に対して恋愛的な気持ちを向けることなんて到底できないし、しようとも思わない。私にとって鈴白くんは、男だとか女だとかは関係のない存在なのだ。

「じゃあ、なんなんだ。友達か？」

無愛想な薊くんの声で我に返った。私はふるふると首を振る。

「それも違う。友達って名乗れるほど親しくないよ。ただのクラスメイト。それ以上でもそれ以下でもない」

ふうん、と彼は言い、小さく鼻で笑った。

それからすっと腕を上げ、まっすぐに私の顔、目のあたりを指差す。

「隈がすごいぞ」

「……へ？」

「お前は『ただのクラスメイト』のために、そんなに身を削ってまで命を救おうとしてるってことか。そりゃまたご立派な。たいした人格者だな」

あまりに皮肉っぽい言い方に苛立って、頬が歪むのを自覚した。

「そうだよ。『ただのクラスメイト』だけど、どうしても死んでほしくないの。きっと私じゃなくてもそうするし、死んだのが鈴白くんじゃなくてもそうするよ。別に家族とか友達とか恋人じゃなくても、誰かが死ぬ、しかも自殺するって嫌なことだもん。助けたいと思うでしょ、普通。薊くんみたいな薄情者には理解できないだろうけど」

言葉が次々に溢れ出してきて止まらなかった。吐き出したらすっきりはしたけれど、薊くんの顔を見て内心震え上がる。

「へえ……」

流線形の眉がくいっと上がり、薄い唇に酷薄そうな笑みが浮かぶ。切れ長の目がすうっと細められ、真っ黒な瞳がひたりと私を映す。整った綺麗な顔立ちの人が険しい表情をすると、どうしてこんなに怖いんだろう。

「言うじゃないか、露草なずな」

怒らせてしまったかもしれない。普段から常に世界中のすべてに苛々して心のナイフを構えていそうな薊くんが、もしも本気で怒ったらどうなってしまうんだろう。

顔には出さないようにしつつも私は密かに怯えていたけれど、意外にも彼はにやりと笑って言った。

「お前、面白いやつだな」

拍子抜けした私は、思わず笑みをこぼした。

「なにそれ。少女漫画のヒーロー気取り？」

ずいぶんな暴言ばかり向けられたからせめて一矢報いたいという意図で、からかいまじりに言ってやる。それなのに、心底怪訝そうな顔で、訳が分からないというように「は？」と返されてしまった。たしかに彼は少女漫画になど縁がなさそうだ。

「よく分からんが、嫌味を言ったというのだけは理解した。お前、意外と口が悪いな。もっと引っ込み思案で無駄に大人しくてつまらないやつという印象だったが」

「薊くんこそ、他人なんか興味ない一匹狼ですって顔しといて、『つまらない』クラスメイトの性格まで、意外としっかり把握してるんですね。すごいなあ、さっすがあ」

　ひく、と薊くんの頬が引きつった。

「……本当にいい性格してるな」

「薊くんみたいに傍若無人な人に対して礼儀正しく接する意味も義理もないでしょ」

「…………」

　睨みつけられたので、睨み返す。

「お前、ずいぶんでかい猫を被ってたんだな」

　私は薊くんの真似をして、ふんと鼻を鳴らしてみせた。

「そうだよ、被ってるよ。そしてこれからも被るよ。余計な波風立てたくないから、わざわざ嫌われるような言動はしない。たぶん世の中の九割以上の人が実践してる、ごくごく一般的な処世術ってやつですよ。薊くんと違って、私はすごーく常識的な人間なの」

　自分でもびっくりするくらいにきつい言葉が次々に飛び出してくる。そしてきっとすごく皮肉っぽい顔をしていると思う。

　いつもの私なら絶対に使わないような単語、浮かべないような表情、必死に押し隠すような本音。それを全部さらけ出してしまっている。

　だって、なんだか馬鹿らしくなってしまったのだ。こんなにも好き勝手に言いたい放題の相手に、なにを我慢する必要があるのか。そう思った途端、普段は丁寧に包んで縛って心の奥底にしまい込んでいる感情が、堰を切ったように氾濫し、箍が外れたように暴走し始めた。

　奇妙な解放感と高揚感で、自然と頬が緩むのを感じる。

　そんな私の顔を、薊くんはなんとも言えない表情で見つめていた。

「……お前、俺のこと嫌いだろ」

「まあ少なくとも好きではないね」

　即答すると、彼は仕返しのようにせせら笑った。

「ずいぶん正直だな」

「薊くんにだけは言われたくないんですけど」

　彼はいつだって自分の気持ちに正直すぎるくらい正直だ。空気を読んで周りに合わせたり、嫌われないように悪目立ちしないように振る舞ったりは決してしない。

　彼のそういうところが、私は苦手だ。そんなふうに思いのままに振る舞えることが羨ましくて、妬ましくて、嫌いだ。

「薊くんも、いちおう嫌われてるとか気にするんだね。意外」

　すると彼はぴくりと眉を上げた。

「別に気にはしてない。嫌われるのには慣れてるからな」

「自覚あるんだ。じゃあ、もっと嫌われないような振る舞いを心がければいいのに」

「それは無理な相談だな。人には向き不向きというものがある」

　完全に開き直った態度で、彼は偉そうに言った。

「そんな話はまあいい。とにかく、もう諦めてくれ」

私は黙って眉を上げ、薊くんを見つめ返す。

「俺はもうほとほと嫌気が差してるんだ。何度も何度も何度も同じことの繰り返しで、お前が徒労だと分かりきってる無駄な努力ばかり繰り返すのを否応なしに見せられて、まったくやってられない。どうせ無理だと分かってるのにお前がしぶとく諦めないせいで、俺まで多大なる迷惑を被っている。そろそろ諦めろ。見限れよ、自分も鈴白も」

「やだ。見限らない。諦めない」

私は首を横に振りつつ、きっぱりと答えた。ぐっと温度を下げた鋭い眼差しが突き刺さる。

「諦めろ」

「諦めない」

「諦めろ」

「諦めない」

薊くんはがくりと項垂れ、はああっ、と大きな大きな溜め息を吐き出した。

「……分かったよ」

匙を投げたように言って、俯いた頭を右手でぐしゃりと掻き回す。癖のないまっすぐな黒髪がくしゃくしゃになり、でも乱れることなく一瞬でぱさりと元に戻った。癖っ毛の私からすれば羨ましいくらいの直毛だ。

「仕方ない。じゃあ、今回だけ協力してやる」

「え……っ」

好きにしろだの勝手にしろだのと怒って去っていくことを予想していたので、意表を突かれて驚いた。

「……鈴白くんを助けるのを手伝ってくれるってことだよね？　いいの？」

確かめるように訊ねると、薊くんは「非常に不本意だが」と忌々しげな顔で頷いた。それから釘を刺すように続ける。

「ただ、これで駄目だったらもう諦めろよ」

「分かった」

本当は諦めるつもりなんて毛頭なかったけれど、こくりと頷いた。

ひとりではもう完全に万策尽きて、これ以上は打つ手がない。藁にもすがる思いだった。薊くんを藁なんて呼んだらものすごく怒られそうだけれど。

またもやわざとらしい溜め息をついた彼が立ち上がり、軽く腰についた埃を払いながら私を見下ろして言った。

「ちなみにお前はどうやって過去に戻ってるんだ？」

私はぱちりと瞬きをする。

「え、どうって……」

「俺としては、修学旅行の砂時計が絡んでるという仮説を立ててるんだが」

「あ、うん。そう、あの砂時計をひっくり返して寝ると、次の朝、目が覚めたら、一ヶ月前に戻ってるの」

私の説明を聞いて、薊くんは納得したように小さく頷いた。

「なんで分かったの？」

「普通に考えれば分かる」

小馬鹿にしたように返された。

「現状、鈴白とお前と俺の三人の間にあって、他のやつらにはない特異な接点といえば、あの体験学習くらいしか思いつかないからな」

「なるほど……」

神様が住む海で採られた、願いを叶えてくれるという砂を使って作った砂時計。中でも、私たち三人だけが選んだ真っ白な天然砂。

あの砂時計が私と鈴白くんをつなぐものだとは思っていたけれど、まさか薊（あざみ）くんまでもがつながっているとは予想もしていなかった。同じ瓶から同じ砂を三人で分け合って作ったのだから当然といえば当然かもしれないけれど、彼はあのときも普段通り一切私たちと話さなかったし関わろうともしなかったので、接点があったという印象がなかったのだ。

「まあ、そんなことはいい。もう二度と使うことはないんだからな」

今回で駄目だったら諦める。砂時計の力を使って過去に戻るのをやめる。

申し訳ないけれど、そんな約束を守るつもりはない。……という気持ちが表情にも声色にも滲み出ないように細心の注意を払いつつ、神妙な顔を作って「そうだね」と相づちを打ってみせた。

薊（あざみ）くんはちらりとこちらに目を向け、しばらく黙ってじっと私の顔を見ていた。心の中を見透かされているような気がしてはらはらしたものの、彼はふいっと目を背けて雨雲をたたえた空へと視線を投げた。

「今日はちゃんと寝ろよ」

思いも寄らなかった言葉に、私は「え」と目を丸くする。

「心配してくれてるの？　意外と優しいとこあるんだね」

素直な感想を告げると、薊（あざみ）くんはものすごく嫌そうに顔をしかめた。

「馬鹿を言うな。体調が万全じゃない状態で、効率の悪い方法であれこれ行動されたら目障りだからだ。睡眠不足だと鈍い頭がさらに鈍くなるだろう。手当たり次第に思いつきで当てずっぽうな方策ばかりとってたようだが、まさに時間の無駄だ」

私のこれまでの血の滲むような努力を、ずいぶんひどい言い方で総括されてしまった。不服ではあるけれど、実際に失敗しつづけてきたわけで、なにも言い返せない。

「俺が参戦するからには、あんな無謀で無計画な戦略はもう許さないからな」

「……なんだかんだ言って、ずいぶんやる気満々じゃないですか」

「俺は無駄なことはしない主義だが、やるとなったら万全を期す。乗りかかった舟だ」

当たり前だろというように彼が首を傾ける。

「明らかに沈みかけの貧相な泥舟だが、まあ仕方がない。海に出てしまったら、乗っている舟を漕（こ）いで渡るしかないんだからな」

「…………」

薊（あざみ）くんとしては、私に対して皮肉を言っただけの、なにげない言葉だったと思う。

でも私は、ふいに突風に吹かれたような気持ちになった。決して揺るがない、誰にも揺さぶられない、左右されない薊くんの強さの源を、唐突に見せつけられた気がしたのだ。

私は今までずっと、どうして私の舟はこんなにちっぽけなんだろう、と思っていた。生まれながらに立派な舟を与えられた人たちが羨ましい、自分ははずれくじを引いてしまった、なんて運が悪い、と不満ばかりだった。

でも、薊くんの言う通りだ。私たちは与えられた舟で航海に出るしかないのだ。たとえそれがどんなに脆く小さい舟だとしても。文句を言ったって、不満顔でしょげていたって、その舟を替えてもらうことはできないのだから。

あとは、少しでも良い航海になるように、自分の舟を補修するか、自分の舟でとれる航路を選ぶかしかない。たとえ遠回りになるとしても。

「俺が関わるからには必ず成功させる。失敗することは俺のプライドが許さない」

高慢で力強い言葉に、私は思わず小さく噴き出した。

「無駄に頼もしいね」

薊くんが顔をしかめる。

「無駄とはなんだ、失敬な」

「失敬な、って。なにその言葉のチョイス。一介の高校生のくせにめっちゃ偉そう」

「いちいち突っかかるなよ。面倒くさいやつだな。どうしゃべろうと俺の勝手だ」

なにをしようと自分の勝手。どう振る舞うかもどう生きるかも自由。そう思い切れる強さと自信が腹立たしくて、でもやっぱり羨ましくて、妬ましくて、苦手だ。

でも、そんな薊くんのおかげで今、呼吸が楽になっているのもたしかだった。全身にこびりつき染みついていた疲労感が、彼と話している間にずいぶんと薄れていた。気持ちが軽くなっている。作り笑いではなく本心からの笑みがこぼれたのは、本当に久しぶりだった。いつ以来かも覚えていないくらいに。

薊くんのおかげなのだろう。ちょっと癪だけれど。

「なずな！　大丈夫だった？」

薊くんと別れ、三限目が終わると同時に教室に入ると、すぐに美結と律子が駆け寄ってきた。

「あんな顔色悪いの初めて見たから、心配だったよ」

「ちょっとは体調よくなった？」

彼女たちの表情からも声音からも、本当に心配してくれていたのだと伝わってくる。きっと今朝もそうだったのだろう。それなのにあのときの私の態度はどうだった、と振り返ると申し訳なくなった。情けない笑みが自然と浮かぶ。

「うん、もう大丈夫。たくさん寝させてもらったからすっきりしたよ。心配かけてごめんね」

「ほんとに？　なにかあったら言ってね、いつでも」

「ありがと。そうする」

私が笑顔で頷くと、ふたりは安心したように顔を綻ばせた。ちょうど四限開始のチャイムが鳴り、「またあとで！」と手を振って席に戻っていく。私も手を振って応えた。

とはいえ、なにも知らない彼女たちに本当のことを話すわけにはいかないし、話すことでつらい思いをさせたくもない。

一ヶ月後にクラスメイトが死ぬのだと告げて、彼女たちがそれを信じてくれたとして。でもその未来は変えられないかもしれないなんて、どれだけ悲しく、苦しい思いをするだろう。最初の七月十日、鈴白くんが死んだと聞かされたときの、あの途方もない衝撃。胸に泥を詰め込まれて息ができなくなるような苦しさ。

鈴白くんの死が知らされたときの教室の光景が甦る。何度も繰り返し見たから、脳裏に灼きついている。

時間が止まったような数秒間。そして誰かが『え、嘘でしょ』と微かな声を上げる。それをきっかけに一気にみんなの硬直が解け、音と声が溢れる。椅子や机の脚が床を擦る音、物が落ちる音、洟をすする音、悲鳴、泣き声、上ずった声、押し殺した声。

誰もが衝撃を受け、呆然とし、動揺し、悲愴な表情を浮かべていた。人身事故について『鈴白だったりして』とふざけて言っていた木内くんは、『マジかよ』と苦しげに顔を引きつらせた。

美結は泣き崩れて動けなくなり、彼女を励ます律子も唇を噛み締めて震えていた。臨時集会の間も美結の涙は止まらず、律子も堪えきれないように泣き出し、ふたりとも目が真っ赤に腫れていた。

彼女たちに二度とあんな思いをさせないためにも、私は今度こそ絶対に鈴白くんを助ける。決意を新たに顔を上げたとき、ひときわまっすぐに背筋の伸びた薊くんの姿が目に入った。

　そういえばあのとき、と唐突に思い当たる。

　最初に鈴白くんが死んだとき、私はあまりの衝撃で微動だにできなかった。みんなが話し始め、泣き出しても、私は頭が真っ白でなにも考えられなくて、口に出すべき言葉も見つからなくて、ただただ夕陽の幻影にとらわれて、硬直したまま前を向いていた。

　瞬きすら忘れて霞んでいく視界の端に、ざわめくクラスの中でひとりだけ、私と同じようにぴくりとも動かない人の姿をとらえた。

　あれは薊くんだった、と今さらながらに気づく。彼はあのときも、今と同じように、ぴんと背筋を伸ばしたまま、静かに前を向いていた。

　あのとき薊くんはなにを考えていたのだろう。鈴白くんの死に、なにを思ったのだろう。

「露草さん」

　ふいに声が降ってきた。ぱっと顔を上げると、そこには柔らかい眼差し。

「あ、鈴白くん……」

　たった今、彼が死んだときのことを思い出していたせいで、まるで夢か幻でも見ているような気持ちになり、呆然としてしまう。

　すると鈴白くんの表情が曇った。

「大丈夫？　まだちょっとぼんやりしてるみたいだけど……。次も休ませてもらえるように、先生に頼もうか？」

　私は慌てて首を振る。

「ごめん、大丈夫、ちょっと考え事してただけだから。体調はもう本当に大丈夫だよ」

「そっか、それならよかった。顔色もよくなってるし、安心した」

鈴白くんがほっとしたように笑った。いつも通りの、もうすぐ自殺してしまうようになんてまったく見えない、優しく思いやりに満ちた表情。

この笑顔を、この世界から消してしまいたくない。

鈴白くんを助けたい。

どうしても、過去を、未来を、変えたい。

終礼後、廊下のロッカーに資料集などをしまいながら美結たちとおしゃべりをしていたら、突然薊くんが近くにやってきて、「おい」と声をかけられた。

「えっ、薊くん……？」

無表情にこちらを見下ろす彼を、律子が驚いたように見つめ、美結は怯えたように彼女の腕につかまって「うるさかったかな？」と肩を縮めている。

「露草なずな」

予想通り、彼は私を名指しした。律子と美結が目をまんまるにして、同時にぱっと私を見る。

私は焦りを隠し、なに食わぬ顔で「なに？」と薊くんを見上げた。心の中では必死に『余計なことを言わないでよ』と念を送りながら。

薊くんがくっと眉根を寄せた。背が高いので、真正面に立たれると威圧感がすごい。しかも今は『決まってるだろ』とでも言いたげに眉をひそめているので、さらに迫力が増している。

「五分後にピロティで。遅れるなよ」

「……はい」

私は反射的に頷いた。薊くんはそのまま踵を返し、すたすたと階段のほうへ歩み去る。

その後ろ姿を見送る数秒間の沈黙のあと、美結と律子が同時にきゃあっと叫んだ。

「えっ、待って待って。どういうこと？」

「なずなって薊くんと仲よかったの？」

「もしかして、告白？」

ふたりが瞳をきらきら輝かせて訊ねてくる。私は「まさかあ」とへらへら言った。

「あれかな、もしかしたら、あのほら、弁論大会のこととか……？」

咄嗟の思いつきで下手な言い訳をしつつ、心の中では怒りが渦巻いている。

なに考えてんの、どんだけ空気読めないわけ、と叫びたい。人前で堂々と呼び出したりして、どういう目で見られることになるか想像もできないのか。偉そうにしているわりに、他人の心の機微に対する理解力は底辺なんじゃないか。私の行動のせいで迷惑を被っているだのなんだの文句を言っていたけれど、私だって今まさにとんでもない迷惑を被っている。

腸も煮えくり返りそうなくらい腹が立っていたけれど、なんとか作り笑いの奥に激情を押し隠していると、美結が「そういえば」と律子を見た。

「なずなを保健室に連れて行ったあと、薊くん、私たちに『あいつはどこに行った』って訊いてきたよね」

律子が深く頷く。

「一限も二限も授業終わったらすぐ教室出てったよね。それに、一限の休み時間になずなの様子見に行ったとき、薊くん保健室から出てきたよね。怪我でもしたのかなと思ってたけど、あれ、なずなのこと心配してたんじゃない？」

「いやあ、それはないんじゃ……」

それはただ私が目を覚ましたらすぐに尋問しようという魂胆で、まだ起きていないか確認しにきていたのだと思う。でもそれを彼女たちには言えないので、曖昧にごまかすしかない。

「とりあえず薊くんとこ行きなよ、なずな」

「あ、うん、そうだね……」

「幸運を祈る！」

「あとで話聞かせてね！」

興奮を隠しきれない笑顔に見送られながら、私は荷物を持ってピロティに向かった。

「ねえもうほんとに……ほんとにさあ、もう、勘弁してよね」
薊くんは、ピロティの隅で腕組みをして、壁に背をもたれて待っていた。その顔を見た瞬間、私の不満は一気に噴出した。
当の本人は、「なんの話だ？」と首を傾げている。それがまたさらに腹立たしい。

「……ここで話すのもあれだから、とりあえず非常階段に行こう」

そう促すと、薊くんはそうだなと頷いた。

人目のない場所にたどり着くまでなんとか耐えて、周囲に誰もいないのを確認してから、私は再び口を開いた。

「ほんと、どういうつもりなの」

「なにが？」

怪訝そうに訊ね返されて脱力しそうになる。

「なんで私が怒ってるか分かんない？」

「分からない。説明してくれ」

真顔でそう返された。とぼけているわけでもしらばっくれているわけでもなく、本当に理解できていないようだった。

私は大げさに息をついて口を開いた。

「なんで他に人がいるところで呼び出しなんてするわけ？　しかもよりにもよって友達の前で。律子たちに勘違いされちゃったじゃん。どうしてくれるの」

「勘違い？」

彼は腕組みをして首を捻った。

「だからー、薊くんが私に告白するために呼び出したって思われちゃったの！」

思い出して、また溜め息が洩れてしまう。美結たちへの弁明が大変そうだ。

薊くんは私の言葉に、少し驚いたように目を見開いた。

「本当のこと言うわけにもいかないし、適当にごまかしたけど、たぶん勘違いしたままだよ。今まさに告白されてると思われてる。最悪だよ、ほんと困る」

「なるほど、そういうことか。それは考慮してなかった」

本当に想像もしていなかったらしく、目から鱗（うろこ）が落ちたような表情を浮かべていて、私はかくんと項垂れた。

「しかし、ただ呼び出しただけで告白とは、ずいぶん短絡的だな」

私はむっとして思わず眉をひそめる。律子たちを馬鹿にされたようで不愉快だった。

「もう……どうしてそういちいち棘のある言葉を選ぶかなあ」

「そんなつもりは毛頭ないが。思ったまま素直な感想を言っただけだ」

「感想ならなんでも言っていいわけじゃないでしょ。こういうこと言ったら相手が嫌な気分になるかもとか、ちょっとは考えてから発言したらどうですか、ってこと」

薊（あざみ）くんが顎に手を当てて首を捻り、宙を見つめる。そしてしばらくしてから、

「……考えても、俺には、他人の気持ちは分からない。嫌な気分になる基準も、よく分からない。……から、俺がいくら考えたところで無駄だろう」

どこか拙（つたな）い口調で、きれぎれに呟くようにそう答えた。

私は意表を突かれ、一瞬言葉に詰まる。

「……そんな難しく考えなくてもいいでしょ。ただ単純に、『自分が言われたら嫌なことは人に言わない』ってこと」

彼はゆっくりと瞬きをした。

「俺は、事実を言われただけなら、別に嫌な気分にはならない」

「……あ、そう」

どう返せばいいか分からなかった。

『自分がされたら嫌なことを他人にしたらいけない』というのは定番の表現で、親からも学校の先生からも何度も何度も言われてきた。その考え方は私にとって、善悪の判断の基盤になっている。

でも、たしかに薊くんのように、普通の人なら不愉快に感じるようなことをされても全然気にならない、という特殊な性格の持ち主には通用しないのだと気づかされる。

薊くんの親はとても苦労しただろうな、と思う。彼の親はどんな人なんだろう。薊くんの家族団欒の姿なんて、想像もつかない。

「まあ、いいじゃないか。他人にどう思われようと」

切り替えるように薊くんが言った。私は思わず唇を尖らせる。

「私はよくないの」

周りからどう見られてもどう思われてもいいなんて、揺るぎない自信を持っている優秀で強い人間にしか許されない考え方だし、そういう人にしかできない生き方だ。

「私は、人からどう思われるか気にするし、気にしなきゃいけないの」

「なぜだ。別に実害はないだろう」

心底分からないという顔つきで言われて、私は「はい？　実害？」と訊き返した。薊くんが頷く。

「たとえば勘違いされたらその通りの行動をしなきゃならないとかいう法律があるなら面倒だが、そういうわけでもないだろう。ただ好き勝手に噂されるくらいで、実害はない。そもそも勘違いしたのはあっちの勝手で、俺が嘘をついたわけでもない。だから俺はお前から文句を言われる筋合いはないように思うが、なぜそんなに目くじらを立てられないといけないのか、理解不能だ」

「あのね、実害とか筋合いとか、そういう話じゃなくてね、気持ちの問題——」

言いかけて、私は口をつぐむ。ひとつ溜め息をつき、

「……まあもういいや、どうせいくら説明しても伝わらないだろうし」

諦めて話を切り上げた。薊くんが口を閉ざし、ふんと鼻を鳴らした。

たぶん一生、彼と分かり合うことはできないだろう。私には彼の考えがまったく分からないし、きっと彼も私の思考回路を理解することはできない。

「もうこの話はいいよ。はい、さっさと本題に入って」

呆れ顔を作って手で払う仕草をして、促すように言うと、薊くんは嫌そうに顔をしかめた。

「お前のほうから本題じゃない話を振ってきたんだろうが。ったく、どんどん本性が出てくるな」

「薊くんのせいだから」

「どういうことだ。お前の本性と俺は関係ないだろう」

「薊くんがあまりにも不躾だから、私も遠慮するのが馬鹿らしくなったってことだよ」

彼は口をへの字に曲げて肩をすくめた。

「よくもまあそんな本性を隠して平然と大人しいふりをしてこられたもんだ。演技がずいぶん上手いんだな」

「嫌味だなあ。本性なんてみんな隠してるし、多少は演技もしてるって。薊くんが特殊なんだよ、平気で本心全部さらけ出して。普通そんなの無理だもん」

「…………」

薊くんが黙り込んだので、私はふうっと息をついた。

——もしかして、鈴白くんも、そうなのだろうか。ふと思う。あの笑顔の裏に、実は人には見せない本性を隠していたりするのだろうか。

でも、それはないだろうな、とすぐに思い直す。だって、鈴白くんのことを探るためにこっそり尾行していたときも、彼は常に、私の知っている鈴白くんだった。

電車ではお年寄りや妊婦さんに席を譲ったり、ベビーカーの乗り降りを手伝ったり、誰かが座席に放置したごみを回収したりしていた。

駅前の道ではさりげなく視覚障害者の人の先回りをして点字ブロックを塞ぐ路上駐輪車を移動させ、杖をついてゆっくりと歩くおじいさんが無事に横断歩道を渡りきるまで周囲の車に手を挙げて合図をしていた。

彼はいつでも、どこにいても、普段学校で見せる姿と変わらない、誰に対しても親切な人だった。

もし万が一、たとえば彼が校内では善人を演じているとして。学校の外で、きっともう二度と会うことのない見ず知らずの人間にまで、いい人のふりなんてするだろうか。たとえ八方美人でも、知り合いの目がないところでは気を抜くのではないか。

実際、私がそうだ。私は学校では、鈴白くんには遠く及ばずとも、冷たい人間だと思われて嫌われないように、友達にはできるだけ親切にしたり優しくしたりするけれど、見ず知らずの人にはそこまでしない。全ての場所で空気を読んで気を遣うなんて無理だ。疲れる。だから、私は、いい顔をする場所を選んでそうする。

鈴白くんも、家では、家族の前では、学校と全然違う顔を見せているのかもしれない。私だって、特に反抗期真っ只中の中学生のころは、学校では大人しくしていたけれど、家では毎日のようにお母さんと些細な言い争いをしたり、丸一日口をきかなかったりということもあった。鈴白くんにも反抗期なんてあったんだろうか。意味もなく苛々して自分を持て余して家族に八つ当たりする鈴白くんなんて、全然想像がつかない。

「……鈴白くんは、どうして死にたいんだろう」

無意識のうちに呟いていた。非常階段の手すりにもたれてグラウンドを見下ろしていた薊くんが、ちらりと私に視線を向ける。

「さあな」

彼はたいして興味のなさそうな声で答えた。私たちにとって今いちばん重要な話をしているのに、ずいぶん非協力的な態度だ。腹立たしいけれど、無視して続ける。

「やっぱり、なにか悩みがあるって考えるのが自然だよね」

「まあそうだろうな」

また気の抜けた返事。本当に鈴白くんを助ける気はあるのか。喉元まで出かかった言葉をなんとか呑み込んだ。今は薊くんの態度の如何より、鈴白くんの話だ。

「仲良しの友達だったら、もしかしたらなにか知ってるかもしれないけど……」

「いないんじゃないか、そういうのは」

薊くんの答えに、私は小さく頷いた。同じ見解を彼も持っていたらしい。

鈴白くんには特別親しい友人はいない、と私は考えていた。少なくとも私の知る範囲ではそうだ。彼は特定の誰かとべったり一緒にいるというのはなく、その場その場で行動を共にする相手が違う。たとえば教室移動のときや昼休憩の時間などは、そのときたまたま近くにいる人たちと一緒に動いたり、話したりしている。それも鈴白くんが自分から近づいたり声をかけたりするというよりは、彼と話したい誰かが寄ってきて声をかけ、その人と会話しているという印象だ。

鈴白くんの日々の振る舞いは、つかず離れず、来るもの拒まず去るもの追わず、という表現がぴったりだった。固定的な友人関係ではなく、流動的な人間関係の中に彼はいるのだ。

そんな彼が、特定の誰かに悩みを打ち明けているとは考えにくい気がした。少なくとも校内には、そういう友人はいないと思う。

「私は学校での様子しか知らないけど、鈴白くんの抱えてる問題なんて、まったく思い当たることがない。薊くんはどう思う？　鈴白くんの自殺の理由……」

堪えきれなくなって、さっき受け流された問いを、再び投げかけた。薊くんは少し首を傾け、静かに答える。

「俺にはあいつの気持ちは分からない」

それから彼は一瞬口を閉ざし、またすぐに開いた。

「でも、まあ、たしかに少なくとも学校では問題なさそうだとは思う。鈴白の人間性や振る舞いや、周囲との関係性を見れば、そう考えるのが自然だろう」

ひねくれ者の薊くんも、さすがに鈴白くんの人徳は認めているらしい。

「じゃあ、もしかしたら、家の問題……？　家族とうまくいってないとか……」

私は小さく言った。いつかの調理実習のときに鈴白くんから聞いた話からすると家族仲はよさそうだけれど、家の中のことは外からでは分からない部分もある。

「それはないと思うが……」

私の言葉に、薊くんが軽く眉根を寄せて、ひとり言のように呟いた。

「でもまあ、一度当たってみる価値はあるか」

「当たるって……鈴白くんの家族と会って話してみるってこと？」

「そうだ」

私は目を見開いて、当然のように言い放った彼を見上げた。

「でも、家族に会えるくらい距離つめるのって、なかなかハードル高くない？　一ヶ月でなんとかなるかなあ……」

「家に行ってみればいいだろう」

「家に行く？　外から偵察するってこと？」

すると薊くんは肩をすくめ、はっと笑った。

「外から見てなんになるんだ。どうせなにもつかめないだろう」

「じゃあ……不法侵入するの？」

「馬鹿か。なんでこそこそする必要がある。鈴白の家に行って、チャイムを鳴らして、家族に直接話を聞いてみるってことだよ。本人がいなくて家族は在宅してるってのが理想的なシチュエーションだから、たとえばあいつが部活だか生徒会の仕事だかで学校に出てくる土日なんかが狙い目だな」

　こともなげに言われて、私は驚きに目を瞠った。

「そんなの無理でしょ。いきなり行けるわけないじゃん。友達でもないのに」

　そもそもかなり仲のいい友達だとしても、高校生にもなると家に招いたり親に会わせたりすることはそうそうないだろう。現に私も、美結や律子の家に行ったことも家族に会ったこともない。どこに住んでいるかもざっくりとしか知らない。彼女たちは幼馴染だからお互いの家を知っているだろうけれど、私はそこには入れない。

「しかも用事もないのに本人がいない家に突撃したって、ご家族に不審がられて終わりでしょ。話なんて聞かせてもらえるわけないよ」

「できない言い訳だけはすらすら出てくるんだな」

　薊くんが冷ややかに言い放った。ずきっと胸に鋭い棘が刺さる。すごく、痛い。『できない言い訳』。たしかに私は今までずっと、それを探しながら生きてきたかもしれない。鈴白くんのことに限らず、なにごとにおいても。

　思わず黙り込んだ私の上に、声が降ってくる。

「つまり、用事があればいいんだろ」

「でも、用事なんて、そんな都合よく……」

性懲りもなく条件反射的に『できない言い訳』を口にする私を遮るように、薊くんは言った。

「ないなら作ればいい」

「え……作る？」

聞き間違いかと思って訊ね返すと、彼は「そうだ」と平然と頷いた。

「どうやって？」

「適当に、忘れ物を届けにきたとかなんとか言っとけばいいだろう」

「忘れ物なんて……」

「本当にいちいちうるさいやつだな。もう黙れ」

薊くんは高圧的に言い放ち、思わず口を閉じた私を見てふんと顎を上げた。

「まあ聞け。俺に考えがある」

翌日の休み時間。

美術室から戻りがてらトイレを済ませて教室に向かっている途中、「なずな！」と後ろから呼ばれた。振り向くと、腕を組んで歩く美結と律子が、笑顔でこちらに手を振って近づいてきた。

「あ、おつかれー」

「おつかれー」

私は美術選択、美結と律子は音楽選択なので、芸術の時間はいつも別行動だ。選択科目は入学前に提出した希望をもとに決められていて、彼女たちはもとから示し合わせていたらしい。

私はそのころはふたりと友達ではなかったので別々になるのは仕方がないのだけれど、やっぱりなんとなく寂しく感じてしまう自分がいた。

「なずな、トイレ行こー」

右手で律子の腕にしがみつくようにもたれた美結が、左手で私を誘うようににこにこと手招きをした。

ついさっき用を足したばかりで、もちろんトイレに行く必要はないけれど、私は今日も笑顔で頷く。

「うん、行く行くー」

そう答えたとき、突然「は？」と低い声が飛んできた。目を向けると、薊くんが首を傾げて訝しげに私を見据えている。

「おい、露草なずな」

「え……っ」

私が驚きの声を上げると同時に、美結と律子が小さく黄色い悲鳴を上げた。昨日いちおう弁解はしておいたものの、やっぱりまだ誤解は解けきれていないらしい。

だから昨日あれだけ、みんなの前で不必要に話しかけないでと説得したのに、薊くんにはちゃんと伝わってはいなかったようだ。

「な、なに……？」

顔が引きつっているのを感じながら作り笑いで訊ねると、

「さっきトイレから出てきたのを見たぞ。また行くのか？　頻尿か？」

あまりにも予想外な言葉が返ってきたので、ぞわっと鳥肌が立った。美結たちはぽかんと口を開いて絶句している。

私はあははと笑ってふたりに手を合わせ、

「ごめん、そういえばさっき行ったんだった！　ふたりで行ってきてー」

と告げた。ちらちらと振り返りながらトイレに向かう彼女たちを見送ったあと、思わず薊くんを睨みつける。

「ほんっとにデリカシーがないよね……」

彼は軽く目を見開いて不思議そうな表情をした。仕方がないので説明してあげることにする。

「あのね、私は頻尿じゃないけど、それでも人前で頻尿か？　とか訊かれるのすごく恥ずかしいんですけど。それにもし本当に頻尿だとしたらすっごく嫌な気持ちになると思うんですけど」

人生でこんなに頻尿頻尿と口にする日がくるとは思ってもみなかった。恥を忍んで説明してあげたのに、薊くんはさらに不可解そうな表情を浮かべる。

「なんでだ。頻尿じゃないなら恥ずかしがる必要はないし、そもそも実際に頻尿だとしたら病気なんだから仕方ないことで、なおさら恥じるようなことじゃないだろう」

はっとした。私はとても失礼な言い方をしてしまったと気づかされたのだ。もしもここに頻尿の人がいて、私の言葉を耳にし、自分の病気を『恥ずかしい』と断言されたら、それこそ嫌な気持ちになるだろう。

「それはまあ、たしかにそうだね……」

気づかせてくれたことに感謝しつつ、でもやっぱりこれだけは伝えておかねばと続ける。

「でもさ、病気とか体質とか、そういうデリケートな問題には、普通は触れないようにするものでしょ」

普通、と薊くんが繰り返した。

「気にしない人もいるかもしれないけど、知られたくない人もいるだろうから」

「なるほど。プライバシーの保護か。その観点は抜け落ちていた」

彼は軽く目を見開き、それから頷く。

「まあ、頻尿じゃないならよかった。なかなか大変らしいからな」

「え……」

もしかして薊くんなりに心配してくれていたのだろうか。分かりにくすぎるし、ちょっと無神経すぎるけれど。とりあえず「ありがとう」とお礼を言っておく。

「でも、頻尿じゃないなら、どうして行きたくもないのに行こうとしたんだ？　時間の無駄だろう」

「それは……」

堂々と答えられるような理由ではない自覚があるので、少し口ごもってしまった。俯きがちにぼそぼそと答える。

「……せっかく誘ってもらったのに断ったら、嫌われて友達いなくなるかもしれないもん」

「は？」と目を瞠った薊くんが、次の瞬間には、はんと小馬鹿にしたように笑った。予想通りだけれど腹立たしい反応に、私はむっとして眉をひそめる。

「それくらいでいなくなる友達なら——」

「『いなくてもいい』でしょ、はいはい」

彼の言葉を雑に遮って、私は溜め息をついた。

「どうせそう言われると思ってた。いかにも薊くんが言いそうなことだわー」

図星をさされたのもあって少しは仕返ししたくて、ひらひら手を振りながら呆れ顔で返す。

「ほんっと口が悪いな……」

彼は苦虫を嚙み潰したような顔をしていた。

「薊くんにだけは——」

「『言われたくない』だろ、はいはい」

同じように手を振りながら言い返されて、私はうぐぐと唇を嚙む。

「ほんっと性格悪いね」

「お互い様だろ」

薊くんは腕組みをして偉そうに言った。

彼はいつだってそうだ。王様のように高慢で、思うままに振る舞っている。それによって周りにどう思われようが構わない、というのが言葉や態度の端々から滲み出ていた。

「……薊くんって、嫌われたくないとか思わないの？」

「思わないな」

即答だった。

「なんで？　友達いなくなるよ？」

「別に必要ないし、そもそも元からいない」

「ずっとひとりでいいの？」

「お前はひとりが嫌なのか」

問い返されて、私は一瞬言葉に詰まった。

「嫌っていうか……まあ、嫌だよ。薊（あざみ）くんは嫌じゃないの？」

「別にひとりでいることは嫌じゃない」

彼はさらりと答えた。

「ただ、ひとりでいると寂しそうだの可哀想だの勝手に思われて、他人の噂話するしか能のない暇人どもからあれこれ勝手なこと言われたり、他人に余計な世話を焼くことでしか自分の存在意義を見出（みいだ）せない偽善者から善人面で声をかけられたりするのは、かなり面倒で不愉快だが」

「……よくもまあそんなに次々と罵詈雑言（ばりぞうごん）が出てくるね。逆に尊敬するわ……」

呆れて言いつつも薊（あざみ）くんの言葉を心の中で反芻（はんすう）して、ふいに気がついた。

ああ、そうだ。私もそうだ、そうだったんだ。

私は、ひとりでいるのが嫌なんじゃない。むしろひとりでいるほうが気楽だとすら思う。人と一緒にいるのは気を遣うし、疲れる。それなりに楽しいのだけれど、すごく疲れる。

でも、ひとりで行動していると、『ぼっち』だと陰口を言われたり、憐（あわ）れむような目で見られたりするのが嫌なのだ。大人の社会ではひとりで行動している人はたくさんいるし、ひとりでごはんを食べている人も珍しくなんかないのに、なぜか学校の中では常に単独行動をしている人は異端者扱いで、それだけで白い目で見られる。私が薊くんをそう見ていたように。
だから、友達のいない孤独なやつだと思われないように、頑張って友達を作ってきた。できた友達を失わないように、必死に相手の顔色を窺って機嫌をとって生きてきた。そしてこれからもそうするだろう。

でも、それって、なんのためなんだろう。誰のためなんだろう。

薊くんが「まあ」と言った声で、私は我に返った。

「そんなことは今はどうでもいい。本題に入るぞ」

「あ、うん、そうだね」

彼が私にわざわざ声をかけてきたのは、もちろん鈴白くんについての用事だったのだろう。もしかしたら美術の帰りに私に話しかけようとしていて、トイレに行ったのを見たのかもしれないなと思った。

誰かに話の内容を聞かれるおそれがないか確かめるため、周囲に視線を走らせる。もうすぐ休み時間が終わるので、生徒たちのほとんどが教室に戻っていた。

視線を戻すと、薊くんが口を開いた。

「今週土曜日、生徒会メンバー全員参加で近隣五校の生徒会の交流会があるらしい。十時に集合してアイスブレイクがてら五校合同で準備、昼食会、それから夕方までお互いの学校紹介やら出し物やらするそうだ。鈴白も家を空けるはずだから、やつのいないところで家族に当たるならそこしかないだろう」

流れるように彼が言ったので、私は唖然としてしまった。

「……そんな情報、どうやって入手したの？」

昨日、薊くんは『鈴白が長時間留守で、かつ他の家族は在宅している土日を狙って、鈴白の家に押しかけよう』と提案してきた。『部活の練習は基本的に半日だから、生徒会の用事があるようなときがいちばん有力だな』とも言っていたけれど、私には生徒会役員の友達などはおらず、彼も当てはないと言っていたので、生徒会の行事予定を入手する方法を考えなければと話していたのだ。

それなのに薊くんがいきなり求めていた情報を持ってきたので、驚きを隠せなかった。

「担任に用があるふりして職員室に入って連絡黒板を見たら、交流会のスケジュールが書いてあるプリントが掲示してあった」

彼が平然とそう答えたので、さらに驚きが深まる。そんな手は考えてもいなかった。私としては、一か八かで数少ない友達のつてを辿ってみるしかないと思っていたのだ。

そのとき、チャイムが鳴り出した。私は慌てて教室に向かう。薊くんが後ろからついてきて言った。

「土曜日、午前十時、S駅北口に集合。忘れるなよ」

忘れないよ、と小走りで答えながら、頭の中では不安がどんどん膨らんでいた。

鈴白くんの家に行き、家族に話を聞く。うまくいくだろうか。怪しまれて追い返される可能性のほうがずっと高そうだ。

でも、やれることは全てやると決めたのだ。頑張ろう、と密かに自分を奮い立たせた。

# 4章　踠き

当日の朝は、休みの日にしてはかなり早起きをして、九時過ぎには家を出た。

予定通りに乗り込んだ電車に揺られ、窓の外を流れる景色を見つめる。

休日に男子と待ち合わせるなんて初めてだった。というか、男の子と外でふたりで会うこと自体、初めてだ。いくら相手があの薊(あざみ)くんとはいえ、妙な緊張感でそわそわして落ち着かない。

S駅に到着というアナウンスが流れたので、乗客の波に乗って電車を降りる。入れ替わるようにたくさんの人が乗り込んでいく。

私は無意識のうちに足を止め、ホームの真ん中に佇(たたず)んだ。

発車のベルが響き渡り、背後の電車がゆっくりと滑るように動き出したのを、視界の端でとらえる。

私はぼんやりと顔を上げ、目の前の柱に表示されている駅名を見つめた。

ここは鈴白くんの自宅の最寄り駅で、彼が最初に、そして何度も自殺した場所だ。

ホームに立つと、ここから電車に飛び込んだ鈴白くんのことをどうしても考えてしまう。心臓がばくばくと激しい音を立てて暴れ出した。胸が苦しい。息ができない。吸っても吸っても楽にならない。肺に泥を詰め込まれたようだった。

私は目を閉じて俯き、意識して深く息を吐いた。

大きく三回呼吸したところで落ち着きを取り戻し、歩き出す。

こんなところで立ち止まっているわけにはいかなかった。やらなければならないことがあるのだから。

北口の改札を抜ける。

私はいつも、相手を待たせるよりは自分が待つほうが気楽なので、友達と待ち合わせをするときなどは遅くても約束の時間の十分から十五分前には着くようにしていた。今日もかなり早めに出てきた。

なので薊(あざみ)くんはまだ来ていないだろうと思いつつも、一応視線を巡らせてみる。

あたりは住宅街で、駅の利用者もそれほど多いわけではない。見通しがいいので、その姿はすぐに私の目に入った。彼はロータリー横のコンビニに設置されている証明写真機に軽く背をもたれて、なにか本を読んでいるようだった。ずいぶん早いなと思う。

真っ白なシャツに真っ黒なジーンズで、極限まで無駄を排したという印象の服装には、私服らしい派手さや解放感が一切なかった。読書に集中しているようで、ちらりとも顔を上げない。待ち合わせをしているというのにまったく相手を探す素振りがないところが、いかにも薊くんという感じだ。

彼が私に気づいてくれる可能性は低そうだった。ということは、こちらから声をかけないといけないということだ。彼のいる場所まで数メートル、私の足が止まる。

なんだか気まずい。なんと声をかければいいのだろう。すぐ思いつくのは『お待たせ』だとか『ごめん、待った?』あたりだけれど、私と薊くんの関係性でそういう話しかけ方は適切ではない気がする。

数秒間迷いつつ、ふとこちらに目を向けてくれたりしないかと待ってみたけれど、やっぱり彼は視線を落としたままだったので、諦めて仕方なく口を開いた。

「……おはよう」

これがいちばん無難だと考えて挨拶をすると、薊くんがすっと顔を上げた。

「ああ、来たか」

「来ましたよ。……遅くなってすみませんね」

なんとなく気まずくて、わざとらしくかしこまった口調になってしまう。彼はふっと手元に目を落とし、腕時計で時間を確かめた。

「十時までまだあと十分以上ある。まったく遅れてないし、お前には非はないんだから謝る必要もないように思うが」

不思議そうに薊くんが言った。私は「まあ、そうだけど」と答えて続ける。

「でも実際待たせちゃったから、いちおうね、謝っとかなきゃね」

「俺が勝手に早く着いて勝手に待ってただけなのに、どうして謝る？」

私はひとつ瞬きをして、少し考えて答えた。

「遅刻したかどうかより、待たせたかどうかが大事でしょ。相手が先に着いて自分を待ってたなら、待たせてごめんって言うのが礼儀ってものじゃない？　そうしておけば角が立たないというか、万が一怒らせちゃう前に謝っとけば波風立たないというか」

薊くんが、まるで人智の及ばないものでも見るような訝しげな目で私を見つめた。

「そういうものか？　……まあいい、行こう」

彼はまだどこか納得できていない様子で、でも本を閉じて駅に背を向け、すっと歩き出した。

慌ててあとを追う。

やっぱり変な人だなあ、とつくづく思った。薊くんと話していると、彼のほうが普通で、自分のほうが異常な気がしてくることがある。どう考えたって普通じゃないのは薊くんのほうで、私はごくごく普通で平均的な思考回路をしているはずなのだけれど、自分がおかしいような錯覚に陥ってしまうのだ。

きっと彼は、他人ではなく自分こそが軸になっていて、だから、ぶれない。その揺るぎのなさを前にすると、私のように周囲に合わせてばかりで自分の中に軸も芯もない人間は、足下がぐらつく感じがする。自分がいかに中身のない、空虚で不安定な存在か思い知らされる。

「おい、だらだら歩くな。時間がもったいない」

前を行く薊くんがこちらを振り返り、眉をひそめて言った。気がついたら数メートルも先を歩いている。相手の歩みに合わせるつもりはまったくないらしいところも薊くんらしい。

「はいはい、すみませんね」

私は適当に謝りながら歩くスピードを上げる。薊くんは軽く肩をすくめて前に向き直った。

並んで歩くのは違うよな、と思い、彼の斜め後ろで人ひとり分ほど空けた距離感を保つ。

彼の足取りには迷いがなく、視線もまっすぐに前を向いていて、明らかに目的を持って歩いているようだった。私はふと疑問に思って口を開く。

「ねえ、今、どこに向かってるの？」

薊くんが「は？」と立ち止まり、追いついた私を珍妙な表情で見下ろした。

「冗談のつもりか？　まったく笑えないが」

「いや、普通に分からないから訊いただけなんだけど」

「なんで分からないんだ。鈴白の家に決まってるだろう」

私は目を丸くして「えっ」と声を上げた。

「鈴白くんちの場所、分かってるの？」

「ああ」

薊くんは当たり前のように頷いた。

中学校までならまだしも、高校ともなると県内全域から生徒が集まってきている。日常会話の中で地元は分かっていても、詳しい住所などはよほど親しくないと知らない。もちろん鈴白くんについても、利用駅や出身中学などからだいたいの地区は予想がついているけれど、家の場所までは分からなかった。

　だから私はてっきり、今日はひとまずS駅で待ち合わせて、そこから聞き込みをするかどうにかして彼の自宅を探し出すのだろうと思っていた。それなのに、どうやら薊くんはすでに突き止めていたらしい。

「……まさか、職員室に侵入して先生のパソコン勝手に開いて鈴白くんの住所調べた、とかじゃないよね？」

　ありえないけれど薊くんならやりかねないかも、と内心ひやひやしながら問うと、彼は思いきり顔をしかめて答えた。

「そんなことするわけないだろう。それは普通に犯罪だ」

　それを聞いて安心した。薊くんの中にちゃんと『普通に犯罪』という認識があることにも、なんだか安心した。

「でも、じゃあ、なんで分かったの？　もしかして鈴白くんに教えてもらったの？」

「いや、違う。知ってたんだ」

「鈴白くんの家の場所を？」

　目を見開いて驚く私に、薊くんが「そうだ」と頷いた。

「えっ、もともと知ってたってこと？」

「そうだよ」

「なんで──」

　私の言葉を遮るように、彼は「もういいだろ」と言った。

「そんなことは今まったく重要じゃない。それより、これだ」

唐突に話題を変えた彼の手が、肩にかけていた鞄の中から冊子のようなものを取り出した。見ると、古典文法の補助教材だった。

「それ、もしかして鈴白くんの？」

ああ、と薊くんが頷く。

「どうせ鈴白は忘れ物なんてしないだろうから、昨日の帰り際、あいつが後輩に呼ばれて廊下で話してる隙に、鞄から拝借した。これなら一晩くらい見当たらなくてもさして困らないだろ、あいつならだいたい頭に入ってるだろうし」

「……ちょっと待って。拝借って、つまり盗んだの？」

おそるおそる訊ねると、彼がくっと眉を上げる。

「人聞きの悪い言い方をするな。べつに私物にしようとしてるわけでもないし、中も見ずにすぐに返すんだからいいだろう」

「それこそ普通に犯罪じゃん。窃盗じゃん」

唖然として言う私に、薊くんはせせら笑い、

「『人の命がかかってる』んだろ」

皮肉っぽい口調で答えた。いつかの私の言葉を嫌味返ししたつもりらしい。

「いわばこれは人命救助中の非常事態だ。たいていのことは許される。溺れて死にかけてる人間を助けるためにそのへんの浮き輪を勝手に使ったとして、窃盗だのなんだの言って通報するやつはいないだろう」

「まあ……そうかもしれないけど」

「それに、鈴白のことだから被害届を出したりはしないだろうしな」

たしかに彼ならなんでも笑って許してくれそうだ。

「まあ、なんにせよ、『間違って持って帰ってしまったごめん』とでも言って謝っておけば問題ない。たぶんな」

「たぶんって」

「もしも万が一俺が訴えられるような事態になったら正直に、露草なずなの指示に従っただけだと白状しよう」

「はい？　私そんな指示いっこも出してないですけど？　なんの話？」

「お前がどうしても鈴白を助けたいと言うから、仕方なく手伝ってやってるんだ。お前があいつを助けようなんて無謀なことを言わなければ、俺はこんなことしてない。そして俺なりに最善の手を考えたらこうするしかなかった。つまりお前が教唆したも同然だろう」

「…………」

絶句する私を、薊(あざみ)くんがふっと鼻で笑った。

「冗談だ。とっとと行くぞ」

えっと困惑する私を置いて、彼はすたすたと歩き出した。さっきよりもさらに歩幅が大きい。いくらなんでも冗談下手すぎでしょと思いつつ、私は小走りで追いかける。

それから一度も立ち止まったり地図や住所を確認したりすることなく歩き続け、一軒の家の前で薊(あざみ)くんは足を止めた。

オフホワイトの外壁に黒っぽい屋根の二階建て。家の前の駐車スペースには白いワンボックスカーと、青い軽自動車。

ごくごく普通の家だった。特別大きくも小さくもない、いわゆる『一軒家』と聞いてみんながイメージする平均値に近い家だろう。

郵便受けの表札に、『鈴白』と書かれている。それを見て、ここが鈴白くんの家なんだ、と実感した。薊くんは本当に彼の家を知っていたのだ。

ちらりと目を向けると、薊くんは家の周りをぐるりと見回して呟いた。

「車が二台、自転車一台」

彼の言葉に私も視線を流し、駐車場の脇に淡いピンク色の自転車が止まっているのを見つけた。

「鈴白以外はちゃんと揃っていそうだな。運がいい」

そう言うと、薊くんは躊躇なく呼び出しベルを鳴らした。

心の準備がまったくできていなかった私は、どきどきする胸を押さえてインターホンを凝視する。すぐにスピーカーから《はあい》と応答する女性の声が聞こえてきた。

《どちら様——あらっ、あなた……》

驚いたように声が高くなる。

《ちょっと待っててね、今すぐ開けるわね》

通話が途切れた。薊くんは無表情に立って玄関ドアを見つめている。

すぐに鍵を開ける音がして、ドアが開いた。出てきたのは四十代くらいの女の人だった。綺麗な顔立ちに、優しそうな笑顔。この人が鈴白くんのお母さんだろうか。どことなく彼に似ている。

彼女はにこやかに私たちを見て「こんにちは」と会釈をしてから、薊くんをじっと見据えた。

次の瞬間、ぱっと顔を輝かせる。

「やっぱり！　あなた、薊くんよね？　薊芹人くん」

私はぽかんとしてしまう。どうしてこの人が、おそらく鈴白くんのお母さんが、彼を知っているのだろう。

薊くんは彼女に丁寧に頭を下げた。

「ご無沙汰してます。急に押しかけてしまってすみません」

「そんなことないわ、久しぶりに会えて嬉しいわよ」

「こちらこそ。お元気そうでなによりです」

薊くんがまた頭を下げる。いつも通り無表情で声のトーンも低く、愛想のかけらもない態度だけれど、意外と礼儀正しいんだなとこっそり感心した。

「お客さんかい」

廊下の奥から男の人が顔を出し、こちらに歩いてきた。こちらも四十代くらいで、朗らかな笑みを浮かべている。この人が鈴白くんのお父さんだろうか。

「あれ、君はたしか……」

彼も薊くんを見てすぐに反応した。

「はい。ご無沙汰してます。急にお邪魔してすみません」

「やっぱり薊くんだ。いやあ、懐かしいなあ」

鈴白くんのお父さんらしき人まで薊くんを知っているなんて、驚きだった。どういうことなのか気になって仕方がないけれど、口を挟める雰囲気ではなかった。

「十年ぶりくらいかな。元気にしてたかい」

「はい、おかげさまで」

薊くんは小さく笑って答えた。いつもの鼻で笑うような皮肉っぽいものではなく、恥ずかしがり屋の子どもがはにかむような、控えめで素直な笑い方だった。

「こんにちは、蓮の母です」

彼らのやりとりを微笑んで見つめていたお母さんが、すっと私に目を向け、包み込むような笑顔で言った。そこで初めて、まだ挨拶もしていなかったことに気づいた私は、慌ててぺこりと頭を下げる。

「あの、はじめまして。突然来てしまってごめんなさい。鈴白くん、あ、蓮くんと同じクラスの、露草なずなといいます」

緊張してまごついてしまったけれど、彼女は気にしたふうもなくにこやかに応じてくれた。

「露草さんね。はじめまして、蓮がいつもお世話になってます」

「いえいえ、とんでもないです」

私はぶんぶんと首を横に振った。

「私のほうこそ、鈴白くんにはいつもお世話になってます」

お母さんがふふっと笑い、それから少し眉を下げた。

「蓮に用があって来てくれたのよね？　せっかく来てもらって悪いんだけど、蓮は今日、生徒会の用事で出かけてて。帰りは夕方みたいなの」

「ああ、そうなんですね」

薊くんはまるで初耳というような顔をして平然と頷いた。さすがだ。

「上がってもらったらどうだい」

隣でお父さんが言うと、お母さんは気づいたように「ああ」と手を打った。

「ごめんなさいね、こんな玄関先で。薊くん、露草さん、お時間ある？　蓮はいないけど、よかったら上がっていって。なにもおかまいはできませんけど、お茶でも飲みながら少しお話ししましょうよ」

連絡もなしに突然訪問した上、まだ用件も伝えていないというのに、当たり前のように家の中に招いてくれる。

「じゃあ、お言葉に甘えて、お邪魔します」

普通なら申し訳なくて断るところだけれど、今日はそういうわけにもいかないので、私は図々しく頷いた。

玄関に入って靴を脱ぎながら、奥につながる廊下の中ほどで待っているご両親には聞こえない声量で、こそこそと薊くんに声をかけた。

「ちょっと……ご両親と知り合いだったなら、アポくらい取ればよかったのに」

「今は連絡先は知らないからアポの取りようがなかったんだよ。昔の顔見知りってだけだ」

昔の顔見知りって、どういう。気になったけれど、ご両親を長く待たせるわけにはいかないので、問いただす時間はない。

「こちらへどうぞ、入って」

鈴白くんのお父さんが用意してくれたスリッパに履き替えた私たちに、お母さんが手招きをする。リビングらしき部屋につながるドアを開けてくれた。

「ありがとうございます」

頭を下げて廊下を進み、ドアをくぐる。中は右手にダイニングキッチン、左手にリビングがあった。白で統一された、清潔感のある綺麗な空間だ。グレーの布張りのソファに案内されて、恐縮しながら腰を下ろした。

「三葉（みつば）ー、ちょっと下においで」

鈴白くんのお母さんがキッチンに入ると、お父さんは廊下に出て、奥の階段の上に向かって声をかけた。

「えー、なんでー？」

少し遠い声が聞こえてくる。女の子の声だ。

「お客さんがいらっしゃったから、ご挨拶しなさい」

「ええ？　……はーい」

若干不服そうな声音ではあったものの素直に応じて、足音が階段を下りてきた。

「こんにちはー……」

リビングに入ってきたのは、私たちより少し年下くらいの可愛らしい女の子だった。調理実習のとき鈴白くんが話してくれた妹さんだろう。たしか中学二年生と言っていた。

鈴白くんによく似た、茶色がかったふわふわの長い髪の毛が印象的だ。人見知りなのか、年頃だからか、こちらとあまり目が合わないようにしているのがなんだか可愛い。

彼女は私たちに会釈をしたあと、少し俯いたまま、ちらりと窺うようにお父さんを見て「えっと、誰？」と訊ねた。

「薊くんと露草さん。蓮のお友達だよ」

「へえ……どうも、妹の三葉です」

鈴白くんのお母さんが、五つのグラスがのったトレイを持ってやってきた。そしてまず、私たちの前のテーブルにグラスを置いてくれる。

私と薊くんは同時に、ありがとうございます、と頭を下げた。青みがかった透明のグラスに、大粒の氷と琥珀色の液体が入っている。麦茶だろう。さらに、小皿に盛りつけたお菓子まで出してくれた。

「よかったらどうぞ。ただのお茶とクッキーですけど」

優しげに微笑んでそう言ったお母さんが、今度は三葉ちゃんのほうを向き、薊くんをそっと手のひらで示した。

「三葉、こちらのお兄さん、覚えてない？　薊芹人くん。蓮が小学一年のとき、何度かうちに来てくれて、三葉も一緒に遊んだことがあるのよ」

「ええー、だってそのとき私、三歳とか四歳とかでしょ。覚えてないよ。お兄ちゃんの友達とか、子どものころはたーっくさん来てたし」

お母さんが小首を傾げて「まあ、そうよね」と笑った。三葉ちゃんが「でも」と私たちのほうを遠慮がちに見る。

「高校の友達は初めてだね。なんか新鮮」

「そうねえ。中学生くらいからは、お友達を家に呼んだりしなくなったものね」

「お兄ちゃん、いっつも部活とか生徒会とか、忙しすぎだもん」

鈴白くんのお母さんと三葉ちゃんの会話を、薊くんは真顔でじっと聞いていた。

お母さんがトレイを片付けにキッチンへ戻ったとき、三葉ちゃんがふっとこちらを見た。薊くんではなく、私をまっすぐに見つめている。

「……お兄ちゃんの彼女とかじゃないですよね？」

私は驚いて首を横に振った。

「じゃないです、全然、まったく」

そう答えると、三葉ちゃんは「へえ」と表情を少し緩めた。

「じゃ、なにしに来たんですか？」

それは、と理由を答えようとしたものの、すぐにお父さんが窘めるように制した。

「こーら、三葉。その言い方はちょっと失礼だよ」

「ええー、だって……ごめんなさい」

唇を尖らせつつも、三葉ちゃんはぺこりと私に頭を下げて謝ってくれた。生まれながらの素直さと反抗期らしい天邪鬼が入り混じった感じがおかしい。

「全然大丈夫です。こちらこそ急に押しかけちゃって驚かせてごめんなさい」

私も頭を下げて謝り、それからやっと本題に入った。

「今日は鈴白くんの忘れものを届けにきたんです」

「ああ、そうだったのかい」

　お父さんが軽く目を見開いた。

「そうだったのね。わざわざごめんなさいね」

　リビングに戻ってきたお母さんが、私と薊くんを交互に見た。なにも言わないし笑顔のままだけれど、どうしてふたりで来たのか不思議に思っているのだろう。それを察知したのか、薊くんが私をちらりと見てから付け足した。

「露草が見つけて、俺は家を知ってたので付き添いで」

　え、と飛び出しそうになった声をなんとか嚙み殺し、隣に座る薊くんを見た。能面のように無表情な横顔からは、その考えは読み取れない。

　でも、昔からの知り合いらしい薊くんだけならまだしも、見知らぬ私まで一緒に鈴白くんの家に突撃してきたという不自然な現状に対する説得力ある言い訳は、確かにそれしかないかもしれない。とはいえ、鈴白くんの鞄から勝手に持ち物を抜き出した上に嘘をついているというやましさがあるので、落ち着かなかった。

「なるほど、そうか。ふたりともすまなかったね、休みの日にわざわざ届けてもらって。本当にありがとう」

　薊くんが差し出した鈴白くんの文法書を受け取り、お父さんが言った。

「いえいえ。月曜日に小テストがあるかもしれないので、ないと困るかなと思って。そんなに遠くもないですし」

　私は慌てて笑みを浮かべ、もっともらしい理由を並べる。鈴白くんにはまったく非はないのにお父さんに謝られたり感謝されたりするのはあまりに居たたまれない。

　すると鈴白くんのお母さんが申し訳なさそうに口を開いた。

「あの子から直接お礼を言えなくて申し訳ないわ。私たちのほうでまたちゃんと伝えておくわね」

「いえ、お気になさらず。大したことはしてませんから」

　表情に似合わない丁寧な口調で答える薊くんを見て、鈴白くんのお母さんは目を細める。

「それにしても、本当に立派になって……なんだか我が子のことみたいに嬉しいわ」

「本当になあ。あんな小さかった子がこんなに成長したんだから、俺たちも年をとるはずだ」

　お父さんがしみじみと言った。

「大人ってすぐそういうこと言うよね。親戚のおじさんとか。もう何百回聞いたことか」

　三葉ちゃんが肩をすくめて、少し呆れたような口調で言った。

　お父さんは彼女と私と薊くんをぐるりと見回して、

「君たちも大人になれば分かるよ」

　とからから笑った。

「お引っ越ししてからもずっと、どうしてるかなって思ってたのよ」

　鈴白くんのお母さんがにこにこしながら薊くんに言った。

「まさか同じ高校に通うことになるなんて、すごいご縁よねえ。蓮がいつもあなたのこと話してくれるのよ」

　薊くんは意表を突かれたように一瞬動きを止めた。ふっと視線を斜め下に落とし、ぼそぼそと言う。

「……そうですか。そんな話すようなこともない気がしますが」

「あら、そんなことないわよ。『あいつは本当にすごい、感謝してる』ってよく言ってるわ」

「感謝？　なんで」

薊くんは思いきり顔をしかめ、不審そうに問い返した。いつもの不躾さが滲み出てしまっている。でも鈴白くんのお母さんは気にせずに答えた。

「薊くん、とっても成績優秀なんでしょう。だから蓮がね、『きっとものすごく努力してるはずだ、尊敬する』って。薊くんのおかげで自分も頑張らなきゃって思えて勉強に気合いが入るんですって。とてもいい刺激にさせてもらってるみたいなのよ」

「……それは、」

薊くんはなにか返そうとしたようだったけれど、結局なにも言わずに口を閉じた。

そんな彼を、鈴白くんのお父さんもお母さんも穏やかな眼差しで見つめていた。

いいご両親だなあ、と思う。本当に、とてもいい家族に見える。理想的な、絵に描いたような温かい家庭。

だって、そうじゃないと、鈴白くんのようにクラスメイトのことを手放しで褒めたり、友達の存在が刺激になるだとかおかげで勉強を頑張れるだとか言ったりできる人は育たないと思う。私たちは、そういう『真面目な話』を親とするのは恥ずかしいと感じてしまうお年頃なのだ。私も親子仲が悪いわけではないけれど、親と真面目な話をしたり、本心を打ち明けたりすることはほとんどない。話を聞いてほしい思いよりも、照れくささが先に立ってしまう。真面目なことを考えていることを知られるのが気恥ずかしい、と言えばいいだろうか。

それが当たり前にできる鈴白くんの素直さや成熟は、もって生まれたものももちろんあるだろうけれど、この優しくて明るくて、おおらかで誠実そうなご両親あってこそなのだと思えた。

でも、それならどうして鈴白くんは、自殺してしまったんだろう。

こんなに素敵なご家族がいて、仲もよさそうで、もしも悩みがあるなら相談すれば絶対に力になってくれそうなのに、どうして。

彼の家に来て、彼の家族に会ったことで、彼が自殺しなければならなかった理由は、ますます分からなくなってしまった気がした。

「……鈴白くんが」

私は俯いて呟く。額にじわりと冷や汗が滲んだ。落とした視線の先で、麦茶のグラスも汗をかいている。

「うん？　なんだい」

お父さんの優しい応答が耳に届いた。私は深く呼吸して、顔を上げ、また口を開いた。

「鈴白くんって、本当にしっかり者で優しいですよね。どんな育ち方をしたらこんな人になるのかな、っていつも思ってます」

「まあ、ありがとう。とっても嬉しいわ」

お母さんが軽く首を傾け、ふわりと笑った。鈴白くんによく似た笑顔だった。

「いえ。……あの、小さいころからそんな感じなんですか？」

「そうねえ、甘えん坊なところもあったけど、優しい子だったわ。ちょっと優しすぎて心配になったこともあるくらい」

　優しすぎる。鈴白くんにぴったりの表現だと思った。

「食卓に出るお肉やお魚が生き物だって知って、『可哀想だ』って泣いちゃって、ご飯を食べなくなったときは大変だった。車にひかれて死んでしまった虫を見つけて、何日も落ち込んでたり。少し大きくなって物事が理解できるようになってきたら、折り合いをつけられるようになったみたいで、そういうのは落ち着いてきたけど。幼稚園くらいからどんどんしっかりしてきた感じかしら。ちょうど三葉が生まれたころだったから、家のこともたくさん手伝ってくれるようになって、本当にあっという間に手が離れちゃったわね」

　同意を求めるようにお母さんが隣を見ると、お父さんは深く頷いた。

「ああ、そうだなあ。もうすっかり大人だもんなあ。そういう意味では親としては少し寂しさもあるけど、我が子ながら本当にいい子に育ってくれてるなあ、なんてね。いやあ、親の贔屓(ひいき)目(め)ってやつかな」

　お父さんは明るい笑い声を上げながら頭を掻いた。

「そんなことありません。贔屓目なんかなしに、鈴白くんは素晴らしい人だと思います」

　私は力強く言い、隣の薊(あざみ)くんに「ね」と同意を求める。彼は面食らったように眉を上げたものの、「まあ、俺もそう思います」と言った。

　私たちの言葉に、鈴白くんのお母さんは「あら」と相好を崩す。

「ふたりとも、蓮のことをそんなふうに言ってくれて、ありがとう。とっても嬉しいわ」

　それから彼女はお父さんと顔を見合わせて笑った。

「ですって、あなた。ふふっ、ちょっと照れちゃうわね」

「いやあ、本当になあ。俺に似たのかな」

「あら、なに言ってるの。きっと私に似たのよ」

そんなふうに軽口を叩き合って、ふたりして楽しそうに笑い声を上げる。

「頑張り屋さんでなんでもひとりでやっちゃうから、もう少し甘えてくれたっていいのに、なんて思っちゃうときも私はあるけど」

「まあ、もう親に甘えるような年でもないんだろう。やっぱり寂しいけどなあ」

お父さんが明るく笑った。

「――君はどう思う」

ふいに薊くんが言った。訊ねた相手は、三葉ちゃんだった。

初対面の高校生たちにどう対応していいのか分からなかったのだろう、彼女は挨拶を交わしたあとは少し離れたところに座って、私たちの会話を聞くともなく聞いている様子だった。それが突然質問を向けられたので、戸惑ったように「え？」と首を傾げている。

「君はお兄さんのことをどういう人間だと思う？」

薊くんはもう一度ゆっくりと訊ねた。

「まあ……お兄ちゃんほど格好よくて優しくて完璧な人はいないと思います」

反抗期真っ只中らしい彼女も、お兄ちゃんのことだと素直にならずにはいられないようだ。

なんか分かるなあ、と思う。

鈴白くんを前にすると、誰もが毒気を抜かれるような気がする。教師に反抗的な態度をとる一部の生徒も、不思議と彼に対しては角がとれて丸くなり、だからうちのクラスは明らかに雰囲気がいい。薊くんは例外だけれど。

そんな人が兄だったら、いくら思春期でも反抗する気にはなれないだろう。微笑ましいなと思って見つめていた私に、三葉ちゃんはむっとしたように唇を尖らせた。

「別にブラコンとかじゃないですからね？　客観的に見て、そう思うってだけで」

「うん、分かるよ」

ブラコンには違いないのだろうけれど、相手はデリケートなお年頃なので、私は神妙な顔で頷いた。にやけてしまう前に、なにげないふうを装って視線を移す。

ふと見上げた左側の壁に、カレンダーがかかっていた。うちでも使ったことのある二連式のカレンダーで、二ヶ月分をまとめて見られるようになっているものだ。

いくつかの日付になにか予定が書き込まれていて、その中のひとつに私の目は吸い寄せられた。

『7月』のページに、真っ赤なマジックペンで丸く囲まれている『11』。

七月十一日。鈴白くんが自殺する日の翌日だ。動悸が激しくなる。

その下に、黒い文字でなにか書かれている。目を凝らす。

『蓮　誕生日』

蠟燭のささったホールケーキのイラストを添えて、そう書かれていると分かった瞬間、息が止まるかと思った。

「誕生日……」

私の無意識の呟きに、薊くんが怪訝そうにこちらを見た。それから私の視線を追い、カレンダーに気づいて、動きを止める。

続いて私と薊くんの視線を追った鈴白くんのお母さんが、ふっと顔を綻ばせた。

「ああ、そうなの。七月十一日、蓮の誕生日なの」

「そう……なんですね。知らなかった……」

口から心臓が飛び出しそうな気分を必死に隠して、笑顔で応える。

「……ちょっと早いですけど、おめでとうございます」

「ふふ、ありがとう。もし当日覚えてたら、よかったら本人にも言ってあげてね」

「はい」

なんとか笑みを崩さずにはいられたけれど、声は掠れてしまった。

「蓮ももう十七か。早いなあ」

鈴白くんのお父さんがしみじみと言った。

「三年後には二十歳よ。本当にあっという間ね」

「一緒に酒が飲めるようになるのは楽しみだな」

「プレゼントどうしようかなー。お兄ちゃんいっつも『なんでもいいよ』って言うから迷う」

「ケーキもそろそろ予約しなきゃね」

「来週、会社帰りに寄って予約してくるよ」

和気あいあいと鈴白くんの誕生日の話をしながら、ご両親も三葉ちゃんも、楽しそうに笑っている。

絵に描いたような幸せそうな家庭。この中で同じように微笑む鈴白くんの姿が、当たり前に目に浮かぶ。

でも、もしかしたら、彼らが心待ちにしているその日にはもう、鈴白くんはこの世にいないかもしれない。彼の誕生日を家族で祝う未来は来ないかもしれない。

私が砂時計をひっくり返して、なかったことにしてきたたくさんの七月十日のその先で、彼らはどんな七月十一日を過ごしたのだろう。

想像することすらつらかった。大切な鈴白くんを、ある日突然、あんなにつらい形で失うことになる彼らの姿など、絶対に見たくない。

鈴白くんの親子関係になにか問題があって、それが理由で彼は自殺を選んだんじゃないか。たとえば子どものころから虐待されているとか、異様に過保護で厳しいとか、そういう問題があるんじゃないか。そんな憶測をしていたことが、本当に本当に申し訳なかった。

彼らを昔から知っているらしい薊(あざみ)くんが、あのとき『それはないと思う』と言った理由が、今さらながらによく分かる。鈴白くんの家に、家族関係に、彼の自殺の理由があるとは思えない。

学校でも家でもないなら、いったいなにが彼を自殺へと追い込んだのだろう。でも、私がストーカーまがいの尾行を繰り返しても、彼は家の最寄り駅と学校を行き来するばかりで、他に思い当たるものなどなかった。

分からない。彼の自殺の理由が、どうしても分からない。

せっかく騙(だま)し討ちのような形で家にまで押し掛けたのに、すべて振り出しに戻ってしまったような気分に陥る。

〈私たち、未来を知っています。鈴白くんは七月十日に自殺します。理由はまだ分からないけど、なんとかして止めましょう〉

　そう言って、鈴白くんの家族に協力を仰げばいい。みんなで力を合わせて、彼の自殺を止めようと提案すればいい。

〈実は、鈴白くんが自殺する夢を見たんです。もしも正夢になったら嫌なので、気をつけてあげてください〉

　そういう切り出し方もあるだろう。

　でも、言えない。言えるわけがなかった。

　あまりに非現実的だと信じてもらえず、妄言だと思われる可能性もあるけれど、そうだとしても彼らに大きな衝撃を与えることには違いないだろう。家族が死ぬと断言されたりしたら、たとえそれが嘘でも妄想でも、誰だって不愉快極まりない気持ちになるはずだ。

　それを思うと、私はどうしても口を開けない。この一点の曇りもない家族に、少しでも影を落とすようなことはしたくない。だから、言えるわけがなかった。

　それだけじゃない。たとえば彼らが私の言葉を信じてくれたとして、そのあとどうなるか。普通に考えれば、家族は鈴白くんに、なにか話をするだろう。死にたい気持ちがあるのか。悩みがあるのか。つらいなら話を聞かせて。絶対に失いたくない相手だからこそ、問わずにはいられないだろう。

　もしも、家族から自殺願望について触れられたことで鈴白くんの心境に変化が生まれ、未来が大きく変わって、彼が自殺を決行する日が早まってしまったりしたら？

そんなことになったら取り返しがつかない。万が一、七月十日よりも前に死んでしまったときに、砂時計で時間を巻き戻すことができる保証はないのだ。

いろいろなものがしがらみになって、私は結局どうしても、鈴白くんの家族に彼の自殺を告げることができなかった。

それからしばらく世間話をして、ちょうど昼食どきに差しかかったころに、私たちは腰を上げた。

「連絡もなしに来てしまって、しかもこんなに長居してしまって、本当にすみませんでした。お茶とお菓子、ご馳走(ちそう)さまでした。たくさんお話を聞かせてくださって、ありがとうございました」

せめて帰り際くらいはちゃんと礼儀正しく振る舞いたくて、必死に考えていた言葉を一気に口にした。

「いえいえ、こちらこそ。忘れ物を届けてもらったのに、なんのおかまいもできませんで。長々と引き止めちゃってごめんなさいね、とっても楽しかったわ。よかったらまたいつでもいらしてね」

「ああ、そうだね。今回せっかくこうやってご縁ができたんだから、これっきりなんて寂しいからね。また学校での蓮の様子でも聞かせてくれたら嬉しいよ」

「……はい」

にこにこと笑ってくれるご両親に、私はなんとか微笑んで頷くのが精一杯だった。

玄関で靴を履き終え、外に出ようとしたときだった。

薊くんがふと足を止め、見送りに出てくれている鈴白くんの家族のほうを振り向いて、「あの」と声をかけた。

彼がふうっと息を吐き、それから吸い込むのが分かった。薄い唇がゆっくりと開く。

「子どものとき……本当に、ありがとうございました。あのころ、俺にとってここは、世界でいちばん温かい場所でした」

私は驚いて薊くんを見上げる。彼はとても真摯な眼差しで鈴白くんの家族を見つめていた。

「ははは。嬉しいこと言ってくれるじゃないか」

鈴白くんのお父さんが笑う。「本当ね」と頷いたお母さんの目は潤んでいた。

「頑張ってね。私たちも蓮も、あなたを応援してるからね」

「……はい」

薊くんが頭を下げながら、消え入りそうな声で答える。垂れた髪の隙間から、くっと唇を噛みしめているのが見て取れた。

鈴白くんたちと薊くんの間にあるつながりがなんなのか私には分からないけれど、それはとても特別で強いものなのだろうということは、見ているだけでも分かった。

「――つくづく馬鹿なやつだな。わざわざ誕生日の前日に死ぬなんて」

結局家の外まで見送りに出てきてくれた鈴白くんの家族の姿が見えなくなったあたりで、薊くんがふいに口を開き、呆れたような声音で呟いた。

「……まさか、次の日が誕生日だったなんてね」

私は小さく溜め息をついた。

鈴白くんは、何度繰り返しても、必ず七月十日に自殺する。時間や方法が変わっても、その日付だけは変わらなかった。

その日に自殺することに、なにか意味があるのだろうか。わざわざ誕生日の前日に死ぬ理由なんてなさそうだけれど、かといってなんの意味もないとも考えにくい気がした。きっと鈴白くんなりの理由があるのだろう。

でもやっぱり、なんで、と思ってしまう。

なんで、よりにもよって、誕生日の前日を選ぶんだろう。優しい家族が、鈴白くんのことを大好きな家族が、あんなに楽しみにしている、きっと毎年家族が幸せに過ごす日を目前にして、どうして死を選んでしまうんだろう。

「鈴白くんを止めなきゃ……。ご両親と三葉ちゃんのためにも」

それができる可能性があるのは私だけだ。

「でも、どうしよう……」

私にしかできないのに、私はこんなにも無力だ。今日だって結局、嘘をついて他人の家に図々しく上がり込んだだけで、なんにも得られずにのこのこ帰っている。

どうして私なんかが選ばれたんだろう。神様の采配ミスにも程がある。馬鹿な私は、せっかくのチャンスを何度も何度も何度も無駄にして、そしてまた今回もきっとなにもできないまま、無駄にしてしまう。

「どうしよう、どうすれば……」

どうしよう、どうしよう、どうしよう。それしか考えられなくなる。

喉の奥がぎゅうっと締まったように苦しい。泣いたってどうにもならないと分かっているのに、涙が出そうになる。

そのとき、突然頭上で、ぱんっと破裂音がした。

一瞬にして靄が晴れたように頭がはっきりして、驚いて目を上げる。薊くんが手のひらを合わせたまま、無色透明な眼差しでこちらを見下ろしていた。どうやら彼が手を叩いた音だったらしい。

「落ち着け」

彼はひと言、静かに言った。

「焦ってもしょうがないだろう。なにもしないでただおろおろしてるのがいちばん時間の無駄だ。限られた時間内でやれることを、やれる範囲でやるしかない」

「……そう、だね」

私は大きく息を吐き、それから胸の奥まで深く吸い込む。身体の隅々まで酸素を行き渡らせるように吸って、吐いてを繰り返すと、少しずつ気持ちが落ち着いてきた。

薊くんが様子を窺うように小さく首を傾けて私の顔を確かめ、ふんと鼻を鳴らして歩き出した。

駅に向かう道を、行きよりはずいぶんゆっくりと歩きながら、周囲を見回す。来たときは緊張もあってあまり景色を見る余裕がなかった。

鈴白くんの家のあたりは、高級住宅街というわけではないけれど、手入れの行き届いた上品な家が建ち並ぶ閑静な街並みという印象だった。

生活道路を抜けると、今度はコンビニやドラッグストア、ファミレスや喫茶店などが並ぶ片側二車線の幹線道路に行き着く。

「……そういえば、なんで鈴白くんの家族と知り合いだったの？」

しばらく歩いたところで、ずっと気になっていたことを訊ねてみる。薊くんが足を止め、ちらりと道の向こう側に目を向けた。私も足を止めて彼の視線を追いかける。

「あそこの団地」

彼が示したのは、中央分離帯を挟んだ道の向こう側だった。判で捺したように同じ形をした五、六階建てのマンションが建ち並んでいる。ここからでは全て見渡すことはできないけれど、かなり奥のほうまで続いていて、どうやら十数棟は集まっているようだ。『市営住宅』と書かれた錆の目立つ看板が、敷地入り口の階段脇に立てられていた。

手前の棟をよく見てみると、くすんだ白色の外壁にはいくつも大きなひびが入っていて、ところどころ薄く剝がれ落ちているのが見て取れる。洗濯物の干してあるベランダは数えるほどしかなく、ほとんどの窓は閉まっていて中は薄暗かった。もしかしたら今はあまり住人がいないのかもしれない。道路に面した一階部分は貸し店舗がずらりと並んでいて、でもどの店も外から見ただけでは営業中なのか閉店しているのか分からないくらい年季が入っていた。

役目を終えつつある建物たちなのだと、なんとなく分かって少し寂しい気持ちになる。

「昔、あの中のどれかに住んでた」

私は視線を薊くんに戻した。彼は、色も温度もない瞳でマンション群を見つめている。

「どれだったかは、もう覚えてない。別に忘れてもなんの問題もないが」

そう言った薊くんの声があまりにも乾いていて、私はなんと答えればいいか分からず、別の質問で返すことしかできない。

「……鈴白くんの家と近いね。同じ学校だったの？」

だから知り合いだったのかと思ったけれど、薊くんは首を横に振った。

「いや、この大通りが校区の境になってて、学校は違う。それにここには一年も住んでない」

ふっと小さく息を吐いて、彼は静かに話し始めた。

「母親とふたりで暮らしていた。母親は、なんというか色々問題があって、気に入らないとすぐにキレて暴れて、仕事は続かないし、揉め事ばかり起こすような人だった。いつも夜逃げ同然で引っ越して、料理も掃除も全然できないから、近所でも有名なごみ屋敷だったよ。今思えば、借金してまで昼間から酒飲んでパチンコ行って、ほとんど家にいなかった。……こうやって口に出してみると、作り話かってくらいベタな話だな」

薊くんはおかしそうに片頬を歪めてくくっと笑ったけれど、私はどう反応すればいいか見当もつかない。

「母親は俺に一切興味がなくて、いつも邪魔な置き物でも見るような目で見ていた。それでもまあ、虫の居所が悪いときにちょっと物を投げられるくらいで、殴ったり捨てたり殺したりしなかっただけ良心的ではあったんだろうな。勤め先の廃棄の菓子パンくらいは置いといてくれたから餓死するほどでもなかったし、関心はなくとも早く死んでくれとまでは思ってなかったんだろう。死なれたら面倒だってだけかもしれないが」

私は言葉も呼吸も忘れ、瞬きすらできずに彼を見つめる。

捨てられるとか、殺されるとか、餓死するとか、そういう考えがよぎるような境遇で、薊くんは生きてきたということか。

ついさっきまで目の前にあった、愛情と幸福感に満ちた鈴白くんの家庭とはあまりに違っていて、その落差で足下がぐらつくようだった。

「……すまない、少し話が逸れた」

薊くんが、どこか虚ろな目をして謝ってきた。私は無言で首を横に振る。

「つまりまあ、そんな環境だったから俺は家にいるのが嫌で、いつも暗くなるまで外をふらついてたんだよ。人が集まってそうな公園や空き地なんかに行って、誰彼かまわず声かけてた。今となっては、大人しくひとりで遊んどけばいいだろと思うが、まだガキだったからな。家でひとりでいる時間が長かったから人に飢えてたのか、誰でもいいから相手をしてほしかったんだろう」

薊くんが自嘲的に笑い、私は思わず、くっと唇を噛んだ。人を求めて夕闇の中ひとり彷徨う幼い子どもの姿を想像して、胸がぎゅうっと苦しくなる。

「まあ、例外なく無視されてたけどな。大人は迷惑そうな顔で逃げてくし、子どもたちは気味悪そうに遠くから見てた。まあ、ぼろぼろの汚れた服でうろついてる子どもなんて、そういう反応されて当然だな」

もうやめて、と言いそうになった。もう聞きたくない。それくらいやるせない話だった。

でも、そんなことは言えない。それを口に出してしまったらきっと薊くんを深く傷つけるだろう。

私はただ薄く血の味がする唇を密かにぎりぎりと噛み締めた。

「ここに越してきたのは、たしか小一の夏だったかな。団地の中にも小さな公園はあったけど、錆びた鉄棒くらいしかなくて誰も遊んでなかったから、俺は団地を出てこの大通りを越えて……ああ、そうだ、あれだ」

彼がふと視線を巡らせて、百メートルほど先に架かっている歩道橋に目を留めた。

「あれを通って、こっち側に来たんだ。子ども心に、道路一本挟んだだけでずいぶん雰囲気が違う街だなと思ったよ。静かだし綺麗だし。それで適当に歩き回って、大きな公園を見つけた。人がたくさんいて、吸い寄せられるように入った」

薊くんの視線が、今度は背後の道に向いた。そちらにその公園があるのだろう。

「俺はいつものように公園で遊んでるやつらに近づいていって、もちろんいつものように白い目で見られて避けられた」

そこで彼がふっと笑みをこぼす。

「でも、あいつは違った」

「……鈴白くん？」

私が確認するように訊ねると、薊くんは「ああ」と頷いた。

「俺を見つけると他のやつらは蜘蛛の子を散らすみたいに一斉に逃げていって、遠巻きにひそひそ言ってた。でもひとりだけ——鈴白だけがそこに残って、普通に笑いかけてきて、『一緒に遊ぶ？』って訊いてきたんだ」

ああ、分かるなあ、と思う。きっと今でも、同じような状況になれば鈴白くんはそうするだろう。

「鈴白と一緒に遊んでたやつのひとりが慌てて戻ってきて、俺のほうを嫌そうな顔で見ながら、『あいつは仲間に入れたくない、俺らだけで遊ぼう』って鈴白に言った。妥当な判断だな」

薊くんがまた自嘲的な笑みを洩らした。

彼の皮肉っぽさは、もしかしたら、自分を守るためなのかもしれない。ふとそう思った。主観的な感情は排除して、客観的に自分を見て、周囲や世界とは斜めに向き合っていないと、無意識で無差別な悪意に好き放題に傷つけられそうだったのかもしれない。あまりにも多く、深く傷つけられつづけたら、きっと人は自分の根底にある核のようなものを、見失ってしまうから。

ただの私の想像だけれど、なんとなくそういう気がした。

「鈴白はあのころから人気者で、誰からも好かれてたよ。みんな鈴白と遊びたがって、あいつの周りに集まってた。誰に対しても笑顔で、不機嫌な顔なんてしなかった。そんなあいつが、あのときだけは、困ったような顔して、でもはっきりとそいつに言ったんだ。『ごめん、誰かにそんなことを言うような人とは、僕は遊びたくないな』って」

「…………」

あの鈴白くんが、そんな、相手を否定するようなことを言ったのか。想像もできない。

「他のやつらは気まずそうな顔をして、でも鈴白が『みんなで遊ぼうよ』って笑いかけたらみんな伝染したみたいに笑顔になって、ぞろぞろ集まってきた」

薊（あざみ）くんが背後の塀にもたれ、腕を組んで視線を上げた。

「あいつは今も昔もまるで王様だな。独裁政治や恐怖政治じゃなく、笑顔と人徳だけで民心を掌握できる天下の名君だ」

私もつられて空を仰いだ。澄んだ青のところどころに薄い雲が広がっている。梅雨明けはまだ先のようだけれど、最近は晴れ間が続いていた。

薊（あざみ）くんの目が再び地上に戻ってくる。

「鈴白の仲間たちと、サッカーだったか野球だったかで遊んで、五時を過ぎるとみんな帰りはじめた。最後に俺と鈴白だけが残って、キャッチボールかなにかしてたんだ。薄暗くなるまで、ずっと。そしたら、今思えばいつもより帰りが遅くて心配したんだろうな、あいつの母親が妹を連れて迎えにきた。鈴白はすぐに母親に駆け寄って、こっちを見ながらなにか話してた。そして俺を手招きして、『まだ帰らないなら、うちに遊びにこない？』って。そのとき初めて、あいつは俺が帰るまで待ってたんだって気づいたんだよ」

きっと鈴白くんは、薊くんのことが心配で、帰るに帰れなかったのだろう。そして、彼を家に連れていってもいいかとお母さんに訊ねたのだろう。

「うちの母親はどうせ夜中まで帰らないから、俺は鈴白の家について行った。他人の家に入ったのはあのときが初めてだったから、衝撃的だったな。床やテーブルのどこにもごみが散らばってない、埃も汚れも臭いもない。どこを見ても清潔で綺麗で、いい匂いがするし、全体的に明るい。これが『普通の家』なのか、それならたしかにうちは『おかしい家』なんだろう、近所のみんなが嫌がるのも納得だと思ったな」

私はずっと言葉を見失ったまま、ただ薊くんの話に耳を傾けている。

「腹が空いてるか訊かれて頷いたら、夕飯にコーンスープと、ハンバーグがのったオムライスが出てきた。びっくりするくらい温かくて美味しかった。そのあと初めてゲームをさせてもらって、あとはみんなでトランプかなにかしたんだったか……最後は鈴白の父親が運転する車で団地まで送ってもらった。『またいつでも遊びにおいで、なにかあったらいつでも連絡してくれていいから』って電話番号を教えてくれて。それからは、母親の機嫌が悪いときとかまともな食料がないときなんかは家から逃げ出して、鈴白の家に図々しく邪魔するようになった。小二になる春まで、何度も」

さっき薊くんが鈴白くんの家族に告げていた言葉を思い出す。

『あのころ、俺にとってここは、世界でいちばん温かい場所でした』

やっとその意味が分かった。自分の家では得られなかった温もりを、鈴白くんたちが彼に与えてくれたのだ。

「……二年生になってからは、行かなくなったの？」

薊（あざみ）くんがふいに口を閉じて、でもすべてを話し終えたような表情ではなかったので、私はそっと訊ねた。ああ、と彼が頷く。

「鈴白の父親が、あるとき言ってくれたんだ。『君の家の事情をよくは知らないけど、傍で見ている大人の判断として、警察か児童相談所に通報したほうがいいんじゃないかと考えてる』って」

いつだったか、児童虐待事件が起こったときにテレビのニュースで専門家が言っていたのを思い出した。

『少しでも様子がおかしいと感じる、虐待が疑われるような子どもがいたら、迷わず早急に「189」に電話しましょう。すべての国民には児童虐待の「通告義務」が課されています。特に教職員など日常的に子どもと接する仕事をしている人には、積極的な早期発見と通告が義務づけられています。暴力などの身体的虐待だけでなく、暴言などの心理的虐待も性的虐待も、ネグレクト（育児放棄）もすべて児童虐待です。これ以上悲しい事件が起こらないように、みんなで協力して子どもたちの命と幸せを守りましょう』

虐待の通告は、とても勇気がいることだと思う。だって、良くも悪くも誰かの運命を変えることになる。もしも間違いだったら、自分の勘違いだったら、親子を引き離してしまうことになったら、親から逆恨みされたら、どうしよう。それに自分も事情聴取などで何時間も拘束されてしまうかもしれない、そんな面倒な思いをしてまで通告するのか。そんな考えがよぎってしまうと、『まさかこんなに身近なところで虐待事件なんて起こっているはずがない、きっと大丈夫だ』と見て見ぬふりをしてしまう人もいるだろう。すぐ近くで子どもが苦しんで、死にそうになっているかもしれないのに。

それでも鈴白くんのご両親は、薊くんの境遇を見過ごさなかった。そして彼を守るために通報しなくてはと思ったのだろう。優しい人たちだから、たとえ虐待という確証がなかったとしても、放っておけなかったのだ。

「でも、そのとき俺は、『通報するのは待ってほしい、少し考えさせてください』と答えた」

私は驚いて目を上げた。薊くんの横顔をじっと見つめる。

「鈴白の両親は迷ったような顔をしてたけど、毎日五分でいいから顔を見せることと、なにかあったら必ず知らせることを条件に、待つと言ってくれた」

「どうして……」

どうして通報されたくなかったんだろう。きっと私には想像もできないくらいつらい思いをしていたはずなのに。

すると彼が口元を歪めて笑った。

「鈴白の家と自分の家を比べて、初めて俺は、自分がいかに特殊な環境にいたのか理解した。でも、子どもながらに、通報されたら、もう元には戻れないと分かって……なんでだろうな、あんな、俺をお荷物くらいにしか思っていないような母親なのに、愛されてないとちゃんと分かってたのに、なんでか、引き離されて二度と会えなくなるかもしれないと思ったら、すぐには決断できなかったんだ。……まあ、馬鹿だったんだろう」

淡々と、他人事のように彼は話す。それが私にはひどく苦しかった。

お母さんに愛されていないと分かっていても、薊くんはお母さんのことを嫌いになれなかったのだ。離れるのが怖かった。幼かったのだから当然かもしれない。生まれたときから一緒に暮らしていたたったひとりの肉親を失うことになってしまうのだから。たとえないがしろにされていたとしても。

「でも、その何日かあと、母親が一日中酒飲んで、吐いて倒れるように寝て、起きてきたら二日酔いで頭が痛い痛いって騒ぐのを見て、なんというか心底呆れて、『いつまでこんな生活してるんだよ、そのうち死ぬよ』って言ったら、引っ叩かれて馬乗りで殴られて、出て行けって家を追い出された。それで目が覚めた。やっぱりこのままじゃいけない、自分にとっても母親にとっても、全部一からやり直したほうがいいと思った。そのまま交番に行って、事情を話して保護してもらった」

「え……、自分で？　ひとりで？」

私が目を丸くして訊き返すと、薊くんが軽く笑って頷いた。

「鈴白の親には充分よくしてもらったんだ、それ以上は迷惑かけられないだろう。他人の家のことを通報するっていうのは、やっぱり、心理的な負担が大きいと思ったから。連絡先もそのとき捨てた」

たった七歳の子どもがそんなことまで気遣って、自力で警察に行ったのか。信じられない、薊くんはやっぱり賢くて強い、と思った。

でも、彼がその賢さや強さを身につけなければならなかった理由を思うと、やりきれない。今までその背景になど少しも思いを馳せずに羨んでいた自分の浅はかさを思い知らされた。

「そのあとは一気に動いて、母親はアルコール依存症の更生施設に、俺は児童養護施設に行くことになった。もうここに戻ることはないだろうと思ったから、鈴白の家のポストに『引っ越すことになりました、今までありがとうございました』って手紙だけ入れて、それきりだ。……今思えばとんでもない恩知らずだな」

　彼は言わないけれど、たぶん鈴白くん一家に直接会って引っ越しすることを告げたら、別れが悲しすぎて泣いてしまいそうだったから、顔を合わせられなかったんじゃないかなと思う。もう迷惑をかけないように綺麗に去りたいという気持ちもあったのかもしれない。

　きっと鈴白くんたちは、ちゃんとお別れをしたかっただろうけれど。だから、さっき薊くんと再会して、ご両親はあんなに喜んでいたのだろう。

「……お母さんともそれきり？」

　訊ねると、薊くんが「いや」と首を軽く振った。

「たまに会ってはいる。まあ、相変わらずな母親で、病気は良くなったり戻ったり、今も病院やら更生施設やらを出たり入ったりしてるが。家族と定期的に面会するのは病状の改善に効果的らしいし、二度と顔も見たくないってほどではないからな」

「そっか……」

　お母さんとはたまに会うだけということは、薊くんは今もまだ施設で暮らしているのだろうか。口に出すつもりはなかったそんな疑問が伝わったのか、彼は自分から答えてくれた。

「俺は集団生活は性に合わないから、中学卒業と同時に施設を出て、今はひとり暮らしだ。母親は退院したら一緒に住みたいとか言ってるが、あれは我が子と暮らしたいなんて可愛いもんじゃなくて、ただ寂しいだけだろうな。他に依存できそうな相手がいればそっちにふらっと行くだろう。だからもう戻るつもりはない」

そっか、と私はもう一度頷いた。話の重さに対してあまりにもそっけない相づちだという自覚はあったけれど、だからといってなにをどう言えばいいか分からなかった。

「……あのさ、ひとつ気になってたんだけど」

「なんだ」

「なんで鈴白くんと、知らないふりしてるの？」

薊くんが不審そうに眉をひそめる。

「別に知らないふりはしてない」

「でも、鈴白くんと全然話したりしないよね」

そりゃそうだろ、と彼は肩をすくめた。

「大昔にちょっとの間知り合いだったってだけで、それから十年近くなにも接触してなかったんだぞ。たまたま高校で一緒になったからって、友達でもなんでもないんだ」

「それは分からなくもないけど、でも、鈴白くんはそんなこと気にしなさそうじゃん」

「まあ、入学式のときにお互い気づいて、向こうから久しぶりって声かけられたけどな。俺はああ久しぶりって返しただけだ。それきり、俺から話すことはない。別に用事もないしな」

鈴白くんがときどき薊くんに話しかけて、それを彼がそっけない態度でばっさりと切り捨てるのを何度か見たことがある。薊くんはたぶん、鈴白くんと必要以上に話さないように、話しかけられないようにしていたんじゃないかという気がした。

「……小さいときは仲がよかったのに？」

私がなおも訊ねると、ふん、と薊くんが小さく笑った。

「あれは仲がよかったんじゃない。性格や趣味が合って親しくしてたとかじゃなく、行き場のなかった俺が人の好い鈴白に一方的につきまとってただけだ。あいつは相手が俺じゃなくても同じように対応しただろう。人が好すぎて貧乏くじを引いてばっかりだな、あいつは。貧乏くじだと分かってても引くんだろう。馬鹿だな」

自分のことを『貧乏くじ』と呼ぶ横顔は、私にはひどく寂しそうに見えた。

「鈴白くんは貧乏くじなんて思ってないんじゃないの」

私は思わずそう言った。

「たとえ他の人から見れば貧乏くじでも、見つけちゃったら放っとけなくて、見過ごしたら自分がつらいというか、嫌な気持ちになっちゃうから、見過ごせないんだよ。相手のためでもあるけど、自分のためでもあるんだよ、きっと」

私は鈴白くんのような聖人でも善人でもないけれど、電車やバスでお年寄りが乗ってきたらなるべく席を譲る。それは人助けのつもりなどでは全くなく、座っている間ずっとそのお年寄りが視界に入っていたら気になって自分が落ち着かないからだ。はたから見れば席を譲ってあげる『いい子』かもしれないけれど、実際は自分のため、自己満足のエゴだ。

困っている人を見かけたらすぐに駆け寄っていくほどの鈴白くんは、本当に本心から人に親切にしていると思うけれど、もしかしたら少しは私と同じように、そうしないと落ち着かないという理由もあるかもしれない。

だから、鈴白くんに助けられたからって、貧乏くじだなんて卑屈になる必要はないんじゃないか。うまく言えないけれど。

薊くんはしばらく黙り込んで、それから小さく「よく分からない」と呟いた。

「俺は、面倒そうなことには極力関わりたくないと思う。……まあ、俺はまともじゃないから、そっち側の考えが理解できないんだろうな」

私は瞬きをして彼を見上げた。

「まともじゃない、って……」

「さっき話した通り、俺は親も環境も普通じゃないだろ。だから頭の中身も普通じゃなくなったのか、それかまあ、生まれつきまともじゃないのかもしれないな」

言葉を失くして、ただじっと薊くんを見つめる。その口元にはまた自嘲的な笑みが滲んでいた。

「昔からよく『空気が読めない』だの『考え方がおかしい』だの『変人』だのと言われてきた。だから自分はまともじゃないんだろうというのは頭では分かってるんだが、どこがどうおかしいのか、どうすれば普通になれるのか、分からない。小学五年だったか六年だったか、担任に呼び出されて『どうしてわざと怒らせるような言い方をするんだ』と叱られたことがあった。クラスのやつと話してたら相手が急に泣き出したり怒り出したりっていうのが続いたころだった。俺はなんの悪気も他意もなくただ普通に話してるだけのつもりで、なんで泣かれたのか怒らせたのか自分では一向に分からなかったし、それなのに、わざと嫌われようとしてるだとか怒らせようとしてるだとか『もっと周りの気持ちを考えて発言しろ』だとか言われて、俺としてはお手上げ状態だった。原因も分からないものを直せるわけがない」

「お前は、たとえば、俺みたいにまったく周りの気持ちを考えず生きてみろって言われたら、できるか？」

「………」

突然訊ねられて驚いたけれど、答えはするりと口から出てきた。

「……無理だよ。できない」

私は、たとえ神様から『周りの顔色を気にせず、自由に好きに話したり動いたりしていいですよ』と許可証をもらったとしても、結局そういうふうには振る舞えないだろう。気にしないようにしようとしても気になってしまう。嫌われたくない、孤立したくない、という思いは、自分ではどうしようもないくらいに根深い。

薊（あざみ）くんが「そうだろ」と頷いた。

「その反対で、俺も無理なんだ、できないんだ。俺には他人の気持ちが分からない。考えても考えても分からない。空気を読もうにも俺にはなにも見えない。根本的に、そういう人間なんだ。相手の気持ちを予想してみても外れて不愉快な顔をされて、普通に声をかけたつもりが泣かれて、気を遣ったつもりが逆に余計なことをするなと怒られて、だんだん考えるのが馬鹿らしくなった。どうせこの頭で考えても答えに辿り着けないんだから、もう考えるのはやめようと決めた。俺は俺の好きなように生きるしかない。お前たちみたいには生きられない」

私は今まで何度彼のことを『変だ』『普通じゃない』『まともじゃない』と思っただろう。彼の背景や心情を考慮することもなく、それがあることすら考えず、ただただ彼を普通とは違う人なのだと思っていた。むしろ、相手の顔色や周りの空気を意に介さずに生きられることを、その自由さや強さを羨ましいとさえ思っていた。

でも、彼は自ら望んでそう在ったわけではなく、彼自身にとっては自由でも強さでもなかったのだ。『普通になれない』という諦めからの、どこか投げやりな振る舞いですらあったのだ。

薊くんはきっと今までずっと、『普通の人』たちから『変わっている』と突き放され、切り離されてきたのだろう。自分でも『普通』が分からなくて、歩み寄ろうにも方法が分からなくて、対岸からぽつんと『普通』の人たちを眺めている。仲間外れにされて、仲間に入ろうとすることすら諦めてきた。

「なんか……ごめん」

そう告げて頭を下げると、彼は不思議そうな顔をした。

「なぜ謝る？」

「いや、ずっと薊くんのこと、普通じゃないと思ってたし、普通じゃないと思ってることがだだ漏れの言葉をかけてただろうなと思って……」

いつもは人に嫌われたくなくて、機嫌を損ねてしまいそうなことは言わないように気をつけている。でも薊くん相手にはいつしかそういう遠慮や気遣いがなくなっていた。だからこそ、『普通はこうでしょ』というようなことを言ってしまっていたような気がする。たぶん言っただろう。どうせ彼は普通じゃないから分かり合えないと考え、話し合いを放棄し、切り捨てるように話を終わらせたこともあった。

なにげなく、売り言葉に買い言葉という感じだったけれど、そんな軽い気持ちで言った言葉が彼を傷つけていただろうということに今さら気づかされる。謝って済む話ではないけれど、謝らずにはいられなかった。

　でも薊くんは、ふいと肩をすくめただけだった。

「謝ることはない。俺は自分が普通じゃないことを自覚してるから、普通じゃないと言われることはなにも気にならない。お前が気に病むことはひとつもない」

　そういうところが普通じゃないんだよなあ、と反射的に思ってしまって、自分がいかに『普通』にとらわれているのか思い知らされる。

　そもそも、『普通』ってなんだろう。自分の考え方が『普通』だなんて保証はどこにもないのに、当たり前のように自分が『普通』で『正常』で、薊くんは『特殊』で『異常』だと決めつけていた。それはとんでもない驕りなんじゃないだろうか。他の誰かから見れば私こそ『普通じゃない』かもしれないのに。

　たとえば、鈴白くんのことについて私は、彼の人間関係をどこか普通ではないと感じていたけれど、裏を返せば私は、自分が周囲の人たちとの間に築いてきた関係こそが『普通』だと考えていたということになる。でも、本当に私の友人関係は普通だろうか。美結と律子の仲のよさを羨みながら、ふたりに疎まれて仲間外れにならないように顔色を窺って細心の注意を払いつつ一緒に行動しているのは、果たして『普通』で『正常』なんだろうか。

　ほとんどの人がそうしているだろうと思う。でも、大多数がしていることなら『正常』なのか。なんとなくそう思って生きてきてしまったけれど、本当にそうなのか。

　考えれば考えるほど、分からなくなってきた。

「……腹が減ったな。そこのファストフードでも入るか」

「えっ」

薊くんの唐突な誘いに驚く。休日の昼間に男女ふたりで食事をしているのを、もしも誰かに見られたら、どう思われるか。今日はここで解散したほうがいいんじゃないか。普通はそういうことを考えるだろう、というか私は反射的にそう考えてしまった。でも薊くんはなにも気にしていないようだ。

この前、美結と律子の前で堂々と私を呼び出したときも、私が文句を言うまでなにも気づいていなかったし、たとえ誤解されても実害はないと言い切ったのを思い出した。あのとき私はあれだけきつく非難してしまったのに、やっぱり薊くんの頭には、私と付き合っていると思われたらどうしようなどという危惧はないらしかった。

ただ、空腹を感じた、もう昼過ぎだ、ちょうど近くに飲食店がある、私との話がまだ終わっていないから一緒に食事をしながら話すのが最も効率がいい、と考えただけなのだろう。そこに周囲からどう見られるかは関係ない。

そうだ、関係ないのに、私は関係ないことばかり気にして、今いちばん大事なことをないがしろにしそうになっていた。

「……そうだね。私もお腹空いた」

私はふふっと笑って彼に頷き返した。

「ご飯食べながら、今日のまとめと反省会と、明日からの作戦会議をしよう」

ずっと強張っていた肩の力が、するりと抜けた気がした。

周囲ばかりを気にして、目の前の大切なものを見失うわけにはいかないのだ。

週明けの月曜、いつものように早めに登校する。

まだほとんどひとけのない生徒玄関に入ると、ちょうど鈴白くんが靴を履き替えているところに出くわした。

「おはよう、露草さん」

彼はすぐに私に気づき、軽く手を上げて挨拶をしてくれた。

私も「おはよう」と笑顔で返しながら自分の靴箱の前に行き、ローファーを脱ぎながら上履きを取り出す。すると鈴白くんがこちらに近づいてきた。

「露草さん、土曜日、うちに忘れ物を届けてくれたんだよね」

私は「あ、うん」と顔を上げ、こくこく頷く。すると鈴白くんが顔の前で手を合わせ、丁寧に頭を下げてきた。

「親に聞いてびっくりした。本当にありがとう」

私はぶんぶんと手を振る。実際には忘れ物ではなく、こちらが勝手に拝借したものを返しただけなので、そんなふうに頭を下げられると居たたまれない。

「いやいや！　そんな、ついでみたいなものだから」

なんのついでかはもちろん言えない。本当のことを話すわけにはいかないので、曖昧にごまかした。

「でも、本当に助かったよ。学校に忘れてるなんて思わなかったから確認もしてなかったし」

「いや、それは……ごめん」

鈴白くんが「なんで謝るの？」とおかしそうに笑う。それからまた「ありがとう」と繰り返した。

「お礼になにかさせてくれない？」

私はえっと驚き、「いらないよ！」と首を振る。経緯が経緯なだけに、お礼をもらうなんてあまりに申し訳がない。

「そんなたいしたことしてないのに、お礼なんてもらえないよ……」

それでも鈴白くんは柔らかい笑顔で「でも」と言い募る。

「わざわざ休みの日に家まで届けにきてくれて、なにかお礼しないと僕の気が済まないんだ」

「うーん……」

そのとき、隣のクラスの靴箱に人がやってきたので、私たちは邪魔にならないように同時に廊下へと歩きだした。そのまま一緒に教室へ向かう。

「……やっぱりもらえないよ」

途中で私は口を開いた。

「ただ持ってっただけだし。むしろ鈴白くんちで色々おもてなししてもらって、こっちがお礼しなきゃいけないくらいなのに」

「そんな遠慮しなくていいのに。僕がお礼したいだけなんだから。露草さんが気が引けるっていうなら、購買のパンとかジュースとか、コンビニのお菓子とか、気軽なものでもいいよ」

鈴白くんには折れるつもりがなさそうなので、私は仕方なく答える。

「うーん、じゃあ、考えとくね」

「分かった、よろしくね」

ちょうど教室についたので、入り口で分かれてそれぞれの席につく。

鞄から教科書類を取り出していく鈴白くんを目の端でちらちら見つつ、ふと考える。彼は、私と薊くんがふたりで一緒に彼の家に行ったことについて、なにも言わない。「意外な組み合わせだね、どういう関係？」などと言われるかもしれないと思ったのに。

そういうところで興味本位に探りをいれたり、からかったり、必要以上に深入りしないところが鈴白くんらしい気遣いだった。そういえば彼の家族も私と薊くんの関係を訊ねてきたりはしなかったので、他人との距離感を大事にしている家庭なのだなと思う。

鈴白くんがいつものように教室の整頓を始めてすぐに、誰かの足音が聞こえてきた。なにげなくドアに目を向けると、教室に入ってきたのは薊くんだった。

予想外の人が現れたので驚く。今日はずいぶん早い。彼はいつも登校してくるのは最後のほうだ。

「薊、おはよう。早いね」

鈴白くんがすぐに声をかけた。

「ああ、まあ……」

彼はそっけなく答え、自分の机に荷物を置き、椅子に腰かける。

「土曜日はありがとう」

鈴白くんは掃除の手を止め、薊くんの近くへ行って頭を下げた。

「忘れ物を家まで届けに来てくれたって聞いたよ、わざわざありがとう」

薊くんは「別に」と軽く手を振る。なんとなく気まずそうな顔にも見えて、お礼を言われ慣れていないのかなと感じた。

「それに家族も久しぶりに薊に会えてよかったってすごく喜んでた。本当にありがとう」

薊くんは今度は少し照れたように「礼を言われるようなことじゃない」と小さく答えた。

珍しく和やかに会話するふたりを見ていて、ふと思い出した。

鈴白くんの家に行った帰り、薊くんとファストフード店で昼食をとりながら、今後どうやって彼と距離を縮めたらいいかを話し合っていた。それまでにも鈴白くんの心を開くための働きかけをしようとしていたけれど、彼はいつも人に囲まれていて、常になにかをしていて忙しそうで、まともに話しかけることすらできずにいたのだ。

せめて一日に最低一回は自分から声をかけるという試みを私なりに続けてはいたけれど、ほんの数分間なんでもない雑談を交わすくらいで、なにか深い話ができるわけでも、秘密に迫れるわけでもない。ただの、たいして親しくもないクラスメイト同士の些細な会話に過ぎなかった。

たとえば私が弓道部員や生徒会役員だったりしたら、もっと彼と話す機会を得られるだろうけど、今から部活や生徒会に入るというのは非現実的だ。あるいは修学旅行や文化祭、体育祭などのイベント的な行事があれば、普段は接することの少ない人とも話す機会を作りやすい。でも、この一ヶ月の間にはそういうものはなく、ひたすら通常授業の繰り返しとテストだ。

この状況で少しでも長い時間彼と話すにはどうすればいいか、と私が相談したら、薊くんは『学生らしく、勉強会とかじゃないか』と提案してくれた。

たしかに一緒に勉強をしながらときどきおしゃべりをして、その中でたまには悩みの相談もするというのはありえそうで、ちょうど期末テストも控えているタイミングだし、いいアイディアだと思った。ただ、私たちの関係性では、一緒に勉強会をしようと誘うのはさすがに不自然だろうと諦めたのだ。警戒されたり、訝しまれたりしたら意味がない。

でも、今なら。

私はがばっと立ち上がり、息を吸い込んで「あの！」と叫んだ。

驚いたようにこちらを見た鈴白くんと、怪訝そうな顔の薊くん。私はふたりのもとに駆け寄り、鈴白くんを見上げた。

「やっぱり、お礼、もらっていい？」

唐突すぎるし図々しいけれど、これしかない。

「えっ、うん、もちろん」

鈴白くんがぱちりと瞬きをして、それから頷いた。

私は顔の前でぱんと両手を合わせ、拝むような格好で言う。

「鈴白くん、私に勉強教えて！」

「勉強？　もちろんいいよ。でも、そんなことでいいの？」

彼は少し戸惑っているようだった。いつもいろんな人から頼まれて勉強を教えてあげたり、課題を手伝ってあげたりしているので、彼にとっては少し分からない問題を教える程度のことは『そんなこと』なのだろう。

でも、私が今言っているのは、そういうことではない。私は手を合わせたまま続ける。

「そうじゃなくてね、一問だけとか一回だけとかじゃなくて……」

普段なら、こんなことを言ったら図々しいと嫌われるかもしれないという不安から遠慮をしてしまうだろう内容を、今日は図太い人間になりきって、思い切って口にする。

「あの、私、今回の期末テストは頑張りたくてね、でも分からないところが多すぎて、自分でやるの限界感じてて……だから、鈴白くんに教えてもらえたらありがたいなって。それで、ええと、ほんとに図々しいのは重々承知してるのですが、テストまで毎日、勉強会みたいな感じで、みっちり教えてほしいなって……」

期末試験は来週の木曜日から始まるので、今週木曜からはテスト週間ということで部活がなくなる。委員会なども基本的に行われず、生徒会活動もなくなるだろうから、鈴白くんも普段よりは時間があるはずだ。そう思ったのだけれど、

「毎日かあ……うーん」

鈴白くんが眉を下げて首をひねる。

「せっかく頼んでくれたんだから、毎日でもやりたいのはやまやまなんだけど、ちょっと厳しいかも。テスト週間もいくつか生徒会の打ち合わせが入ってて……ごめんね」

申し訳なさそうに言われて、私は慌てて首を振った。

「そうだよね、ごめん、さすがに毎日は無理だよね」

「本当にごめん……」

こちらが厚かましいお願いをしてしまっているのに、それを断るだけでこんなにも心苦しそうにされると、逆に申し訳なくなる。

鈴白くんを助けるためにしていることで、鈴白くんに心理的な負担をかけることになってしまっては、元も子もないのに。

あまりの申し訳なさに、このまま引き下がってしまいたくなる臆病な自分を、必死に奮い立たせて私はさらに続けた。

「全然いいの、ほんとに。気にしないで。ただ、一日だけでも、一緒に勉強できたらなって……」

「もちろん。一日と言わず、用事がない日ならいつでも大丈夫だから」

鈴白くんがやっと笑顔に戻ってくれて、ほっとする。

「ありがとう。ごめんね、鈴白くん忙しいのに、こんなことお願いしちゃって……」

「いやいや、それは全然。僕もどうせテスト勉強はするし、せっかくなら誰かと一緒のほうがはかどるから、むしろありがたいよ」

そういう言い方で彼がこちらに気を遣わせないようにしているのが分かって、私は「ありがとう」と繰り返した。

「楽しそうだな」

それまで黙って聞いていた薊くんが、ふいに口を開いた。私と鈴白くんは同時に彼に目を向ける。

「俺も参加していいか？」

薊くんは鈴白くんに目を向けて問いかけ、それからちらりと私を見た。援護射撃をするため私が口を開く前に、鈴白くんが頷いた。

「もちろんだよ。薊がいてくれたら百人力だね」

私は内心ほっと息をついた。これでなんとか、三人で勉強会をすることができる。

学校が終わるのがだいたい午後四時で、それから六時か七時くらいまでは一緒にいられるだろう。普段は話しても数分なのだから、それだけの時間を共に過ごせれば、いつもよりは腹を割った会話ができて、鈴白くんが心の内を打ち明けてくれるかもしれない。

これまでとは違うことが起こりそうな予感がする。

きっと今回は、今回こそは、未来を変えることができるんじゃないか。

私は期待に胸を膨らませていた。

翌週水曜日、午後四時すぎ。

私と薊くんは学校の近くにあるファミレスにいた。

ここのファミレスは、近くに高校や大学があるからか、平日は三時間までなら勉強で長居してもいいということになっていて、学生から人気だった。

鈴白くんはまだ来ていない。ちょっと後輩に呼び出されちゃったから先に行ってて、と帰り際に言われたので、とりあえず私と薊くんは先に学校を出たのだ。

「……今日こそは、なにか聞き出したいね」

私は頬杖をついて窓の外を見ながら呟く。

向かいに座っている薊くんが、溜め息まじりに「そうだな」と答えた。

結局、先週木曜と今週月曜は、生徒会の打ち合わせや委員会の準備があって鈴白くんは来ることができず、勉強会は今日で三回目。昨日の火曜も、部活のミーティングがあったとかで彼は一時間ほど遅れてきたので、勉強の話をしていたらすぐに帰宅時間になってしまった。

でも、そうでなくても、二時間半ほど一緒に過ごしても、私たちはやっぱり表面上の話しかできなくて、鈴白くんの深い胸の内を探るには遠く及ばない話題しか出せなかった。だから。

「今日こそは……」

あっという間に六月下旬になり、明日からはもうテスト本番だ。

本当に、時間の流れは、呆れるほどに速い。一瞬で時が過ぎていく。過ぎてほしくない時ほど、あっという間に過ぎていく。

今日こそはなにか収穫がほしい。でも、悩みなんて無理に聞き出すようなことでもないし、逆効果になることすらありうる危うい話題だ。

とりあえず鈴白くんを待っている間にふたり分のドリンクバーと山盛りポテトフライを注文し、私と薊くんはポテトをつまみながら、明日テストが行われる数学Bの問題集を解くことにした。

数学が大の苦手な私はしょっちゅう手を止めて考えたり記憶を探ったりしつつ解いているのに、薊くんはすらすらとペンを動かしつづけている。やっぱり賢いんだなあと、自分との差を改めて実感した。

もう何回も同じことを繰り返しているのでもちろん模範解答は分かっているのだけれど、解説を見てもどうしてこういう解き方になるのか分からない問題がいくつかあった。せっかく目の前に秀才がいるので、訊ねてみることにする。

「ねえ、ここ、どうしてこうなるの？」

薊(あざみ)くんがちらりと目を上げて私の手元を見て、ペンの後ろでこつこつとノートを示し、

「この公式を使うからだろ」

なんでこんな当たり前のことを質問されたのか分からないと言いたげな口調で答えた。

「だから、どうしてこの公式を使うって分かるの？」

「どうしてって、問題を見れば分かるだろ」

「見ても分かんないんだけど」

なんだか馬鹿にされている気がして、私は思わず唇を尖らせる。

「どうして分からないんだ？　このパターンはこの公式って、見れば分かるだろ」

「どうして見ただけで分かるの？　ていうか、教え方として『どうして分からないんだ？』っていちばん駄目じゃない？　下手すぎじゃない？」

「別に上手く教えるつもりがないからな」

「はあ、ひっど」

言い合いに熱が入ってきたところで、くすりと笑い声が聞こえて、私たちは口を閉じた。横を見ると、鈴白くんが立っていた。

「仲よしだね」

彼は微笑みを浮かべながら薊くんの隣に腰かける。

「薊がこんなふうにたくさんしゃべってるのはなんだか新鮮だなあ。露草さんもいつもより解放的というか、ぽんぽん話してる感じだし」

そう言われるとなんだか気恥ずかしくなって、反応に困る。

「いや、薊くんが毒舌だから私もつられちゃって……。薊くんって小学生のころからこんな感じだったの？」

話の矛先を変えたくて私がそう訊ねると、鈴白くんが目を丸くした。

「露草さん、僕たちが幼馴染だって知ってるの？」

その反応に、もしかして知らないふりをしたほうがよかったのかと焦りを覚えたものの、もう言ってしまったので仕方がない。

「あ、うん、ごめん。薊くんから聞いた」

「そうなんだね」

鈴白くんが彼を見て、びっくりした、とひとり言のように呟く。

「僕と昔から知り合いだってこと、薊はあんまり知られたくないのかなって思ってた」

すると薊くんが怪訝そうに眉をひそめ、首を傾げた。

「なぜだ。逆なら理解できるが」

「逆って？」

今度は鈴白くんが首を傾げて訊き返すと、薊くんは丁寧に説明を始めた。

「『こいつと昔馴染だと知られたくない』と相手に思わせるような要素を多分に持ってるのは、

鈴白じゃなくて俺のほうだと思うんだが、という意味だ」

すると鈴白くんが心底意外そうな顔をした。

「ええ、どうして？　薊みたいなすごい人と小さいときから知り合いだったなんて、むしろ自慢したいくらいだけどなあ」

それは鈴白くんもだよ、と私は思わず心の中で口をはさむ。

彼らは方向性は違うもののふたりとも特別な存在感があり、圧倒的に異彩を放っているのだ。平凡な私からすれば、まるで雲の上の人たちの会話だった。もしも今こうして三人で会っているのを学校の知り合いに目撃されたら、どうして私なんかがこのふたりと一緒にいるのかと不思議がられるに違いない。

薊くんも反応に困ったのか、ふんと小さく鼻を鳴らして、問題集に戻った。

「じゃあ僕も勉強始めようかな」

そう言って鞄から教材を取り出す鈴白くんを見つめながら、私と薊くんの関係についてはやっぱり訊かないんだな、と思う。

教室ではほとんど絡んだことのない私と薊くんが、ふたりで鈴白くんの家を訪ねたこと、こうやって屈託なく話していることを知ったら、付き合っているのかなどと訊くのが普通だろう。でも鈴白くんは訊かない。他人のことに深入りをしない。逆に言えば、深入りされたくないのかな、とも思ってしまう。

他人に余計な干渉をしない人は、自分も余計な干渉をされたくないということなんじゃないか。

私も少しそういうところがある。友達にも家族にも悩みや本音は言わない。言えない。心を許していないとか相手を信頼していないとかではなく、自分の核の部分を見せたくないというか、人に対して一線を引いているところがある。

鈴白くんもそうなのだろう。だから彼を止めるのは難しいのだ。

でも、やらなきゃ。少しでも心の柔らかい部分を見せてもらわなきゃ。

彼があのとき私にしてくれたように。

一時間ほど経ち、三人でドリンクバーに飲み物を取りにいったあと、なんとなく休憩の雰囲気になった。

「ねえ、鈴白くん。なにか困ってることとかない？」

私は緊張しながら、でもそれを悟られないように、なにげないふうを装って訊いてみた。

アイスティーの入ったコップにストローを差しつつ、鈴白くんが首を傾げて訊ね返してくる。

「え？　分からないところってこと？」

「いや、勉強のことじゃなくて」

私は笑って首を振る。

「ほら、私ばっかり教えてもらって、助けてもらってるから、もし鈴白くんが困ってることあるなら、私が助けてあげたいなって……」

不自然じゃないかなとどきどきしながら言うと、「ええ？」と鈴白くんが笑った。

「忘れ物を届けてもらったお礼で教えてるんだから、露草さんはそんなこと考えなくていいのに」

「や、それでも、とにかく、鈴白くんになにかしたいなっていう……」

うまくごまかしの言葉が出てこない。意味もなくストローでオレンジジュースをかき混ぜながらまごついているうちに、彼は「大丈夫だよ」と首を横に振った。

「今のところ、特に困ってることはないから。でも、気を遣ってくれてありがとう。いつかなにか困ることがあったら、露草さんに相談するね」

穏やかで柔らかい笑みを浮かべて彼がそう答えたので、私はそれ以上なにも言えなくなる。

「……社交辞令のお手本だな」

薊(あざみ)くんが、私にしか聞こえない声で、ぼそりと言った。口に出すなよとは思うものの、私も同感だった。

なんとなく、もしもいつか本当に困ったことが起こったとしても、鈴白くんは私に頼ったりは絶対にしないのだろうな、と感じた。感じたけれど、どうしようもない。

救いを求める手を伸ばさない人を、救うのはとても難しい。つかむ手がなければ、引き上げることができない。

結局今日もなんにもできないまま、勉強会は終わりの時間を迎えた。

息抜きがてら世間話や雑談を交わしたりしたけれど、それで鈴白くんとの心の距離が縮まったという気は、まったくしなかった。

ファミレスを出て、三人並んで駅に向かう。

相変わらず当たり障りのない話をしながら歩き、駅構内に入った。自動改札を抜け、各ホームをつなぐ連絡通路に向かう。そのあとは、家の方向が違うので、それぞれ別のホームに行くことになる。

「じゃあ、僕はここで。今日はありがとう、また明日」

鈴白くんが晴れやかな笑顔でそう言って、ホームに下りる階段のほうへと身を翻した。すぐに離れていき、ぐんぐん小さくなる背中。

私は思わず「鈴白くん！」と呼びかけた。

彼は足を止めて振り向き、「ん？」と目を見開いてこちらを見ている。

言いたいことも、言うべきことも、たくさんある。でも、言えることがない。

ぐちゃぐちゃの胸の中からなんとか掬い出したのは、

「……頑張ろうね！」

笑えるくらいなんの変哲もない言葉だった。

「頑張ろう！」

もう一度言うと、隣で薊くんが口を開いた。

「諦めるなよ」

鈴白くんはにこりと笑い、こちらにひらひら手を振りながら、

「うん、頑張ろう！　諦めないよ」

と応えてくれた。

きっと彼は、テストのことだと思っているのだろう。私たちの言葉の真意を、彼が理解してくれる日は本当に来るのだろうか。

「じゃあ、またね」

鈴白くんはそう言って前に向き直り、とんとんと軽快な足取りで階段を下りていく。その姿はすぐにホームに消え、見えなくなった。

空中通路の真ん中で、私と薊くんは足を止めた。

窓ガラスの向こうをじっと見つめる。東の空には、淡い夜色が滲みはじめていた。

私はなにも言えない。薊くんも黙り込んでいる。

今日も駄目だった。

せっかく勉強会を開いたのに、三日間も放課後を一緒に過ごせたのに、結局なんの収穫もないまま、終わってしまった。

掬い上げようと必死に結んだ手のひらから、砂は容赦なくさらさらとこぼれていく。

それからも私と薊くんはことあるごとに鈴白くんに声をかけてみたけれど、やっぱりいつも不発に終わった。さらりと笑顔であしらわれ、受け流されて、それで終わり。

特にテスト期間中は午前中で下校するので、話しかけることすら難しい。

なにもつかめないまま、ただただ時間だけが過ぎていく。

鈴白くんが死ぬ日は、もう来週に迫っていた。

# 5章

# 想い

Even if my prayers
go unanswered,
I have something
to tell you.

「もうあと四日しかないよ……」

テストの終わった翌日の放課後、いつもの非常階段で、五段上に腰かけている薊くんを見上げて、私は呆然と呟いた。

「結局最初からなんにも状況変わってないよね。三週間以上もなにしてたんだって感じ……」

焦りと不安から、きつい口調になってしまうのを抑えられない。

「このままじゃ、同じことの繰り返しだよ。鈴白くんが、また……」

薊くんが腕組みをして外の景色を眺めながら口を開いた。

「俺たちは今、鉄壁の守りを誇る堅牢な城塞を攻め落とそうとしているようなものだ」

私は口を閉じ、彼の横顔をじっと見据える。

「普通に正面から突破しようとしても無理だろう。どこか守りの薄い場所はないか、あるいは守りが薄くなるような不測の事態が起こらないか、なにかきっかけになるような出来事は……」

薊くんが考え込むように押し黙った。

じわりと肌に汗が浮く。梅雨が明け、七月に入った途端に、一気に暑くなる。非常階段は今は日陰になっているものの、昼のうちに太陽光で灼かれたコンクリートはいまだに熱を保っていた。

守りが薄くなるような不測の事態。私にはひとつだけ、思い当たることがあった。誰にも、薊くんにもできれば知られたくない。でも、もう、そこしかチャンスはないかもしれない。

私は意を決して口を開いた。

「……七月七日、放課後」

薊くんが怪訝そうな色を浮かべた目をこちらに向ける。

私は思わず俯いた。

どくどくと鳴る自分の鼓動の音がうるさい。なんとか声を絞り出す。

「明日の放課後、校舎の屋上に行ったら、私は、鈴白くんとふたりで話せる」

「どういうことだ」

さらに訝しげに問い返された。

言わないわけにはいかない。さらに心臓が激しく暴れ出す。

私はゆっくりと瞬きをして、ふうっと息を吐いてから答えた。

「私が屋上から飛び降りそうになって、それを鈴白くんが見つけて、止めてくれるの」

一瞬黙り込んだ薊くんは、すぐに、繰り返してきた時間の中で経験したことを私が話しているのだと理解したようで、ぴくりと眉を上げた。

「自殺未遂か。最初の七月七日に？」

「そう。時間を遡るようになる前の七日。まあ、未遂にもならなかったけど。フェンスに登ろうとしたときに、鈴白くんに声かけられて……」

「そうか」

自殺しようとしたなんて薊くんに知られたら馬鹿にされるかなと思ったけれど、彼はただ頷いただけだった。予想外だったので思わずじっと見つめ返す。

「なんだ、変な顔して」

「いや……死んで苦しみから逃れようとするなんて安易で浅はかだ、根本的な解決になってない、とか馬鹿にされると思ってたから……」

ふっと彼が笑う。

「馬鹿は馬鹿だと思うが」

薊くんは当然のように言ったあと、少し声を落として続ける。

「……分からないでもないからな」

温度のない眼差しが空を見つめている。

なんの根拠もないけれど、その表情や声音から、もしかしたら彼も死を思ったことがあるのかもしれない、と感じた。

「俺たちはまだ子どもで、自分の力では実際問題どうにもできないことがたくさんあって……世界は広いだの、つらいなら逃げればいいだのと簡単に言うやつもいるが、逃げ場所なんて持ってるのは限られた人間だけで、そうじゃない人間は逃げるなんてそもそも思いつきもしない。

力も逃げ道もない中で、解決策の見えない苦悩や葛藤を抱えていれば、死ぬのがいちばん手っ取り早くて簡単な出口だと考えるのは当然だろう」

「うん……」

目の前に立ちはだかる山道が、自分の力で歩むにはあまりにも険しくて厳しくて、頑張ってはみたものの足が痛くて息が苦しくて、これ以上進むことができないと感じたら、誰だってどうしても脇道に目が行く。そちらに行けば、この苦しく険しい道をもう歩かなくてもいいのだと思ったら、無意識のうちに足が向くことだってある。

たとえその先が崖だと分かっていたとしても。

「それにしても、やっと合点がいったな」

ふいに薊くんがこちらに目を向けてそう言ったので、私は「え？」と首を傾げた。

「お前がなんで必死になって鈴白を止めようとしてたのか、やっと納得した。自分の自殺を止められたから、恩返しで今度は自分が止めようとしてたってことだな」

「いや、それだけじゃないけど……」

もちろん、身近な人が死んでしまうかもしれないと分かっていて、自分にできることがあるならやらずにはいられないというのが大前提だ。目の前で倒れそうな人がいたら誰でも反射的に身体が動いてしまうというのと同じで。

でも、何度失敗しても諦められず、こうやってしぶとく奔走しているのは、やっぱり、あの日の彼の言葉が、笑顔が、頭から離れないからだ。

「……うん、そうだね。自分は助けてもらったのに、鈴白くんを助けようとしないのは、助けられるかもしれないのに見過ごすのは、なんか違うかなって……」

「情けは人のためならずというやつか」

たしかに客観的に見ればそうなのかもしれない。鈴白くんは私に情けをかけたことで、巡り巡って自分が助けてもらえる側になっている。でも、もしも私が彼の自殺を止めることができたとして、彼がそれをありがたく思うかは分からない。

「鈴白くんからしたら、助けてほしくなんかなくて、余計なお世話かもしれないね……」

「……どうだろうな」

そう呟いたきり、組んだ脚に頰杖をついてしばらく黙っていた薊くんが、ふと私に目を戻した。そして、静かな眼差しで告げる。

「――お前の自殺未遂が、あいつの自殺のきっかけになったというのは考えられないか」

冷たい氷の刃を、首筋にひたりと当てられたような気持ちになる。

「お前が自殺しようとしたのを見たことで、自分で自分の命を絶つという行為が、あいつの中で選択肢に加わったんじゃないか」

一切の容赦のない言葉に、どくどくと脈が速くなる。

でも、薊くんは私を責めようとしてそう言ったわけではないと、これまでに知った彼の性格を考慮すれば分かる。彼はただ、鈴白くんが自殺を選んだ理由について可能性を絞りたいだけなのだろう。

だから私は静かに頷いた。

「それは私も考えてたよ」

薊くんの視線を感じながら、屋根の向こうに広がる空を眺める。

「私のせいかもしれない、自殺っていう逃げ道があることを鈴白くんに提示しちゃったのかもしれないって……」

雲ひとつない、綺麗な青空だ。ときおり吹く風が、薄く汗ばんだ肌に心地いい。

「だから、屋上に行くのをやめたこともある。そうすれば鈴白くんは自殺しないんじゃないかって思って」

「でも、結果は変わらなかったんだな」

「うん。それは関係ないみたい」

「そうか、なるほどな」

心得たように頷いた薊くんが、再び空を見上げる。

「じゃあ、明日が勝負だな」

今度は私が頷いた。

ふたりして遠くの太陽に目を細めながら、しばらく押し黙る。

「いい天気だね……」

さして実感も喜びも伴わず、なんとなく義務的にそう私が呟くと、ああ、と薊くんもたいして興味はなさそうに答えた。

後半はほとんど雨が降らないまま梅雨が明けたので、青空のありがたみが薄い。ただただ暑さが増す憂鬱だけが心を覆う。

どこからか蟬の声が小さく聞こえてくる。

ああ、また夏が来るな、と思った。

夏が、来てしまう。時は否応なく流れ、決して止めることはできない。

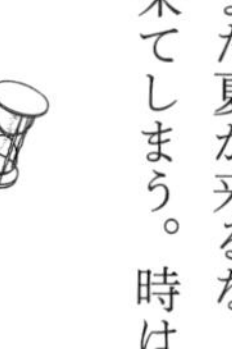

「なんで死のうとした……とか、訊かないんだね」

校門を出て駅に向かう途中で、私は薊くんに訊ねた。

彼がふいと視線を落として私を見下ろし、一瞬、なんの話だというように眉根を寄せる。それから「ああ」となにか思いついたように訊ね返してきた。

「お前が屋上から飛び降りようとした理由ってことか」

「そうだよ。自殺未遂したとか言われたら、普通『なんで』って訊くでしょ」

あ、また『普通』って言っちゃった、と悔しさを覚える。『普通が分からない』という薊くんの葛藤を聞いてから、なるべく使わないようにしようと思っているのに、気がつくと口にしてしまうし、頭の中ではもっと使ってしまっていた。今まで私がどれだけ『普通信仰』に毒されてきたのか思い知らされる。

「なるほど。それは思いつかなかった」

薊くんが淡々と答えた。

「別に興味がないし、知ったところで俺にはなんの得もないからな」

そうきたか、と私は目を丸くする。彼には野次馬根性のようなものが全くないのかもしれない。自分に関係のないものに対して、余計な好奇心を抱くことがないのだ。私の自殺未遂の理由なんてその最たるもので、彼の人生には一切影響を及ぼさないから、知りたいとさえ思わなかったのだろう。

「で、どうして死のうとしたんだ」

そのはずなのに、薊くんは突然あっさりと問いかけてきた。びっくりして問い返す。

「え、知りたいの？」

「別に知りたくはないが、お前が話したいなら話せばいい」

そう無表情に答えたあと、

「という俺なりの気遣いだ」

と続けた薊くんが、反応を確かめるようにじっと私の目を見つめてきた。

「……ったんだが、また予想が外れたか？」

自分の出した答えが合っているかどうか不安で、どきどきしながら正解の発表を待っている子どものような表情を浮かべている。なんだかおかしくなって、私は小さく笑った。

「ううん、外れてない。お気遣い痛み入ります」

彼は少し困ったように眉を下げながら「どうも」と呟いた。

ひと呼吸おいて、私は口を開く。

「分かんないんだよね」

薊くんが「は？」を眉をひそめた。

「分かんないんだ、なんで死にたいと思ったのか……」

あのとき飛び降りてしまおうとした理由は、今となっては、自分でもよく分からない。

たしかにずっと前から、たぶん中学生のころから、『死にたい』というほどはっきりとした思いではないけれど、ここではないところへ行きたいとか、消えてしまいたいとかいうような、薄い願望は抱いていたような気がする。その思いが、ある瞬間にふと、無視できないくらいの濃さになった。

前の日にお母さんとつまらない、でも瞬間的に心を抉(えぐ)られるような言い争いをしたとか。美結と律子が前週末にふたりで遊びにいって、おそろいのキーホルダーを買って鞄につけていたことを知ってしまったとか。特進クラスの授業に全然ついていけなくて苦しいとか。期末の試験勉強はかなり頑張ったつもりだったのに、苦手な数学が絶望的に解けなくて、テスト返却が死ぬほど怖いとか。予習復習や課題をこなすので手一杯で、読書を楽しむ余裕もなくなっていたとか。弁論大会でなにを話せばいいのかずっと悩んでいて、そんなことも思いつけないほど底の浅い自分に嫌気が差していたとか。

こじつけようと思えば、いくらでもこじつけられる。でも、どれかひとつを選んで、これが決定的な理由だとは断言できない。

窒息するほどではないけれど常に呼吸がしづらくて、息苦しい。そんな生殺しの状態が続いていて、ある日ふいに、生きているのが馬鹿らしくなった。些細な、死ぬほどのことではない悩みや葛藤が少しずつ心の奥底に沈殿して、堆積(たいせき)して、突然、許容量を超えた。

ああ、なんか、嫌だな。もういいか。別に死んじゃっても。

死んじゃえばなにも考えなくていいし、なにも悩まなくていいし、なににも傷つけられなくなる。

あの瞬間、逃れられないくらいに強く、そう思った。

死神に優しく手招きされたような気がした。

だから鍵が壊れたという屋上に行ってみて、ドアを開け、足を踏み出した。フェンスに手足をかけ、乗り越えようと全身に力を込めた。

でも、金網の隙間から下を覗き込んだ瞬間に、足がすくんで動けなくなった。

怖かった。

あまりの恐怖に硬直していたとき、鈴白くんが現れて、声をかけてきた。

途端に、死にたい思いが、あんなに色濃く私の頭と心を覆っていたはずの靄が、一瞬で弾け飛んで消えた。次の瞬間にはどうしてそんなに死にたかったのかも思い出せないくらいに、呆気なく。今となっては、死ぬほどのことじゃないじゃん、と自分を嘲笑えてしまうほどだ。

「嘘みたいな話だけど、そういうこともあるんだよね」

我ながら説得力のない説明だとは思うけれど、薊くんは「そうかもな」と頷いた。

生きている限り、心は絶え間なく揺れる。

どうしようもないくらい苦しくて、もうなにもかもどうでもよくなって、死んでしまいたいと思う瞬間。それでもなんとかなるような、なんとか生きていけるような気がする瞬間。そのふたつが、交互にやってくる。

　そのうち、少しずつどちらかの期間のほうが長くなる。それが後者なら、傷が癒えて回復する兆しなのだろうけれど、もしも前者なら、苦しみを思うたびに抉られて深くなった傷の痛みに耐えきれなくなって、願望を行動にうつしてしまいたい衝動に襲われる。

ちょうどそのタイミングでたまたま環境や条件がそろうと、底なしの死の沼からずっと様子を窺っていた死神の青白い手に、足首をつかまれ、いとも簡単に引きずり込まれてしまう。

そういうふうに、自分の意思とは関係なく、ふっと死に誘われて、無意識のうちに足を踏み外してしまうことがあるのだ。

もしかしたら、鈴白くんも。

「……鈴白くんは、自殺するとき、どういう気持ちだったのかな」

思わず声に出していた。薊くんがすぐに答える。

「知らない」

冷ややかに切り捨てられたような気がしてぱっと見上げると、思いのほか冷たくはない顔をしていた。

「……なにか訊かれたときに、知らないって答えるの、あんまり好きじゃないなあ。なんか冷たい感じがするもん」

少し迷ったけれど、正直な思いを口にしてみる。薊くんが不思議そうに首を傾げた。

「なぜだ？　知らないから知らないと答えただけだが」

「それはそうなんだけど。なんか、『知らない』って、『お前の話なんか興味ない』って言われた感じがして、少なからずショックというか。……被害妄想かな？」

相手の顔色や言葉の裏側を読もうとしすぎる私の悪い癖かもしれない、と思ったけれど、薊くんは意外にも、

「ふうん、そういうものか。勉強になる」

と素直な言葉を返してきた。今度は私が驚く番だった。

「知らないが嫌なら、なんて言えばいいんだ」

「分からない、って言えば、冷たくは感じないかも」

「なるほど」

彼はまた素直に頷き、そして改まった口調で再び言った。

「自殺するときの気持ちは分からない。俺は死んだことも自殺したこともないから」

金網の向こう、見下ろした光景が脳裏に甦る。

「……私は、怖かった」

薊くんの素直さにつられて、私も素直に白状する。

「死のうとしたとき、すごく怖かった。高いところが怖いとか、落ちるのが怖いとか、そういうのじゃなくて。死ぬのが怖い、死にたくないっていう、生き物としての本能的な恐怖みたいな……。自分で死ぬのは、私には無理って思った」

「そうか」

薊くんが静かにそう言って頷いた。私はふうと息を吐いて続ける。

「自殺するって、生半可なことじゃない。すごく勇気がいるし、意志が強くないと無理だと思った。鈴白くんはすごいよ……」

毎日、電車を見るたびに思う。巨大な鉄の塊が、とんでもない速さで目の前を走り抜けていくあのときの、鼓膜を揺さぶる轟音、髪の毛やスカートの裾がばたばたとはためくほどの風圧。

まるで怪物だ。あんなものに向かって飛び込むなんて、想像しただけで心臓が暴れ、全身に鳥肌が立ち、吐き気すら覚えるほど怖ろしい。私なら、足がすくんで絶対にできない。

でも、鈴白くんは、それをやり遂げた。途轍もない勇気と強さを持っているのだ。

その勇気と強さの使い方が、生きのびることに向いてくれたらいいのに。

「……本当に、馬鹿だな」

薊くんがひと言、ぽつりと呟いた。それきり彼は黙り込んだので、誰に対して、なにに対して言ったのかは、分からなかった。

私は、ずっと、ずっと、後悔していた。

鈴白くんが死んでしまう三日前に、私は彼とここで会って、ふたりきりで話した。きっと彼はなにかサインを出していたはずだったのに、私はなんにも気づかなかった。気づいてあげられなかった。自分のことで頭がいっぱいだったから。

でも、今は違う。自分のことなんかどうでもよくて、彼を助けることだけを考えている。

だから、きっと、前とは違う結果を出せるはずだ。

私はあの日と同じように、鍵の壊れたドアを開け、屋上に出た。

外の空気を胸いっぱいに吸い込んで、気合いを入れる。

これが最後だ。今回こそ最後にする。もう失敗は許されない。

何度も深呼吸をして、腕時計で時間を確かめて、そっとフェンスに手をかける。

なるべく下を見ないようにしながらゆっくりとよじ登ろうとしたとき、足音が聞こえてきた。

一気に鼓動が速くなる。

「……露草さん？」

背後から呼びかけてくる、鈴白くんの声。

私はゆっくりと息を吐いて、笑みを浮かべて振り向いた。少し気まずそうな、焦りを抱いた不器用な笑顔に見えるように。見られたくないところを見られてしまった、という気持ちが伝わるように。

「鈴白くん。偶然だね」

「そうだね」

あのときと同じやりとり。でも今日の私は、『たまたま放課後の屋上で出くわして世間話を交わすクラスメイト』を演じたりなんかしない。

フェンスから手を離し、地面に飛び降りてから、

「えへへ……かっこ悪いところ見られちゃったな。鈴白くん、タイミングがいいというか悪いというか……」

できるだけわざとらしい感じで、ばつの悪さをごまかすように、口元を押さえて言ってみせる。死のうとしていたことを隠そうとはしていないと伝わるように。

彼は私の言葉に、ふっと目を細めて微笑んだ。

「うん。タイミング、よかったよ」

鈴白くんはやっぱり鈴白くんだ。私は小さく「だね」と呟き、俯く。言葉がうまく出てこなくなってしまった。

「間に合ってよかった」

彼は噛みしめるように言い、それから私がつかんでいたあたりの金網を見つめた。

「……どうして？」

どうして死のうとしたのか。そう訊ねているのだと分かる。

あのときの私はたしか、まず初めは下手なごまかしの言葉を並べ立てたように思う。死のうと思っていたことを知られるのが、すごくすごく恥ずかしかった。結局ごまかしきれなかったのだけれど。

でも今度は、最初から、へらりと笑って答える。

「そんなたいそうな理由じゃないんだけど……生きてても、嫌なこととか、うまくいかないことばっかりだし、私なんて別に、いてもいなくてもいい存在だし、それなら死んじゃってもいいかな、死んだほうが楽かな……とか思って」

「そんなことないよ」

鈴白くんはさっと表情を曇らせ、悲しそうに囁いた。いつも笑顔を絶やさない彼の、珍しい表情。

「絶対に、そんなことない」

それをあなたが言うのか、とあのとき私は思った。そして胸の奥から、嫉妬とも怒りともつかないどろどろとした感情が込み上げてきて、思わず言ってしまうのだ。

「……私は、鈴白くんみたいに、みんなから必要とされてる人間じゃないから。私がいなくたって困る人はいない、とるに足らない存在だから」

こんな卑屈な思いを打ち明けたら相手に気を遣わせるだけだと分かっているから、口に出さないようにしてきたのに、鈴白くんの言葉に触発されて、言ってしまうのだ。

あなたみたいに生まれながらに恵まれた人には、私の気持ちは分からない。その言葉だけは、あのとき呑み込めてよかったと心から思う。

「……私なんて、世界にとって、どうでもいい存在なのに、つらいこと我慢してまで頑張って生きてく意味が、分からなくなっちゃった」

眉をひそめて黙り込んだ鈴白くんが、しばらく考え込んで、ふいに口を開く。

「暴力団の人が――」

彼の口から出るにはあまりにも似つかわしくない言葉。あのときも今も、私はやっぱりその違和感にびっくりしてしまい、じっと彼を見つめ返す。

「足抜けだっけ、暴力団から抜けたいときとか、あとはミスをしたときなのかな、そういうときに『小指を詰める』って言うよね。子どものころ、それを知って、なんで小指なんだろうって不思議に思った」

私は過去の自分の言葉をなぞった。

「小指はなくても困らないから、でしょ？」

もしも親指を失ってしまったら、物をつかんだり持ったりするのにずいぶん苦労するだろうし、重い物を持てなくなるだろう。人差し指や中指がないと、ペンやスプーンなどを使うときにうまく動かせなくて大いに困るだろう。薬指だって、箸を使うときに下の箸を支えるという大事な役目があるし、メイクをするときにもアイシャドウを塗ったりはみ出した口紅を拭ったりと出番は多い。

でも、小指は違う。生活において重要なそれらの動きをするときに、小指は関係ない。ピアノやギターなどの楽器を弾くときには困るだろうけれど、他の指でカバーしようと思えばいくらでもできる。

そもそも小指は、他の指に比べて自由に動かせないし、細っこくて力も入らない。全くの役立たずだ。昔ピアノを習っていたときは、小指を使う音が出てくるとげんなりして、ぎこちなく弱々しく鍵盤(けんばん)を打つことしかできない自分の頼りない小指を憎らしく思ったことすらあった。

その思いは、今もやっぱり心のどこかに残ってはいるけれど、でも、鈴白くんは。

「そうだよね、僕も最初はそう思ったんだ。小指は生活に支障がないからなんだろうって」

少し笑ってわずかに首を傾け、静かに言う。

「でも、あるときちょっと右の小指を怪我っていうか、体育の授業でバレーをやってて、突き指みたいになっちゃったことがあってね」

うん、と私も静かに相づちを打った。

彼は自分の目の前に右手を広げ、すらりと細長い小指を見つめながら続ける。

「小指でよかったねなんて言われて、僕も最初はそう思ったんだけどね。でも、実際に生活してみると、これがなかなか大変で」

「そうなの？　大して影響なさそうだけど……」

「それがね、手に力が入らなかったり、動きがぎこちなくなったりして、物を落としたり箸がうまく使えなかったり、他にも色々、意外と大変だったたんだ。それでふと思い出したんだけどね、妹が小さいとき、おもちゃの隙間に粘土を詰め込んじゃって取れなくなったことがあって、そのときも小指が大活躍したんだよね」

私も自分の小指を見つめ、「そうなんだ」と呟く。

「小指って、たしかに他の指よりも使う機会は少ないし、特に親指とか人差し指に比べると頼りなく見えて、目立たないから、なくたって困らないように思われやすいのかもしれないけど」

「うん……」

「でも、他の指にはできない役割があって、代わりはいない、ちゃんとすごく大事な存在なんだなって実感したんだ」

「……うん。そうかも。そうだね」

そうだ、今なら私にも分かる。彼の言う通りだ。

しばらく小指を見つめたまま、ゆっくりと呼吸をしてから、口を開く。

「分かった。私、絶対にもうこんなことしない」

私は決然と前を見て言った。

「きっと私にも、誰にも代われない役割があるから……絶対に死なない」

鈴白くんが柔らかい眼差しで私を見つめ、「うん」と微笑んだ。

今の私は、彼のくれた言葉の意味が理解できる。

なんの力もない、ちっぽけで些末な存在の私だけれど、今、自分の意志で過去に戻って、鈴白くんの命を救うことができる可能性を持っているのは、私だけだ。

どうして私なのか、なんでこんなことができるのかは分からないけれど、理由も理屈もどうだってよくて、ただ、私が選ばれたという事実だけが大事なのだ。

誰よりもこの世界にとって必要な存在である鈴白くんを助けられるかもしれない力を、こんな無力な私だけが与えられた。

私が存在しなければ、砂時計を使って時間を巻き戻さなければ、鈴白くんはもう死んでしまっていたのだ。小指のような私にも、ちゃんと存在意義があったのだ。

ねえ、だから、鈴白くん、と心の中で叫ぶ。

鈴白くん、死なないで。小指にだって価値があるって言ってくれたあなたが、私なんてやっぱり世界に不必要な存在だったって、私に思わせないで。

「鈴白くんは……死にたいと思ったこと、ある？」

彼の目をじっと見つめて訊ねた。

「ないよ」

彼はふっと目を細めて即答した。

見上げるほど高い、そしてあまりにも分厚い壁が、私と彼の間にそびえている。

「あ……ごめん露草さん、僕そろそろ生徒会のほうに戻らなきゃ」

鈴白くんが腕時計に目を落として言った。

「活動中だったの？」

「うん、見回り中。昨日むかでの目撃があったでしょう、それで生徒会の有志メンバーで集まって校内を巡回してたんだ」

「生徒会ってそんなこともしてくれてるんだね」

彼が屋上に出た私に気づいて止めにきたのは、もしかしたら彼も飛び降りようとしていたんじゃないかと疑っていたのだけれど、ただ巡回の途中で私を見かけて気になったからなのかもしれない、と思った。

「いつも大変だね。お疲れ様です」

笑ってそう言うと、鈴白くんも笑って「ありがとう」と答えた。それから校舎に下りる階段につながるドアのほうへ向かってゆっくりと歩き出す。

フェンスの前で佇んでその後ろ姿を見つめていると、彼がふと振り向いて声をかけてきた。

「露草さんも、一緒に行こう」

西の空が焼けはじめていた。

屋上の真ん中、全身に夕陽を浴びて穏やかに微笑む鈴白くんの姿が、目映いオレンジ色の光に溶けていく。

これが最後のチャンスかもしれない、という激しい思いが込み上げてきた。

「――ねえ、鈴白くん」

ん、と彼が首を傾げた。

私はひと呼吸おいて、昨日から考えていたことを口に出す。

「日曜日、一緒に花火しない？」

あまりに唐突すぎると自覚はあったけれど、焦りでうまくごまかすことすらできなかった。

「いや、あのね、去年の花火が残ってて、早く使っちゃいたくて。今日ここで鈴白くんと会ったのもなにかの縁だと思って、だから……」

鈴白くんは私の脈絡のない言葉に目を丸くして、でも怪訝な顔をしたり理由を訊ねたりすることはなく、ただ申し訳なさそうに笑って答えた。

「誘ってくれてありがとう。でも、ごめんね、日曜日は夜まで塾があって――」

「終わってからでいいの」

遮るように言う。こんなに強く、相手の気持ちも無視して自分の希望を押しつけたのは初めてかもしれない。

鈴白くんは困った顔をしている。きっと迷惑に思っている。

でも、気にしない。空気なんて読まない。ここで話を終えられてしまったら、もう本当に最後になってしまう。今はただ、しつこく追いすがるしかない。

「どれだけ遅くなってもいいから、何時まででも待ってるから、鈴白くんと一緒に花火がしたいの」

懇願するように言いつのると、彼は「でも……」と眉を下げた。

「女の子をそんなに夜遅くまで待たせるわけにはいかないよ」

戸惑うように鈴白くんが言ったとき、ざり、と足音がした。

「大丈夫だ」

そう言いながら貯水タンクの陰から現れた人物を見て、鈴白くんが目を丸くする。

「え……薊（あざみ）？　どうして……」

薊くんは計画通り、ずっと死角に隠れて私と鈴白くんのやりとりを見ていた。もしもなにか不測の事態が起こったときのためにと、控えていてくれたのだ。

「露草なずなの身の安全は、案ずることはない。俺も一緒に鈴白を待つから」

花火に誘うことは、昨日の夜たまたま家の物置で去年の残りを見つけて思いついただけで、使えるかもしれないとは思ったもののまだ薊くんには伝えていなかった。でも彼は私の考えを察して、協力してくれようとしているらしい。

私は目線で薊くんに感謝を伝え、鈴白くんに向き直った。

鈴白くんは少し不思議そうに私と薊くんを見比べたあと、夕焼け色に染まった顔を微笑ませた。

「分かった。僕でいいなら、ぜひ一緒に」

「露草さん、薊、お待たせ」

七月九日、日曜日。鈴白くんの自殺の前夜。

彼は、明日死のうとしているなんて微塵も感じられない、いつも通りの明るく爽やかな笑みを浮かべて待ち合わせ場所の公園に現れた。

「鈴白くん。来てくれてありがとう」

塾の授業が終わると聞いていた時間から一時間近く経っていたので、もしかしたら気が変わってしまったのではないかと危惧していた私は、鈴白くんが来てくれたことにほっと安堵してそう言った。

「ううん、こちらこそ、遅くなってごめんね」

無理やり呼び出されたようなものなのに、しかも塾帰りで疲れているはずなのに、彼はそんな不平などはおくびにも出さず、むしろ申し訳なさそうに手を合わせて謝ってくる。

「帰り際に友達と話し込んじゃって……ずいぶん待たせたよね、本当にごめん」

きっとそれも、勉強のことを訊かれたり、なにか相談を持ちかけられたりして、断れなかったのだろうと思う。それを自分のせいのように話すところも、鈴白くんらしかった。

「別にかまわない」

薊くんが腕組みをしたまま静かに答えた。

「塾があると分かった上でこっちが呼び出したんだし、待つのは織り込み済みだったんだ。鈴白が謝る必要は全くない」

彼のあっさりとした言葉に、鈴白くんはくすりと笑った。それから彼は、ふいに私の顔を覗き込むようにして訊ねてくる。

「露草さん、大丈夫？」

気遣わしげなその表情から、一昨日私が屋上から飛び降りようとしたことを心配してくれているのだと分かった。昨晩、花火の場所についてメッセージを送ったときも、彼は約束のことよりもまず『大丈夫？』と気遣ってくれた。

私はもう大丈夫。そんなことより鈴白くん、あなたこそ大丈夫じゃないんじゃないの。だって、あなたは明日、死ぬつもりなんでしょう。

「大丈夫だよ。もう本当に大丈夫。ありがとう、鈴白くん」

彼に余計な心配をかけないように、意識して笑みを浮かべた。

「花火、やろっか」

私はトートバッグの中から、昨夏の忘れ形見の花火を取り出した。もちろん蠟燭とライターと水を張ったバケツも準備してある。

私は地面に腰を落とし、蠟燭に火をつけた。

「わあ、ずいぶんたくさんあるんだね」

鈴白くんが隣にしゃがみ込み、花火のパックを見て驚いたように言った。私は「うん」と頷く。

「去年の夏、中学のときの同窓会があって、そのときの余りだから」

「ああ、そうなんだね」

薊くんも腰を下ろしたので、三人で蠟燭の火の周りに輪を作る形になる。

ふいに風が吹いたので、火が消えてしまわないように両手で囲っていると、鈴白くんが花火のパックを開けて中身を出してくれた。

「ほとんど新品だね」

「うん。買い出し班が楽しくなっちゃって買いすぎたみたいで」

「はは、分かるなあ。非日常だもんね。同窓会で花火なんて、すごく盛り上がりそう」

「うん、楽しかったよ」

まだ中学校を卒業して数ヶ月で同窓会というのも変な話だったけれど、当時クラスの盛り上げ役だった男女グループの人たちが幹事になって企画をしてくれて、別々の高校になった仲良しの子たちと会えるのは嬉しかったので参加することにした。焼肉食べ放題の店で食事をしたあと、二次会と称して近くの河原に移動し、幹事の子たちがお金を集めてバラエティショップで買い込んできた花火をした。

解散する段階で、使い終わった花火の残骸をどうするかという話になったとき、私の家がいちばん近かったので持って帰ると申し出たら、使わなかった花火もおまけにつけると言われた。みんな久しぶりに会えた懐かしさからか話をするのに夢中だったので、新品のままの花火が大量に余っていたのだ。

うちはみんなでわいわい花火をするような家族ではないので、あのときは笑顔で喜ぶふりをして受け取りながらもありがた迷惑だと辟易したものの、今となっては鈴白くんを誘う口実になってくれたのでよかった。

そう思っていたのに、私の持ってきた花火は、そのほとんどが湿気ってしまっていて、まともに火がつかなかった。

蠟燭の炎に近づけても一向に燃えない花火を手に、私は泣きそうになりながらふたりに謝った。

「なんか……ごめんね」

どうして、ちゃんと使えるかどうか事前に確かめなかったんだろう、もし駄目なら新しいものを買ってくれればよかったのに、と心から後悔する。

鈴白くんの気持ちを変えられるかもしれないせっかくのチャンスなのに、こんな中途半端なことになって、逆に彼の精神状態や未来に良くない影響を与えてしまったらどうしよう。そう思うと、激しい不安に襲われた。彼を助けるために呼んだのに悪影響を及ぼしていたりしたら、元も子もない。

本当に私は駄目だ。本当に、なにをやってもうまくいかない。自分で自分に呆れる。

そんなふうに私が深刻な気持ちになっているのに、隣の薊くんはというと、火がつかないま
ま先端が焦げた花火のひとつを観察するようにじっくり眺めていた。

「なるほど、湿気にやられて使えなくなったのか」

感心したように言い、ふむふむと頷いている。

鈴白くんは薊くんの手元を覗き込み、「けっこうあるあるだよね」と笑った。

「そうなのか？」

「うん、うちもやったことあるよ。前の年の残りを外の倉庫に置いてたら、梅雨時期に湿気を吸っちゃったみたいで」

「そうか。知らなかった」

そう言った薊くんが、足下にあった花火の一本をふと手にとった。

「これはなんだ、ずいぶん細いし短いな」

不思議そうに呟きながら、それを蠟燭の火に近づける。じゅっと焦げるような音とにおいがした。

「こいつも駄目だな」

彼が炎にくべたその花火を見て、私は慌てて「あっ、ちょっと」と声を上げた。

「ちょっと待って、薊くん」

「あ？　なんだ」

「そっちじゃないよ、反対」

薊くんは、線香花火の持ち手のほうに火をつけていたのだ。

でも彼は私の言葉の意味が分からなかったようで、「は？」と首を傾げる。

「火をつけるのはこっち側ってことだよ」

鈴白くんがそう言って薊くんの手の中の花火を引き取り、逆さまにしてから再び手渡した。

薊くんは「なぜだ」と深刻な声音で言い、ぐっと眉をひそめる。

「他のやつはひらひらのほうに火をつけてたじゃないか。なんでこいつだけひらひらのほうを持つんだ。たしかにこっちはいかにも火薬が巻いてありますと言わんばかりの顔をしているが、それにしたって他との兼ね合いというものがあるだろう。まぎらわしいにもほどがある。統一感がなさすぎる。判断基準がまったく分からない」

心底理解不能といわんばかりに一気に吐かれた彼の言葉に、私は「たしかに」と頷いた。

「そうだね、言われてみれば線香花火だけ他と違うね」

小さいころからそういうものだと思っていたから、疑問にも感じなかった。たぶん子どものときにお父さんかお母さんから、線香花火はこちら側に火をつけるのだと教えられ、そういうものなんだなと覚えて、それからはなにも考えずに火をつけてきた。

そんなふうに私は、線香花火だけじゃなく色々なものを『そういうもの』だと思い込んで、たくさんのことに気づかず、見過ごしてきたのかもしれない。

「やっぱり薊は目のつけどころが違うなあ。さすがだ」

鈴白くんが感心したように言った。どんな状況でも相手を褒める言葉がすっと出てくる鈴白くんもさすがだよ、と思う。

薊くんは意表を突かれたように彼を見つめ返し、「そういうことじゃない」と呟いたあと、ふっと視線をずらして自分の手の中の線香花火に目を落とした。

「わざわざ仲間外れになるように設計することないのにな。生まれながらに他とは違うように作られたとは、まったく不憫なやつだ」

少しの沈黙が落ちる。もしかしたら薊くんは線香花火と自分を重ね合わせていたりするのだろうか。そんなことを考えてしまった私は言葉を見つけられなかったし、鈴白くんも黙って花火を見ていた。彼はしばらくして口を開いた。

「僕は、線香花火、好きだよ」

静かに、囁くように、ひとり言のように、鈴白くんが言う。

「たしかに他の花火とはちょっと違うけど、すごく個性的で、線香花火にしかない魅力がある。他の花火には絶対に真似できない魅力がある。それってすごく特別で、代わりのいない唯一無二の存在ってことでしょう」

そうだよね、と私は頷いた。

「線香花火、私も大好き。においも音も独特で、風流っていうか、夏って感じがするよね」

ふうん、と薊くんが手元の花火を眺め回す。

「そんないいものなのか、この小さいやつが」

そう言いながら、彼は改めて線香花火を蠟燭の火に近づけた。

「お、こいつ、火がつきそうだぞ」

薊くんの言葉に、私と鈴白くんは同時に「えっ」と声を上げて彼の手元を見た。

たしかに、他の花火を蠟燭に近づけたときは、炎が花火を避けるように身をくねらせていたのに、線香花火の先端はしっかりと炎に包まれ、ほのかに赤く光っている。しばらくすると音もなくふっと火がつき、燃えはじめた。

「わ、すごい」

「いけたね」

私と鈴白くんは再び同時に声を上げた。

私は花火の包みに目を落とす。ビニールのパックの中でさらに線香花火だけは別の小袋に入っていたから、湿気を免れたのかもしれない。

「貴重な生き残りだな」

薊くんがそう言いながら線香花火のパックを私と鈴白くんの間に置いた。鈴白くんは「ありがとう」と手に取り、さっそく包みの中から一本を取り出す。それから私に目を向け、

「露草さん、先にどうぞ」

とそれを手渡してくれた。鈴白くんが先に、と言おうかどうか迷って、でも彼の気遣いを無駄にするのも違うと考えて「ありがと」と受け取った。

風もないのに不思議とゆらゆら揺れている蠟燭の火に、そっと線香花火をくべると、花火は

すぐに小さな炎を身にまとう。じじっと音がして花火がわずかに震え、先端にぽつりと小さな小さな火球が生まれた。じじじと音を立てながら、少しずつ少しずつ大きくなっていく。そして、ぱちぱちと微かな火花を散らしはじめた。

「線香花火は音も光も静かだから、落ち着いてゆっくり話しながらできていいよね」

鈴白くんも花火に火をつけて、淡く微笑みながら言った。

私は思わず動きを止め、花火の光に照らされた彼の横顔をじっと見つめた。

あることを思いつく。急にそんなことを言い出したら不自然に思われないだろうかと不安だったけれど、そんなことはこの際どうでもいいと割り切る。

「……あー、なんか……」

ごくりと生唾を飲み、軽く咳払（せきばら）いをする。

彼の反応を真正面から受け取る勇気がなくて、視線を手元に落とす。

優しいオレンジ色の火球は、いつしかはちきれんばかりに大きく膨らみ、ばちばちと音を立てながら華やかな火花を細かく散らしていた。

私はふうっと深く息を吸い込み、目を上げた。

「線香花火を見てると、いつもは人に言えないこと、言いたくなっちゃうなあ」

今この瞬間が、鈴白くんの心に秘めたものを聞き出す、またとないチャンスだ。ここで失敗したら、もう本当にあとがない。

決死の覚悟で口にした私の言葉に、薊（あざみ）くんがすぐさま「いいじゃないか」と頷いた。

「じゃあ、今夜は悩みの告白会といこう。俺の悩みは、普通にしていても他人を怒らせてしまうことだな」

　当たり前のような顔をして、さらりとそう答える。私と鈴白くんは一瞬、絶句した。

「……ちょっと、薊くん」

　しばらくして持ち直し、私は静かに挙手をして彼に告げる。

「あのさ、あまりにもあっさり打ち明けすぎて、告白感が薄いよ」

「告白感？　どういうことだ」

　薊くんが不思議そうに訊ね返してくる。私は「なんていうか……」と考えながら答えた。

「もっと重々しく口を開く感じじゃないと、なんか本当に悩んでる感が出ないというか」

「なんだその無駄な演出は。言うと決めたら勿体ぶらずにさっさと口を開けばいいだろう。時間がもったいない」

　そんな答えが返ってきたので、予想通りすぎて私は「ですよね」と笑ってしまった。

　鈴白くんもおかしそうに目尻を下げて、

「やっぱり薊はいいなあ」

　とひとり言のように、噛みしめるように言った。

「そんなことより、お前はどうなんだ」

　薊くんがすっと視線を動かし、鈴白くんに水を向けた。彼は「えっ」と瞬きをする。

「せっかくだからお前も悩みを告白してみろ」

「悩みかあ……なんだろう」

　鈴白くんはいつもの穏やかで柔らかな笑みを浮かべ、うーん、と考え込むように首を傾げた。

「……やっぱり、悩みなんてないなあ」

少しして、彼は笑顔のままそう答えた。線香花火が放つ夕焼け色の光が、微笑む彼の頬を、明るく柔らかく染めていた。

私は「そっか」と呟きながら、ほとんど無意識にちらりと薊くんに目を向ける。彼は静かに鈴白くんを見据え、それから言った。

「嘘つけ」

ちょうど二本目の花火が激しく火花を散らしはじめたときだったので、薊くんの声が届かなかったのか、鈴白くんは「え？」と少し目を見開いた。

「ごめん、聞こえなかった。今なんて言ったかな」

申し訳なさそうに訊ね返した鈴白くんに、私は慌てて「ううん、なんでもないって！」と口を挟む。でも、

「『嘘つけ』って言ったんだよ」

私の必死のごまかしを無視して、薊くんが再び言い放った。

鈴白くんは一瞬わずかに目を瞠り、でも驚いたような表情はすぐに消えた。そこにはもう、いつもの彼の顔しか見えない。

それをまっすぐすぎる眼差しで見つめ、薊くんはなおも言い募った。

「悩みがない人間なんているわけないだろ。人間、生きてる限りなにかしら考えて、考えるからこそ悩むものだろ」

静かに語る薊くんの言葉を聞いている間も、鈴白くんは普段通りの穏やかな表情で、ゆっく

りと瞬きを繰り返していた。

「なにかあるだろうが、お前にも。あるはずだ」

薊くんが断定的な口調で言い切る。

「うーん……」

鈴白くんはまた小さく首を傾げた。そのまま視線が下に向き、今にも消えそうな線香花火の、塵のように小さくなった火球をじっと見つめる。

「……僕は」

薄く開いた唇から、押し出すような声が洩れた。

「僕は、本当に恵まれてるから、悩んだりしたら、申し訳ないというか――」

「そんなの関係ないよ！」

彼の言葉を遮るように、私は口を開いた。自分で思っていたよりもずっとずっと強い声が出て驚く。

気持ちを落ち着けるために一度息を吐いて、続けた。

「誰にだって悩みはあるよ。当たり前だよ」

それを私は、鈴白くんが自殺したことで思い知らされたのだ。

「他人より恵まれてる部分がある人は悩んじゃいけないとか、悩みを話したらいけないなんてことはないよ。心の問題は、人と比べることじゃないでしょう」

でも、と彼は困ったような微笑みを浮かべて呟いた。

「僕には、本当に、悩むようなことなんて――」

「鈴白」

ふいに薊くんが口を開いた。鈴白くんの目が彼を見る。

三つの花火はすでに消え、かたい沈黙の中で小さな蠟燭の火だけが頼りない輝きを放っている。薊くんの、怖いくらいに整ったその顔に、冷たい光が揺れる。

「お前、自殺しようとしてるだろ」

なんでもないことのように静かな声で、彼は言った。

瞬間、私は息を呑んだ。怖くて、鈴白くんの表情を確かめることはできなかった。

「薊くん！　なんてこと言う――」

「言うしかねえだろ！」

思わず叫ぶように声を上げると、それ以上の鋭さで薊くんに遮られた。

「どうせこいつは遠回しに訊いたって本心なんか明かさねえよ。馬鹿かってくらい頑固なんだ。こうなったらもう直接問いただすしかねえだろうが」

彼がこんなふうに乱暴な口調で感情を剝き出しにしたのは、初めてだった。驚きで私は言葉を失う。

「どうしたの、ふたりとも……大丈夫？」

鈴白くんが戸惑ったように、心配そうに私たちを見比べて言った。

私は目を閉じて、深呼吸をする。それから意を決して、彼をまっすぐに見つめて言った。

「鈴白くん……。私たちね、知ってるの。明日、鈴白くんが――」

言いかけて言葉に迷った私のあとを継いで、薊くんが口を開く。

「お前が明日、飛び降りだか飛び込みだか首吊りだか知らんが、なにがなんでも自殺するつもりだってことをな」

鈴白くんは、これ以上ないくらいに目を見開き、私たちを見つめた。

沈黙が流れる。息が苦しい。激しく鼓動する心臓の音が、内側から鼓膜を殴っている。

数秒後、鈴白くんは、ふはっと柔らかく噴き出した。

「そんなことしないよ」

曇りのない太陽みたいに明るい声音で、汚れのない天使のように優しい笑顔で、彼は言った。

「するわけない。しないよ、自殺なんて。ああ、びっくりした、なにを言い出すのかと思ったら……」

目元を拭うような仕草をしながら、ははははっとおかしそうに笑う。それから微笑みを浮かべ、私たちに向き直った。

「きっとふたりして悪い夢でも見たんだね。勉強で疲れてるのかも。今日は早く帰って、ゆっくり休んでね」

「鈴白くん……」

違うの。夢なんかじゃない、本当に、あなたが死んでしまうのを知ってるの。何度も何度もこの目と耳で確かめたんだから。

そう言いたいのに、傷ひとつ見えない笑顔の前で、私はまた言葉を見失ってしまう。

「僕のことを心配してくれてるんだよね。ありがとう」

鈴白くんは私と薊(あざみ)くんを交互に見て言った。

「でも大丈夫、そんなこと絶対しないから、安心して」

はっ、と笑う声がして、そちらに視線を向けると、薊くんが片頬を歪めている。

「どうだかな……」

「本当だよ」

肩をすくめて言った薊くんに、鈴白くんは笑って答えた。

「本当に、そんなことしない。僕はすごく恵まれてて、家族や友達や、みんなからたくさんの愛や優しさをもらえてる。本当に幸せ者だよ」

ゆっくりと瞬きをしながら、確かめるように自分の言葉に頷きながら、噛みしめるように彼は言う。

「だから、たとえなにか嫌なことやつらいことがあったとしても、自殺なんてしない。死んだりしたら、僕を大切に思ってくれてる人たちに申し訳ないよ。だから、自殺なんて絶対にしない、本当に」

「そっか。それならよかった。安心したよ」

私は笑みを浮かべてそう答えた。そうとしか答えられなかった。それ以外の言葉を返す隙なんて、彼の言葉にはなかった。薊くんはなにも言わなかった。

鈴白くんが柔らかく目を細めて、いつもの笑顔で言った。

「心配してくれてありがとう。ふたりとも、本当に優しいね」

線香花火の最後の一本が消えたあと、三人で片づけをして、夜の公園を出た。

私と薊くんは、鈴白くんの家まで見送り、「また明日」と言って別れた。彼は最後まで笑顔を絶やさなかった。

暗い夜道を、薊くんと並んでゆっくりと歩きながら、私は考える。

やっぱり今日も、なにもなかった。鈴白くんの表情からも、言葉からも、態度からも、死の影なんて一切感じられなかった。

きっと考えが変わったんだ。私と薊くんのした行動か、かけた言葉か、それとも全く別の人がきっかけかは分からないけれど、なにかが彼の気持ちを変えて、死にたい思いなんて消え失せたんだ。だからきっともう大丈夫だ。そんな楽天的な考えと、彼は自殺願望を隠しているだけなんじゃないか、やっぱり明日死んでしまうんじゃないか、という不安が、心の中で激しくせめぎ合っている。

私の不安と焦燥を掬い取ったように、ふいに薊くんが言った。

「明日、朝から鈴白を尾けよう」

そうだね、と私は頷く。

「でも、隠れて見てるよりも、自殺する隙もないくらいにずっとつきまとうとかのほうがいいんじゃないかな……」

いくら尾行していても、少し目を離した隙に死んでしまうかもしれない。止めようとしても間に合わなかったら、全てが水の泡だ。

私と薊くんが鈴白くんの自殺を危惧しているということは、もう彼に知られてしまった。あれは突発的な出来事だったけれど、せっかくだからそれをうまく利用して、『鈴白くんが死んじゃう夢が現実にならないか心配だから、今日はずっと一緒にいさせて』などと適当な口実をつけて、一日中ずっと鈴白くんから離れないでいれば、今度こそ自殺を思いとどまらせることができるかもしれない。

そう思ったけれど、薊くんは首を横に振った。

「ひとりになる瞬間を全く作らないなんて不可能だし、あいつが本気で俺たちから逃げようと思えば、いくらでも逃げられるだろう」

「そっか……そうだよね」

トイレの中までついていくわけにもいかないし、たとえばもしも一緒に歩いているときに前触れもなく突然全速力で走り出されたりしたら、たぶん追いつけないだろう。そのまま彼が身を隠し、見えないところで自殺を決行されたら、私たちにはどうしようもない。

「極論を言えば、朝から晩まであいつをどこかに縛りつけて猿轡でもはめて、いっさい身動きとれないように拘束しておけば、自殺は止められる」

「そんな……」

私は絶句して薊くんを見上げた。いくらなんでもそんなことはできない。もしも命が助かっても、心に深い傷を残すことになってしまう。

私が反論の言葉を口にする前に、彼が軽く手を上げて続けた。

「でも、それじゃ、明後日死ぬかもしれない。明後日が駄目なら明々後日、もっと先かもしれないが、死のうと思えばいつでも死ねる」

私ははっと息を呑んだ。

そうだ、鈴白くんはたしかに明日、七月十日に自殺をするけれど、明日さえ乗り越えればもう二度と自殺しようとしない、なんて保証はない。明日の問題だけ解決すればいいわけではないのだ。

「物理的に自殺を阻止しても意味がない。心理的に阻止しないと、根本的な解決にはならない。だから明日も、こっちでなにか対策して前もって鈴白が自殺できないようにすることはしない。あいつがもう自殺するつもりがないかどうかを確かめるために尾行するんだ」

「うん……そうだね」

「もしも明日、あいつが死のうとしたら、断固阻止する。そして説得する。死のうとしたところを俺たちに見られたら、さすがにもう今日みたいな言い逃れはできないし、腹を割って話すしかなくなるだろう」

私は黙って頷いた。

できる限りのことはしたと思う。あとはもう全て明日に賭(か)けるしかない。

ふいに風が吹いて、私たちの間を通り抜けていった。湿っぽい夏の夜風は生ぬるく、少しも心地よさはない。

街灯の下にはたくさんの羽虫が群がり、無心に飛び回っている。どこか遠くから短気そうな車のクラクションの音が聞こえてきた。

ゆらゆら揺れる線香花火の光に照らされた彼の横顔が、目に灼きついて離れない。

「……死のうと、思ってるのかな」

無意識のうちに呟いた。鈴白くんは今もまだ、明日自殺するつもりでいるのだろうか。

「分からない」

薊（あざみ）くんは平坦（へいたん）な声で答え、それから、はあっと溜め息を吐いた。

「馬鹿な考えは改めたと願うしかないな」


翌朝七時前、私と薊（あざみ）くんは、鈴白くんの自宅近くで物陰に身を潜め、彼が家から出てくるのを待ち構えていた。

いい天気だ。気持ちのいい晴れ。死には似つかわしくない、綺麗な青空。

いつもよりずいぶん早く家を出たので、お母さんが怪訝な顔をしていたけれど、委員会の集まりがあるからと適当な嘘をついた。委員会になんて入っていないのに。

今日ばかりはお母さんにどう思われようと構わなかった。今日は、私のこれまでの人生の中でいちばん重要な日だ。

少し離れた家の塀と電柱の隙間に隠れて、鈴白くんの家のほうを見ていると、彼が三葉ちゃんと一緒に玄関から出てきた。お母さんが見送りに出てきて手を振っている。

鈴白くんは笑顔でお母さんに手を振り返し、ひとつ先の角で三葉ちゃんと別れた。中学校は別の方角にあるのだろう。

彼が駅のほうへと歩いていく。私たちは気づかれないように距離をとりつつ、その後ろ姿を尾行する。

ウォーキング中の老夫婦や、家の前で掃き掃除をしているおばさんや、犬の散歩をしている人などに鈴白くんは笑顔で挨拶をし、軽く会話をすることもあった。近所の人たちにも鈴白くんは愛されているのだなと思う。

今日も相変わらず、おばあさんの荷物を運んであげたり、路上のごみを拾って捨てたりもしていた。

「全く、よくやるな」

S駅に着き、改札前で鞄の中身をばらまいてしまった人の持ち物を集めてあげる鈴白くんを自動券売機の陰から見守りながら、薊くんが溜め息まじりで呆れたように呟く。

「見過ごせないいんだよ、きっと」

私も鈴白くんから視線を外さないまま、小さく呟く。

「気づいちゃったら動かずにはいられないんだ。そういう人なんだよ、鈴白くんは」

「ずいぶん生きづらそうだ」

「…………」

なにも言えなかった。

最初の七月十日に、鈴白くんが電車に飛び込んだあの時間が、近づいていた。

彼が改札を通り、ホームにつながる階段をのぼりはじめたのを確認して、私と薊くんは券売機から離れて急いで改札の中に入った。

階段をのぼりきり、ホームに視線を走らせて鈴白くんの姿を捜す。

朝の通勤通学ラッシュの時間帯、たくさんの人が電車を待つ列に並んでいる。ほとんどの人は手に持ったスマホに目を落としている。

鈴白くんは、先頭車両の列の中ほどに並んで、到着予定を知らせる電光掲示板を眺めていた。それからゆっくりと視線を動かし、線路の向こう側へと目を向けた。

『次は通過電車です』

ホームにアナウンスが流れる。腕時計に目を落とし時間を確かめると、運命の時刻が二分後に迫っていた。

どくどくと心臓が激しく跳ねはじめる。一気に体温が上がった気がする。

「……もうすぐだよ」

私が鈴白くんを見つめたまま呟くと、隣の薊(あざみ)くんが「ああ」と答えた。

「もう少し近づくか」

「うん、できるだけ近くに……」

電車待ちの人々がどんどんホームに上がってくるので、離れすぎると鈴白くんが見えなくなる可能性があった。彼の姿が絶対に死角に入らないように、でもこちらには決して気づかれないように、角度を調節しながら少しずつ距離を詰めていく。

『まもなく一番線に電車がまいります。通過電車です。ご注意ください』

あと一分。

「……来るね」

「ああ」

自分の鼓動の音がうるさすぎて、周囲の音が聞こえなくなる。

大勢の人が溢れるホームの中で、鈴白くんの姿だけがくっきりと浮かび上がるように見えていた。周りの人々の姿はどんどん霞んでいく。

彼の視線はまだ線路の向こう側、反対側のホームをぼんやりと見つめている。その横顔は、今から重大な行動を起こそうとしているようになんて少しも見えない。ただ電車を待っているだけにしか見えない。

飛び込もうなどと少しでも考えているのなら、もっと視線を彷徨わせて周囲の状況を窺ったり、あるいは深く俯いて震えたりするんじゃないか。この様子なら、そんな危ういことなんて考えていないんじゃないか。

どうか、鈴白くんがこのままなにごともなく通過電車をやりすごして、次の電車に乗って、いつも通り学校に向かってくれますように。

『まもなく電車が通過します。黄色い線の内側にお下がりください』

電車がこちらへ近づいてくる音が遠くから微かに聞こえてきた。ここは通過駅だからもちろんスピードは緩められず、ものすごい速さで走ってくると分かる。

「あっ」

真後ろで小さな叫び声がした。思わず振り向くと、小柄なおばあさんがなにかにつまずいたのか体勢を崩している。今にも頭から倒れそうだ。

反射的に身体が動いた。おばあさんのほうへ手を伸ばす。隣で薊（あざみ）くんも同じ動きをしていた。

頭を打つ直前に、両側からなんとか支えることができた。

「いたた……」

おばあさんは咄嗟に地面に片手をついたときに捻ってしまったようで、手首のあたりを押さえながら、痛そうに顔を歪めて呻いた。

「大丈夫ですか」

慌ててかがみ込んでそう訊ねた、そのときだった。

視界の端で、なにか白いものがわずかに動いた気がした。

私ははっと息を呑み、勢いよく振り向いた。

鈴白くんが、いつの間にか乗客の列から外れている。

そのまま線路のほうへ、すうっと歩いていく。吸い寄せられるように、迷いのない足取りで。

あまりに自然な様子で、誰も気づいていない。

私と薊（あざみ）くんは同時に駆け出した。

混雑したホームの、乗客の網をかいくぐり、無我夢中で走る。

「――っ」

声を出す余裕もない。

頭は真っ白で、ただただ一秒でも早く彼のもとへ辿り着かなくてはという思いだけが身体を動かしていた。

電車がもうそこに来ている。すぐにホームに滑り込んでくる。

全てがスローモーションに見える。なかなか縮まらない距離がもどかしい。

ためらいなく進む鈴白くんの右足が、白線を越え、ホームの縁（へり）を踏む。

それでも彼は止まらず、まるでまだ陸続きの道を歩くように自然な動きで、反対の足を踏み出す。

そして、その姿は消えた。

伸ばした手が、虚しく空を切った。

直後、鼓膜が破れそうなほど大きく鋭い警笛の音が、ホームに鳴り響いた。

ほぼ同時に、空気を切り裂くようなブレーキ音。

「えっ」

誰かが小さく叫んだ。

異変に気づいた人々が一斉に目を上げ、線路のほうを見る。

無数の視線が絡まる中を、特急が轟音とともに猛スピードで走り抜けていく。

車輪とレールが擦れ合う、激しい金属音。

電車はスピードを緩めながらもそのまま駅を通り過ぎ、ずいぶん先の踏切のあたりでやっと停まった。

一瞬、ホームは静寂に包まれた。誰もが動きを止め、声を失っていた。

次の瞬間、聴覚が飛ぶほどの喧騒に包まれる。

悲鳴、怒号、泣き叫ぶ声、逃げていく人々の足音、誰かの吐いたものが地面に落ちる音、カメラのシャッター音。

たくさんの音が溢れ返る中で、私は呆然と立ち尽くしていた。
ぴくりとも動けない。声も出ない。
ああ、駄目だった。
しばらくして、やっと思考が現実に追いつく。
鈴白くんが死んだ。
死んでしまった。
駄目だったんだ。また駄目だった。
もう駄目だ。
全身の力が抜けて、立っていられなくて、しゃがみ込んで頭を抱える。
涙は出なかった。
なにもかもが涸(か)れ果て、乾ききっていた。
「——馬鹿が」
吐き捨てられた薊(あざみ)くんの声が、雨のようにしとしと降ってくる。
「馬鹿が。馬鹿が……」

「……やっぱり死んだな」
諦めたような口調で、薊(あざみ)くんが呟いた。

混乱した構内を出た私たちは今、駅前のロータリーの片隅、三段ほどの短い階段に肩を並べて座り込んでいる。

私は完全に脱力してしまい、薊くんの言葉に返事をすることもできず、ただ呆然と世界を見ていた。

突然の事故による運転見合わせで復旧のめども立っていない中、通勤通学の足を奪われた人々は、動揺や苛立ちを隠せない様子で、バス停やタクシー乗り場に長蛇の列を作っている。スマホを耳に当てながら歩き、興奮した様子で誰かに事故の目撃報告をしている人もいた。まだ朝なのに、ひどく蒸し暑い。誰もが薄く汗ばんでいる。

空に浮かぶ太陽は、真昼のような明るさで皓々と世界を照らしている。あまりの眩しさに眩暈を覚える。

頭上からまっすぐに降り注ぐ陽射しがきつい。暴力的なほどの鋭さで肌を刺してくる。足下の影が濃い。今にも引きずり込まれそうなほど深い黒だ。

たいして大きな木もないのに、なぜか四方八方から蟬の声が聞こえてくる。うるさすぎて、逆に無音の世界にいるような錯覚にさえ陥る。

「最初の七月十日――」

しばらくすると、薊くんがぽつりと語り出した。

「あいつが自殺した日の夜、寝る前に、なにげなく砂時計を使った。願いを叶える砂だとか言ってたなと思い出して、でもどうせ起こってしまったことは変えられないと思いながら……。目が覚めたら、一ヶ月前に戻っていた」

相づちや返答を求めている様子はなく、独白のような調子なので、私は黙って耳を傾ける。

「時間を遡るなんてできるわけがない。俺の夢かなにかかと半信半疑だったが、一ヶ月後、俺の記憶の通り、またあいつが死んだ。まさかと思いながらも、もう一度砂時計を使ったら、また一ヶ月前に戻った」

私は膝を抱え、自分の靴をじっと見つめながら話を聞く。薊くんの話す内容は、私の経験したこととまったく同じだった。

「そして、他のやつらは前回と全く同じように行動するのに、露草だけが少しずつ違う言動を見せるのに気がついた。そういえばあの砂時計を作ったとき、鈴白と露草と俺が同じ班だったと思い出して、もしかしてこいつも砂時計を使って過去に戻ってるのかと考えた」

視線を感じて、のろのろと顔を上げると、薊くんと目が合った。いつの間にか、いつものように感情を感じさせない静かな表情に、すっかり戻っている。

「常識的に考えて、こんな非現実的なことが起こるわけがないと思った。思ったが、どうせなら鈴白の自殺を止められないか検証してみようと思った。ただぼんやり同じ一ヶ月を繰り返すのもあまりに退屈だし、時間が勿体ないからな、有効活用しようと考えたんだ」

それから彼は、時間を繰り返す中で、鈴白くんの自殺を止めるために試みたことについて話した。

薊くんも、自分なりのやり方で、なんとかして彼を救おうと試行錯誤していたのだ。

今さらながらにそれを知って驚かされる。てっきり彼は最初から助けるつもりなどなかったのかと思っていたのだ。

鈴白くんのあとを尾ける私の後ろから、薊くんも尾行をしていたこともあったというので、さらに驚いた。

同じように鈴白くんを助けようとしていたからこそ、私が彼をなんとか止めようと奮闘していたことを知っていたのだと、やっと気がつく。

「俺はひとり暮らしで家や家族に縛られてないからな。お前みたいに門限を気にしたり、遅くならないように家に帰らなきゃいけないなんてこともない。一晩中あいつを見張ることだってできた」

きっと本当に薊くんはそうしていたのだろう。それだけ本気で鈴白くんを救おうとしていたのだ。

「あいつを呼び出して、『お前が自殺するつもりだと知ってる、考え直せ』と直談判もした」

「そうだったんだ……」

私にはそんなことはできなかった。薊くんの性格だからこそ、そして彼と鈴白くんの昔からの関係があったからこそ、できたことだろう。

「それでも自殺を止められなかった」

薊くんが低く呟いた。

「何回目だったか……もう無理だと諦めて、砂時計を使うのはやめた。現実を受け入れるしかないと覚悟した。それなのに、また戻ってしまった」

薊くんが私を見る。私が砂時計を反転させて眠るのをやめなかったから、彼も巻き込まれて過去に戻ったのだろう。

「目が覚めて、また六月十二日に戻ったと分かったとき、絶望したよ。まだ続くのか。またあの一ヶ月をやり直さなきゃいけないのかって」

巻き込むつもりはなかったけれど、私のせいではあるので、ごめんと小さく謝る。

『またあの一ヶ月をやり直さなきゃいけないのか』

そう絶望した彼の気持ちはよく分かった。私も、時間を巻き戻して一ヶ月前に戻るたび、自分の意志でやったことなのに、絶望的な気分で途方に暮れた。

「そしてまた何度も何度も繰り返して、それでもあいつは死んで……俺はもう完全に嫌気が差してたから、今度こそ最後にしたかったんだ。だからお前に声をかけて、諦めるように説得することにした」

薊くんは私に、『死にたいやつはなにをやっても死ぬ』、『諦めろ』と言った。

なんて冷たいんだろう、どうしてこんな酷いことを言うんだろうと思っていたけれど、違ったのだ。

本当は薊くんも、鈴白くんを助けたくて、自殺を止めたくて、でも何度やっても助けられなくて、絶望していたのだ。私と同じように。

「――もう、やめよう」

気がつくと、私はそう囁いていた。

ああ、と薊くんが静かに言った。

私たちは、鈴白くんを助けたくて、必死に彼を止めようとした。なんとしてでも助けたかった。

それでも彼は、死んでしまった。

どんなに親しく声をかけても、こっそり探りを入れても、きつく問いただしても、やっぱり彼は死んでしまった。

たぶん、私たちがなにをしても、なにを言っても、駄目だったのだろう。

鈴白くんの心は、もう、この世になかったのだろう。

それほど強く、死神に魅入られていたのだと思う。

たとえもう一度時間を巻き戻したとしても、彼はきっとまた死んでしまうだろう。

本当に、本気で、心の底から死にたいと思っている人を止めるのは、きっと無理なのだ。

それほど深く死に惹かれてしまった人を救うには、一ヶ月なんかじゃ全然足りない。

誰かの心と命を救うというのは、そんなに簡単なことじゃない。

「……ごめんね、鈴白くん」

そんなところに彼はいないと分かりきっているけれど、空を仰いで私は言う。

腹立たしいくらい綺麗に晴れ渡った、真夏の青空。

「助けてあげられなくて、なんにもできなくて、ごめんなさい……」

その夜私は、とうとう砂時計には触れないまま、眠りについた。

鈴白くんを、変えられない過去に、置き去りにして。

小鳥の囀りと、小川のせせらぎ。それらを包み込む雨のような蟬の大合唱。

はっと目を覚ました私は、すぐにベッドから飛び起き、スマホを手に取って、今日の日付を確認した。

七月十一日。その文字を見た途端、私は動けなくなった。

とうとう『次の日』になってしまった。『七月十日』が終わってしまった。

いや、私が終わらせたのだ。

そう悟った瞬間、ぞわっと背筋が寒くなり、一瞬で全身の肌が粟立った。

私が、鈴白くんを、死なせた。

彼の死を、なかったことにするのを、私がやめたから。

のろのろと視線を動かす。カーテンの隙間から射し込む朝陽を浴びて、静かに佇む砂時計。

淡い光の中、ガラス瓶が、真っ白な砂粒が、きらきらと輝いている。

しんと静まり返って、動かない砂時計。

ああ、と微かな声が唇から洩れた。

もう二度と、時間は戻らない。

鈴白くんは死んでしまった。もう二度と帰ってこない。

唐突な吐き気に襲われて、私はベッドの上に倒れ込んだ。

動けない。泥人形の中に閉じ込められたみたいに、腕も足も、指の一本すら自分の意思では動かせない。

なにも考えられない。

「は……、はっ……はっ……」

なにかやけにうるさいなと思ったら、自分が空気を吸う音だと気がついた。次の瞬間、妙に息が苦しいことにも気がつく。

知らぬ間に私は、まるで全速力で走った後のように荒い呼吸を繰り返していた。

苦しいと自覚したと同時に、さらに苦しさが増す。

息を吸っても吸っても、空気の塊が喉のあたりに引っかかってしまったようで、うまく吸えなくて、吐けなくて、ひどく苦しい。

酸素を求めて、ひたすら浅い呼吸を繰り返す。

そのとき、握りしめていたスマホが震えた。

ぼんやりしていて、すぐには反応できない。それでも振動は続いている。

あ、電話だ、とやっと気づいた。頭は真っ白なまま、誰からの着信かも確かめず、条件反射で通話ボタンを押す。

もしもし、と言ったつもりだったけれど、うまく声にならなかった。

『露草なずな』

その声が鼓膜に届いた瞬間、全身の力が一気に抜けた。

身体中の筋肉が緩みきって、言葉も出てこない。

私はくしゃくしゃの布きれみたいにベッドに横たわったまま、ただスマホを耳にきつく押し当てている。

『聞いてるか』

電話越しに聞こえてくる薊くんの声は、いつもよりずっと柔らかく、優しく響いた。

息を吸ってみる。胸の奥までしっかりと空気が行き渡る感じがして、身体がふわふわと浮くように軽くなった。

何度か深く呼吸をしてから、聞いてるよ、と私は掠れた声で答えた。

『とうとう終わったな』

薊くんが力の抜けたような声で言った。

なんのことを言っているのか、すぐに分かる。私たちは——私たちだけが、あの終わりの見えない時間を共有していたから。

彼もまた同じように、この圧倒的な、途轍もない絶望感に全身を包まれながら、途方に暮れているのだろう。

私はなんとか声を絞り出し、「うん」と囁いた。

「終わったね……」

『終わらせたんだ』

薊くんが私の言葉尻を掬いとるように言う。

終わらせた、という響きに胸がひやりとした瞬間、彼は続けた。

『俺たちが、終わらせた』

俺たち。そう言ってくれるのか。

目の奥が痛くなり、じわりと視界が滲んだ。

『俺たちが決めて、俺たちが終わらせた』

薊くんも背負ってくれるのか。

この途方もない罪悪感と無力感を、一緒に背負ってくれるのか。

『鈴白も、自分で決めて、自分で終わらせた』

その言葉を聞いた瞬間、涙が溢れた。

「……う、あ……、ひ……っ」

情けない嗚咽が唇から洩れて、止められない。

『どうせ分からない』

泣きじゃくる私の耳に、薊くんが静かに語りかけてくる。

『その決断が正しかったか、間違ってたかなんて、永遠に分からない。誰にも分からない』

「……うん」

『これは正誤問題じゃないから、答えはない。ただ、変えられない事実があるだけだ』

「うん……そうだね」

それでも私は、この苦くて痛い後悔を、永遠に抱えて生きていくのだろう。

きっと、薊くんも。

# 6章 叫び

Even if my prayers go unanswered, I have something to tell you.

息を呑むほど綺麗に澄んだ青空が、果てしなく広がっている。

ところどころに浮かぶ小さな雲が、太陽の光に照らされて目映いほどの輝きを放っている。

なんて美しい日だろう。

こんな美しい日に、彼は、遥か遠くへ飛び立つ。

お別れの日が、とうとうやってきた。

道の途中、路肩に立てられた真っ白な案内看板に、『鈴白家葬儀式場』という文字を見つけた。その瞬間、足がすくんだ。

思わず背を向けて、浅い呼吸を繰り返す。

鈴白くんが死んだということを、今でもどこか信じられないでいる自分を、思い知らされる。

まだ心の整理がついていない。まだ心の準備ができていない。

鈴白くんの死に向き合う覚悟ができていない。

「おい」

呆然と空を見上げていたら、ふいに背後から声をかけられた。

驚きのあまり肩が震える。

振り向いた視線の先で、いつものように背筋をぴんと伸ばして立っている薊くんを見つけた。

「タオルは持ってるか」

「え……？」

今の状況と心境にあまりにもそぐわない単語に、私は眉をひそめた。

そんなふうには見えないけれど、今日もひどく暑いので実は彼も汗だくで、タオルを貸してほしいということだろうか、と推測する。

「ごめん……持ってない」

「じゃあ、買っておいたほうがいいんじゃないか」

薊くんが数十メートル先にあるコンビニを指差した。

なんで私に買わせようとするんだろうかと不思議に思っていると、

「どうせ号泣するんだろう。電話のときみたいに」

からかうふうでもなく、ただ真面目に意見するように、彼は言った。

私は小さく笑って答える。

「……もう泣かないよ」

あのとき、一生分、泣いたから。

だから今日は、静かに、しっかりと、彼の旅立ちを見届けるのだ。

私にできることは、もう、それだけだ。

葬儀会館のいちばん奥にひっそりとある小さな部屋。

整然と並べられたパイプ椅子。その向こうに、たくさんの花々と、遺影。

白い花と黒い縁の中で、鈴白くんは、いつもと変わらない穏やかで優しい微笑みを浮かべている。

そして、その下には、白木の棺が置かれていた。

あの中に、鈴白くんが眠っているのか。

やっぱり、悪い冗談みたい、と思ってしまう。たちの悪いどっきりでも仕掛けられているんじゃないかと空想してしまう。

信じられない。でも現実だ。

参列者は喪服の大人ばかりだった。制服を着ている学生は、三葉ちゃんを除けば、私と薊くんだけだ。場違いな感じがして肩身が狭いなと思ったけれど、薊くんは躊躇う様子もなく中に足を踏み入れた。

『葬儀は近親者だけで執り行う予定だから、生徒は参列を控えるように』

学校からはそう説明を受けて、ちゃんとお別れをすることもできないんだなと思っていたけれど、担任の喜久田先生を経由して鈴白くんのお父さんから、私たちふたりには来てほしいと連絡をもらった。

理由は私には分からないけれど、鈴白くんの家までお邪魔したことと関係があるのかもしれないと思う。

薊くんと並んで、いちばん後ろの列に腰かけた。

最前列には、入室してくる参列者ひとりずつに頭を下げている鈴白くんのお父さんとお母さんがいた。三葉ちゃんは両親の横で、頑なに俯いて立ち尽くしている。

背後に飾られた鈴白くんの笑顔とは対照的に、三人とも青ざめて、疲れきったような、やつれた顔をしていた。

「このたびは御愁傷様です……」

真っ黒なスーツの男性ふたりが近づいて挨拶をしたとき、鈴白くんのお父さんとお母さんは、はっとした顔をして、これ以上ないくらいに深く腰を折った。

「申し訳ございません……」

双方の硬い口調や態度から、親戚や知人という感じではなさそうだと思う。

「警察か、いや、鉄道会社の社員か」

薊くんが隣で低く呟いた。

いつかネットニュースのコメント欄で見た、『損害賠償請求』という言葉がふっと頭に浮かんできて、私は思わず唇を噛む。

「すみませんでした……すみませんでした……」

鈴白くんの両親が、何度も何度も頭を下げ、苦しげな声で謝っている。

「たくさんの方々にご迷惑をおかけして、なんとお詫び申し上げたらいいか……。本当に申し訳ございませんでした」

大切な我が子を突然失って、あんなふうに他人に謝らなくてはいけないなんて。

仕方ないことなのだろう。たしかに謝罪はすべきなのだろう。鈴白くんの死によって鉄道会社にも乗客にも大きな損害が出て、大変な思いをさせたのだから。

それでもやっぱり、なんて残酷なんだろうと思わずにはいられなかった。

彼らの様子を見ているのがつらくて、私は両手で顔を覆って俯く。

すると、周囲の参列者がひそひそと話す声が聞こえてきた。

「自殺ですって……電車に飛び込んで……」

「可哀想にねえ……まだ若いのに……」

「人生これからなのに……なんで自殺なんか……」

「ご両親の気持ちを思うと……」

「親より先に死ぬなんて、最大の親不孝よ……」

やめて。鈴白くんのことも、鈴白くんの家族のことも、なんにも知らないくせに、勝手なこと言わないで。鈴白くんが家族をないがしろにしたみたいに言わないで。

彼はきっと、私が一生かけてもできないくらいの親孝行を、これまでの十七年間でしてきたはず。めいっぱい家族を愛して、めいっぱい家族から愛されてきたはず。

ただ、死を選んでしまった瞬間だけ、きっとあの一瞬だけ、家族への愛情よりも、生きることへの絶望が勝ってしまったのだ。それは彼が悪いわけでも、彼の家族が悪いわけでもない。誰にだって起こりうることだ。それなのに。

どこにでも、無責任な噂話は溢れているものだ。分かっているけれど、やるせない。腹が立つ。

顔に当てた両手に、無意識のうちに力が籠もり、しばらく切り忘れていた爪が額に、頬に、突き刺さる。

「誰かに相談できなかったのか……」

「家族はなにも知らなかったのか……」

「誰か気づいて、支えになってあげられてたら……」

「やっぱり親が気づいてあげないと……」

「子どもの話を聞いてあげて、寄り添ってあげないと……」

「——黙れ」

低い声が、彼らの話を遮った。

薊くんの声だった。

「黙れ、黙れ、黙れ」

彼は無表情のまま、まっすぐに前を向いたまま繰り返す。

でも、その膝の上に置かれた手は、きつく拳を握っていた。弾けそうな感情を押し殺すように、微かに震えていた。

「ここは死者を悼む場だ。余計な言葉は必要ない」

薊くんの静かな気迫に圧されたのか、周囲の噂話は止んだ。

彼らの言葉は、悪意によるものではないだろう。彼らなりに鈴白くんの死を嘆き、悲しみ、憐れんでいるのは分かる。

でも、その善意から発した言葉が鈴白くんの家族に届いたらどうなるか、彼らがどんな気持ちになるか、どれだけ打ちのめされるか、きっと誰も考えていない、気づいていない。

私だって以前は、誰か、たとえば有名人などの自殺のニュースを聞いたとき、同じことを思っていた。親身になってくれる人や相談できる相手がいなくて孤独だったんだろうなと、ぼんやり思っていた。

誰もがみんな、他人に悩みを相談したいわけではないのに。

どんな悩みも秘密も、死ぬまで隠し通したい人もいるのに。

そんな当たり前のことさえ分かっていなかった。

愚かなことに、鈴白くんの死を経験して初めて、気づいた。

葬儀は静かに始まり、粛々と進んだ。

棺の窓はずっと閉じられたままだった。

その理由を想像すると苦しくて、焼香を終えた私は、かたわらの棺から目を背ける。

花入れの儀も省略され、参列者は最後まで棺の中を見ることはなかった。

出棺の直前、彼の家族だけが立ち上がり、棺を囲んだ。蓋が開けられる。

鈴白くんのお父さんが「蓮」と小さく呼び、彼の顔のあたりにかけられた薄いベールを外すのが見えた。

「お疲れ様、蓮。頑張ったな、偉かったな……」

そう声をかけながら何度も頭を撫で、そっと別れ花を捧げる。

三葉ちゃんはぼろぼろと涙を流しながら鈴白くんに抱きつく。

「お兄ちゃん。お兄ちゃん……」

彼女の肩を抱いたお母さんは、微笑みを浮かべながらじっと鈴白くんを見つめ、花を添えながら「蓮」と呼びかける。

「私の子どもになってくれて、ありがとうね」

私が今まで生きてきて聞いたこともないくらい、優しくて、そして悲痛な声だった。

「蓮、蓮、蓮……また会おうね、会いにいくからね……」

頰ずりをするように顔を寄せて、

「……ごめんね、ごめんね、蓮――」

そう囁いた瞬間、こらえきれなくなったように泣き崩れた。

うああ、と叫びのような泣き声が、三葉ちゃんの口から飛び出す。

お父さんも泣きながら、お母さんと三葉ちゃんを抱きしめた。

きつく抱き合って泣き叫ぶ彼らの姿を、祭壇の上から、鈴白くんが穏やかな微笑みで見守っている。

鈴白くん。そんなところでなにしてるの。思わず心の中で語りかけた。大切な家族が、あなたを心から愛している人たちが、悲しんで泣いてるよ。

こんなに悲しんでくれる家族がいるのに、どうして鈴白くんは死んでしまったのだろう。人は、こんなに愛されていても、自ら死んでしまうのか。

そう考えてしまった直後、ああ違う、と思い直した。

そうじゃない、そんなふうに思うべきじゃない。

どれほど大切に思ってくれる人がいても、深く愛してくれる人がいても、人は自殺してしまうのだと、私たちは知っておかなくてはいけない。

お互いの思いや、愛情や、信頼が足りなかったのではない。

溢れるほどの愛を与えられていても、家族を心から愛していても、信頼に足る存在が周りにいても、人は死を選んでしまうことがあるのだ。

悲しい、寂しいことだけれど。

あえて涙を誘うかのように音量の大きくなったオルゴール音楽が鼓膜に、充満した線香の煙の香りが鼻腔（びこう）に、深く染みついているような気がした。

私はきっとこの曲と香りを一生忘れられないだろう。


出棺のときが来た。

鈴白くんの眠る棺が、親戚の男性数人の手で会館の外まで運ばれ、玄関前に停めてある霊柩車に乗せられた。

彼のお父さんが位牌を、お母さんが遺影を胸に抱えて、見送りの参列者たちに向かい合う。その隣に三葉ちゃんが俯きがちに並んだ。

会館を取り囲む並木から、じわじわと蟬の声が降ってくる。

「皆様、本日はお忙しい中、息子の蓮のために足を運んでくださり、誠にありがとうございます。ここに、皆様より生前たまわりましたご厚誼に厚くお礼申し上げます」

喪主のお父さんが、鈴白くんの位牌を抱きしめながら深々と頭を下げた。お母さんと三葉ちゃんも同じように頭を下げる。

鈴白くんが死んでからの数日で、彼らは何人に、何回頭を下げたのだろう。

「……蓮は、本当に優しい子で……わたくしどもにはもったいないような、すばらしい息子で……。自分たちなりに、精一杯の愛情をこめて、大切に、大切に育ててきたつもりですが、もっと……してやれたことが、たくさんあったのだと思います……。力になってやれなくて、親として不甲斐ないです」

お父さんがかすれた声で呟いた。

お母さんはぎゅっと握りしめたハンカチを顔に押し当て、苦しげな嗚咽を洩らしている。

深く俯いて佇む三葉ちゃんの手は、セーラー服のスカートをきつく握りしめていた。

「……今はただ、息子への感謝と愛情をこめて、静かに見送ってやりたいと思います。皆様、本日はありがとうございました」

お父さんの挨拶が終わると、蟬の声がやけに大きく響いた。

霊柩車が出発する。

「――馬鹿が」

私の隣に立ってまっすぐに前を向いていた薊くんが、吐き捨てるように言った。

彼は睨むようなきつい眼差しで、鈴白くんを乗せてゆっくりと遠ざかる車を、じっと見つめている。

「なに死んでんだよ……」

そう溢した声は歪み、滲み、震えていた。

澄みきった青空の下で静かに涙を流す薊くんを見ながら、やっぱりタオル買っとけばよかったな、と場違いなことを思う。

私の涙はもう涸れ果てていた。


「突然すみません、薊さんと露草さんですか」

近親者を乗せて火葬場に向かうバスを見送り、でもすぐには帰る気になれなくてぼんやりしていたとき、葬儀社の人から声をかけられた。

怪訝に思いながらも私は「はい」と頷く。いつの間にか泣き止んでいた薊くんも「そうです」と答えた。

「ご遺族の方より、こちらをお預かりしております」

そう言って手渡されたメモには、丁寧な文字で、

『見せたいものがあるので、もし時間があったら待っててください。三葉』

と書かれていた。

私は薊くんを見上げた。彼が小さく頷き、私も頷く。

たとえなにか用事があったとしても、帰ることなどできなかっただろう。これ以上に大事な用事なんてない。

葬儀会館のエントランスホールで待たせてもらえることになったので、私たちは片隅のベンチに並んで腰かけ、三葉ちゃんたちが戻ってくるのを待った。

その間、ほとんど会話することもなく、どちらも黙って座っていた。彼がなにを考えているのか分かるような、分からないような気がしたし、自分がなにを考えていたのかすらよく分からない。

ただただぼんやりとしているうちに時間が過ぎ、窓の外の日が傾き始めたころ、バスが戻ってきた。

三葉ちゃんは、その細い両腕に、真っ白な箱を抱えていた。

鈴白くんの遺骨がおさめられた骨壺が入っているのだとすぐに分かって、言葉にならない気持ちが込み上げてくる。

「……お兄ちゃん、こんなにちっちゃくなっちゃいました」

入り口で出迎えた私と薊くんの姿を見つけた彼女は、泣き腫らした真っ赤な目をして、困っ

たように笑った。

「ちっちゃいとき、私が泣いてると、お兄ちゃんはいつも『大丈夫だよ』って慰めてくれて、私が泣き止むまで、ぎゅってしてくれたんです」

三葉ちゃんはそう言って、今はもう彼女よりもずっとずっと小さくなってしまった鈴白くんを、ぎゅうっと抱きしめた。

私はなにも言えなかった。薊くんも無言だった。

お骨を両親に預けたあと、彼女は再び私たちのところに戻ってきた。

ホール内に置かれていたテーブルセットのソファに、三人向かい合って座る。

「これ、お兄ちゃんのです」

「え……」

三葉ちゃんがテーブルの上に置いたものを見て、私と薊くんは顔を見合わせた。

「お兄ちゃんの部屋で、見つけました」

それは、紺色のカバーがかけられたノートのようなものだった。

遺書、という単語がふっと頭に浮かんだ瞬間、背筋に氷をひたりと当てられたような気がした。全身の肌が粟立つ。

でも、続く彼女の言葉は、私の予想とは違っていた。

「お兄ちゃんが使ってた手帳です。中、見てみたら、遺書とかじゃないけど、走り書きみたいなメモとか、単語とか……そのときの気持ちを書いたのかなっていう言葉みたいな、そういうのが、ところどころに書いてあって……」

彼女は手帳を指先ですっと撫でてから、私たちのほうに近づける。

「……見ますか？」

「ううん、見ない」

「いや、いい」

私と薊くんは、同時に首を横に振って答えた。

三葉ちゃんがわざわざ私たちを呼んでまで見せるということは、もしかしたらこの手帳の中に、鈴白くんが死を選んだ理由につながるようなことが、書かれているのかもしれない。

気にならないと言えば、嘘になる。彼がどうして自殺してしまったのか分からない、気になる、知りたい。その思いはずっと胸の中にある。

でも、彼はもう死んでしまった。

彼の命を救うために真相を知ろうとしていたのとは、今はもう状況が違う。私は過去を変えることを諦め、砂時計の魔法は解けた。もう彼を助けることはできない。

それなのに今さら、他人の私が彼の内側を知ろうとすることは、ただの浅ましい好奇心にすぎない。

知らなくてもいいことは、知るべきではない。人を傷つけてまで知るべきではない。

知りたい気持ちを、抑えなくてはいけない。

だから、私は絶対に見ない。きっと薊くんも同じ気持ちで、同じ考えだろうと思う。

「そうですか……」

三葉ちゃんが呟いて、ふっと目を細めた。鈴白くんによく似た笑い方だった。

「……きっとそういう反応するかなって思ってました。あなたたちは、好き勝手な噂話をしたり、好奇心で理由を探ろうとしたりする人たちとは違うような気がして……」

「……あ、」

うまく答えられなかった。だって私は、鈴白くんのことを探り続けてきたのだから。

たとえ命を助けるという目的のためとはいえ、彼にとってはきっと触れられたくない部分に、なんとか触れようと必死に手を伸ばしてきた。

「露草さんも、薊さんも、本当にお兄ちゃんのこと、心配してくれてたと思うから……だから、ちょっとだけ……私の、話を、聞いてもらってもいいですか……」

言いながら、三葉ちゃんはぽろぽろと泣き出した。小さな胸には抱えきれない思いが、大粒の涙になって彼女の目から溢れ出したのだろうと思う。

「お兄ちゃん、たまに、テレビ見てるときとか、新聞とか本とか読んでるときとか、急になにも言わずにいなくなることがあったんです。トイレとか、洗面所とか、自分の部屋にふっと入っていって、しばらくしたら戻ってくるんで、特に気にもしてなかったんですけど……」

三葉ちゃんが一瞬言葉を止め、息を吸った。

「あるとき、たまたま聞こえちゃったんです。部屋の中から、嗚咽みたいな……リビングに戻ってきたときに顔を見てみたら、目の周りが赤くなってました。それでやっと分かったんです。きっといつも家族に見られないようにこっそり泣いてたんだなって。……私、そのときは、テレビ見て泣くなんて感受性豊かだなあとか、隠れて泣いてるの想像したらちょっと可愛いな、くらいにしか思ってなくて」

視界の端で、薊くんが膝の上に置いた手を軽く握る。

「……でも、あとになって思ったんです。お兄ちゃん、優しすぎるんだなって。飲酒運転のトラックにひかれて死んじゃった人とか、虐待されて死んじゃった子とか、無差別テロとか戦争で殺されちゃった人たちとか、そういう記事とかニュース、たしかに可哀想だけど、普通そんな、家族でも友達でも知り合いでもない他人のことなんて、そのときは心を痛めてもすぐに忘れて、あとは日常に戻るじゃないですか、普通は。そのときだけ可哀想だなって思うけど、それは自分のリアルには影響を及ぼさないっていうか……」

私は「うん、分かるよ」と頷いた。

世の中には、あまりにも悲惨な、やるせないニュースが溢れている。特に自分と年齢や境遇が近かったりすると、その人に思いを馳せるだけで加害者に憎しみを感じたり、悲しみに共鳴して胸を抉られたりすることもある。

でも、それはあくまでも他人事だ。どこか遠くの知らない誰かのために、いちいち、いつまでも心を痛めてはいられない。それでは生きていけない。そういう生き方では、きっと身体が死ぬ前に心が死んでしまう。

だから私たちは、共感した悲しみや絶望に自分の心を覆われてしまわないように、どこかで線引きをして、他人事だからと割り切って、折り合いをつけるしかない。自分が心穏やかに生きるためには、自分の人生に関わらない誰かの身に降りかかった悲しみは、忘れるしかない。そうやってみんな生きている。

「でも、お兄ちゃんは違う。見ず知らずの人のことでも、自分のことみたいに傷ついて、悲しんじゃうんです。ああ、本当にこの人は優しいんだなって、あんまり優しすぎて、人の気持ちに寄り添いすぎて、こんなに優しい人、こんな世の中で生きていけるのかなあって、いつだったか、ふと思ったことがありました。でも私、そんなのすっかり忘れて……」

三葉ちゃんの声が震える。

「……お兄ちゃんって、いつも勉強とか部活とか生徒会とか、家のことまで、私から見たらありえないくらい頑張ってて、ずっと息抜きもしてないくらいに見えて、お兄ちゃんなんでそんなに頑張るのって訊いたら、『僕は恵まれてるから』って答えたんです。『いろんな人からいろんな物をもらって生きてきた、それなのに手を抜いたり甘えたりしたら、与えてくれた人や物に対して申し訳が立たないから』って」

ふうっと三葉ちゃんが息を吐き、また口を開く。

「そうやって、常に完璧でいなきゃって思いながら生きてて、ずっと全力で走り続けてたみたいなものだから、苦しくなってきちゃったのかなって……私の想像ですけど」

「うん……」

三葉ちゃんの言葉に私は頷く。なんとなく分かるような気がした。

鈴白くんはとても優秀な人で、凡人には不可能なことも軽々とやってのけているように見えていたけれど、彼だって生身の人間なのだ。頭にも心にも身体にも、限界はあったはずだ。

でも彼は、それを決して誰にも見せなかった。誰にも見せず、家族にすら見せず、なにもかも全てを完璧に、理想通りにこなそうとしていた。そうしないといけないと思い込んでいたのだろう。

もしも自分が鈴白くんのような真面目でストイックな人だったら、どうだろうと想像してみる。

どんな人でも、永遠に全速力で走り続けることはできない。どこかで限界がきてしまう。息もきれぎれになって前を見たとき、終わりの見えない道がずっと続いていたら？　あまりに長い道のりに気が遠くなり、生きるのに疲れた、と思ってしまう気がした。

「三葉ちゃんがそう思うなら、きっとそうなんじゃないかな。きっといちばん近くで鈴白くんのことを見てたのは三葉ちゃんだから」

私がそう言うと、彼女は首を横に振った。

「近くなんかないです……薄い壁一枚へだてた隣の部屋で、お兄ちゃんは死ぬほど苦しんでたのに、私はなんにも気づかなかった。ずっと一緒にいたのに、毎日顔を合わせてたのに、家族なのに、兄妹なのに、なにも気づいてあげられなくて。お兄ちゃんに頼って、甘えてばっかで……お兄ちゃんがなにかに悩んだり苦しんだりするなんて想像もしてなかった。なんて馬鹿なんだろう、私」

「馬鹿なんて言わないで」

私は思わず声を上げて制した。

「三葉ちゃんは馬鹿なんかじゃないよ。みんな同じだもん」

彼女だけじゃない。私も、他の人たちも同じだ。表面に見えている部分だけを見て満足して、心の奥底に抱えたものは、なにも見えていない。

「……でも、やっぱり、思っちゃうんです。私がもっと賢かったら、私がもっと優しかったら、ちゃんとお兄ちゃんに向き合ってたら、ひとりの人間としてお兄ちゃんを見てたら、お兄ちゃんの苦しみに気づけてたかな。そしたらきっとお兄ちゃんは死んだりしなかったのに……」

「それはないな」

突然口を挟んだ薊くんの冷たい言葉に、私はぎょっとして彼を見た。

「君が気づけなかったのは、あいつが気づかれないように必死に隠していたからだろう。君に見せたくない部分を」

三葉ちゃんが泣きながら薊くんを見つめる。

無表情に見つめ返す彼の目は、いつものように静かに澄んでいて、でも冷たさとは反対の色をしていた。

「たとえ君がなにか気づいて声をかけていたとしても、あいつはおそらく君に苦悩を打ち明けたりはしなかったんじゃないか。君だけじゃなく、親にも、誰にも」

私は三葉ちゃんを見つめながら黙って頷いた。

私と薊くんが何度も時を繰り返して、鈴白くんを助けようとしても、彼は最後まで決して心の内側に触れさせてくれなかった。そしてそれは家族に対しても同じだったのだろうと、今は思う。

「自分のいちばん脆いところ、弱いところは絶対に見られたくない、弱音は吐きたくない、そういう人間もいる。そういうやつがひとりで悩んでひとりで決めて、自ら全てを終わらせることを選んだとして、周りの人間に責任があるなんて理屈はない。なにも気づかなかったと気に病む必要も全くない」

薊くんは、再びぽろぽろと涙を流しはじめた彼女をじっと見据えて、淡々と言葉を紡ぐ。淡々としているけれど、優しさが滲んでいると思った。

「たとえば過去に戻ってやり直すことができたとしても、誰にもどうにもできないってことが、あるんだよ」

そうだ。悲しいけれど、悔しいけれど、彼の言うとおりだ。

たとえ時間を巻き戻すことができても、どんなに未来を変えようと頑張っても、どうにもならない現実を私たちは、目の当たりにした。

「……別にいいのに」

三葉ちゃんが涙を拭いながら、ぽつりと溢す。

「脆くたって、弱くたって、全然いいのに。お兄ちゃんの大切さは、そんなことじゃ全く変わらないのに。走り続けろなんて誰も言ってないし、疲れたら弱音吐いて止まったっていいのに。お兄ちゃんはお兄ちゃんでいるだけで価値があるのに……」

「周りが思ってる価値と、本人が感じる価値は、違うんだろう」

薊くんもひとり言のように小さく答えた。

唇を噛みしめて泣く三葉ちゃんに、どうしても言葉をかけたくて、私は口を開いた。

「鈴白くんは、あなたたち家族のことが本当に大好きで大切で、鈴白くんにとって本当に大事な居場所で、でも、だからこそ、悩んでることや苦しいことを、家族には言いたくなかったんじゃないかな……」

彼が家族のことを話していたときの表情や声色は、まぎれもなく愛情に満ちていた。心から大切に思っているのが伝わってきた。

でも、だからこそ、難しいこともある。

「家族だからこそ言えることもあるけど、家族だからこそ言えないこともあると、私は思う」

もしも鈴白くんが、自分の家を、世界でいちばん安らげる場所だと思っていたとしたら、汚したくない聖域のように大切に思っていたとしたら、彼はそこに暗い影を絶対に持ち込みたくなかったのかもしれない。

私にはなんとなく分かる。私も家族と暮らすあの家を、できるだけ穏やかで明るい場所に保ちたいと思うから。

暗い話をひとつでもしてしまえば、家中が暗くなってしまうような気がして、それくらいならひとりで抱え込んで我慢したほうが、家にいるときは安らげると思うのだ。

そうやって日々をやり過ごして、いつかふと耐えきれなくなって倒れ込んでしまう瞬間が来るか、なんとか生き延びて苦悩の期間を抜け出せるかは、賭けのようなものだ。自分自身にも、どちらに転ぶかは分からない。

そして、鈴白くんは、最後の最後まで、大切な場所を汚さないように守ったまま、力尽きて倒れてしまったのかもしれない。

「……そんなに大事なら、どうしてなにも言わずに死んじゃったんだよ！」

突然感情が爆発したように、三葉ちゃんが叫んだ。

私は驚きに息を呑み、身を震わせる。

慰めたい一心だったけれど、彼女の心を逆撫でする言葉を吐いてしまったのかもしれない、と不安になった。

「お兄ちゃんの馬鹿！　馬鹿、馬鹿、大馬鹿……。勝手に死んじゃって、ひとりで死んじゃって……！　なんで……なにも……。残された家族がどう思うか、分かるでしょ……」

薊くんが細く息を吐いて呟く。

「そういうの、なんにも考えられなくなるんだろう。死にたいときは」

「――三葉！」

彼女の泣き叫ぶ声が聞こえたのか、お母さんが慌てたように駆けてきた。

おかあさあん、と三葉ちゃんがわんわん泣きながら抱きつき、お母さんがしっかりと抱きとめた。なにも言わずにただただ抱きしめ、薄い背中をさすっている。

しばらくして三葉ちゃんの泣き声が小さな嗚咽になったころ、お母さんが私と薊くんに目を向けて微笑んだ。

「今日は来てくれてありがとう」

「いえ……こちらこそ、呼んでくださってありがとうございました」

近くで見ると彼女はやつれ、疲れきったような顔をしていて、でも私たちを気遣って笑みを浮かべてくれているのが分かった。

「あの……、」

伝えたい気持ちと、口に出してもいいと思える言葉が、なかなか重なり合わなくて、私は口を閉ざした。

あまり気を落とさないで。よく聞く表現だけれど、気を落とさないなんて無理に決まっている。

どうか今日はゆっくり休んで。休めるわけがない。お葬式が終わって、やっと少しゆっくり考える時間ができたら、きっとこれまで以上の悲しみと悔しさに襲われるだろう。

「……ごめんなさい」

自分でもなにに対する謝罪なのか分からないけれど、それしか言えなかった。

鈴白くんを助けられなかった、という無力感と虚無感が、私たちの間にいつまでも漂っている気がした。

「……三、四年前だったかしら、昔からの親友が話してくれたの」

ふいにお母さんが口を開いた。伏し目がちな瞳は虚空を見つめている。

「中学生の息子さんがね、部活内でいじめられてる、つらい、辞めたいけど辞められない、どうすればいいって泣きながら打ち明けてきたって……」

ぽつりぽつりと溢れ落ちる言葉。

「あの日から何度も何度も、そういう話を思い出してね、どうしても考えちゃうの。子どもから悩みを相談してもらえる親と、蓮になにひとつ話してもらえなかった私たちは、なにが違うんだろうって……。なにが間違ってたんだろう、どうしたら話してもらえたんだろう、どうして失敗しちゃったんだろう……。今さら遅いんだけど、どうしても考えちゃうの……」

私はくっと唇を嚙んで、「違いは」と口を開いた。

「その違いは親の育て方にあるんじゃなくて、子どもの性格のほうにあるんだと思います」

彼女は潤んだ目を上げて私を見た。

「どんなに大切にされていて愛されていて、信頼関係を築けていても、話せないことってあります。私は、そうです。親と普通に仲はいいけど、なんでもは話せません。悩んでることほど、重いことほど話せません。心配かけたくないとか、弱いところを見せたくないとか、そういう強がりな私の性格の問題です。親のせいじゃありません。こういう性格じゃなければ親に相談したと思います。だから……」

続く言葉は呑み込む。

〈だから、失敗だなんて言わないで。きっと鈴白くんは、あなたが自分を責める姿を見て、とてもとても悲しんでると思います〉

そんな言葉が思い浮かんだけれど、やめた。身近な人を自死という形で失って、自分を責めてしまうのは仕方のないことだし、それを『亡くなった人が天国で悲しむから』考えを改めろと言うのは、あまりにも暴力的だと思った。

今はただ、静かに悼み、悲しみを共有できる者同士で寄り添い合うことしかできない。

それはきっと、誰がどんな慰めの言葉をかけても、どんなに時間が経っても、一生癒えることのない傷だから。

口をつぐんだ私に、鈴白くんのお母さんは、今にも消えそうな微笑みを浮かべて「ありがとう」と小さく囁いた。

葬儀会館を出ると、夕方とは思えない熱気と湿気に包まれた。

ふと目をやった西の空は、鮮やかなオレンジ色に焼けている。眩しくて、思わず目を細める。唐突に、生きているなと思った。

私は生きている。だから暑いし、眩しいし、涙が出る。

一歩間違えば、今こうして生きていることはなかった。彼がいなければ、もしかしたら。

「鈴白くんが助けてくれた命だから……」

私は誰にともなく呟く。隣で夕暮れの空を眺めていた薊くんが、ちらりとこちらを見るのが分かった。

「私は、鈴白くんに生かされたんだから、これからちゃんと、鈴白くんみたいに、みんなの役に立つような人間にならなきゃいけないよね。鈴白くんが私を助けてくれたことが無駄にならないように……」

そうじゃないと、彼の生き様すべてが無駄になってしまうような気がした。

でも、薊くんが、ふんと鼻で笑い、「安心しろ」とおかしそうな声で言う。

「たとえお前がなんの役にも立たないクズ人間だとしても、全人類に迷惑ばかりかける社会のゴミだとしても」

「え……」

あまりの言い草に、私は絶句する。薊くんはかまわず淡々と続けた。

「たとえばこれから先お前が、助ける価値など一ミリもないような、むしろ助けないほうがよかったような人間に成り果てたとしても、それで鈴白のしたことが無駄だったってことにはならない。鈴白の振る舞いと相手の人間性は無関係だ。鈴白はただ自分の信念に基づいて行動しただけで、その行為の意義はそこだけにある」

やっと、これは彼なりの気遣いであって、私を蔑む目的で吐いている言葉ではないらしいと理解する。たぶん、慰めとか励ましとか、そういう類いのものなのだ。あまりの不器用さに、少し笑った。

「だから」と薊くんが私を見る。

「露草は露草の生き方をすればいい。誰かに救われたから、誰かの役に立たないといけないなんて、これっぽっちも考えなくていい」

「……そうだね。ありがと」

私は小さく笑って頷き、夕空を見上げた。

雲も、木々も、町並みも、全てが夕焼け色に染まっている。なんて美しい日だろう。

永遠の別れを迎えるにはあまりにも綺麗すぎて切ないけれど、鈴白くんの旅立ちがこの美しい日でよかったと思った。

「起立、礼。お願いしまーす」

日常が戻ってきた。

鈴白くんの席が空席になり、号令が彼の声ではなくなったことを除けば、以前となにも変わらない日常だ。

それでもさすがに彼が死んで数日は、その死の理由についての憶測が学校中を飛び交っていた。

「あの自殺した人いるじゃん、中学のときいじめられてたらしいよ」

「東大目指してたけど成績が伸びなくて悩んでたって聞いた」

「自殺の人、家がめちゃくちゃ厳しくて、毒親だったって」

「彼女に二股かけられてたみたい」

そんな会話があちこちから聞こえてきた。

いったい誰が言い出したのか分からないけれど、どれもひどく的外れな、根も葉もない噂話ばかりで、あまりの無責任さに驚くほどだった。

帰りの電車で隣に立っていた一年生の男女の集団が、こんな話をしているのを耳にしたこともある。

「二年の自殺した人の裏アカって噂されてるやつ見た？」

「見た見た！　あれはマジでやべーよな。闇深すぎじゃね？」

「でも、本人だって証拠ないんでしょ？　めっちゃいい人だったらしいし、嘘っぽくない？」

「あーあ、これだから女子は。イケメンには甘いよな」

彼の死が、こんなふうに一瞬で消費される世間話の、じゃれ合いのような冗談のねたになっている事実を見せつけられて、なんとも言えない気持ちになった。

でも、一週間も経たないうちにみんな鈴白くんの話には飽きたようで、話題はもうすぐ始まる夏休みの遊びの予定一色になった。

夏祭り、花火大会、海水浴、遊園地、プール、バーベキュー、音楽フェス。学校中を飛び交う楽しげな単語たちからは、もう彼の気配すら感じられない。

このまま鈴白くんは忘れ去られていくのだろう。

彼がいないことが当たり前になり、『そういえばそんなこともあったね』などと言われるようになるのだろう。

それを言いようもなく儚く虚しく感じる私自身も、毎日これまでと変わらずご飯を食べ、学校に行き、家に帰って眠る日々を送っているし、一日に何度も鈴白くんのことを思い出すとはいえ、今は終業式の日に行われる校内弁論大会のことで頭がいっぱいだった。

ただ締め切りに間に合うように、規定の文字数を超えるようにだけ気をつけて、適当に思いついた言葉を並べただけの原稿を現国の田代先生に提出すると、もともと期待値が低かったのか内容については特に触れられず、誤字脱字の指摘だけですぐにＯＫをもらった。あとは自分の書いた文章をできるかぎり暗記して、当日なるべく原稿を見ないで話せるように備えなさいと言われた。

どうしようもない空虚な穴を心の中に抱えていても、人は普通に生きていけるし、やらなければいけないことに追われているうちに、日々は飛ぶように過ぎ去っていく。

「ねえねえ、夏休み始まったらさ、みんなで映画観に行こうよ！」

午前授業の放課後、三人集まって自販機のジュースを飲みながらおしゃべりをしていると、美結がにこにこしながらそう言った。

「おー、いいねー」

「行こ行こ」

私と律子が同時に答えると、彼女は「やった」と笑った。

「美結、なんか観たいのあるの？」

私の問いに、美結が困ったような顔になる。

「それがさー、たくさんあって、悩んでて」

「あー、分かる。夏休みって面白そうなの一気に公開されるよね」

「だよねー。金欠だからいっこしか観れないし、毎回めっちゃ悩む」

「じゃあ、それぞれ気になってるやつあげてって、三人一致したやつ観に行く？」

「いいね、そうしよ！」

私たちはそれぞれにスマホを見ながら、話し合いをする。そこにももちろん死の影など感じられない。

私たちの間でも、示し合わせたわけではないけれどなんとなく、鈴白くんのことはタブーという空気があって、誰も名前を口にしないし、話題にも出さない。まるで初めから彼なんていなかったかのように。

「あ、私もその映画気になってて――」

そう言いながらジュースのパックを持ち上げたとき、力が入ってしまってストローの先から少しジュースが飛び出してしまった。

「あ、やば、手についちゃった。べたべたする……ちょっと洗ってくるね」

「いってらっしゃーい」

美結と律子に見送られながら席を離れる。ドアを開ける前に少し振り向くと、ふたりはなにか話しながら楽しそうに笑い合っていた。

以前は、こういう場面でいちいち不安を感じていた。彼女たちが私のいないときにどんな会話をしているのか、私についてなにか言っているんじゃないか、私を外して遊ぶ予定を立てているんじゃないか。そんな疑心暗鬼で、いても立ってもいられないような気持ちに襲われていた。

でも、今はなぜか、以前ほどは気にならない。ふたりがわざと私を仲間外れにするような人たちではないとちゃんと分かっているし、たとえもし本当に仲間外れの予定を立てられていても、それはそれで仕方がないし、そんなものは些細なことだと思える。

どうしてだか、考え方や世界の見え方が少し変わった気がした。

冷房のきいた教室を出ると、ぶわっと熱い空気に包まれた。廊下に湿気と熱気が溜まっているようだ。

早く手を洗って教室に戻ろう、と歩き出したときだった。

背後から「そこの君、ちょっとすみませーん」と声をかけられた。

全く聞き覚えのない声だったので、自分を呼んだのではないだろうと思いつつも、いちおう振り向いて確認してみる。

少し離れたところに立っていた人と目が合った。分厚い眼鏡に、重たげな髪をした男子生徒。やっぱり見慣れない顔だ。

「こんにちは！　はじめましてー」

「え、私？　……ですよね。こんにちは……」

戸惑いつつも答えると、彼はにこにこしながら近づいてきた。手にメモ帳とペンを持ち、ショルダーバッグを肩にかけている。

「どうもどうも。新聞部三年の滝口です」

「はあ、滝口さん……？」

名前を聞いても、やっぱり知らない人だ。なぜ話しかけられたのか分からなくて、反応に困る。

「校内新聞の社会部の記事を担当してます」

「はあ……」

「いや、実はですね、今、鈴白蓮くんについて取材をしてまして……」

予想外の単語が出てきたことに、私は息を呑む。

「君、露草なずなさん、だよね？　彼と同じクラスだったでしょ？　ちょっと意見、聞かせてくれないかなあ」

「え……」

滝口さんは笑っている。彼の名前を出したときも、にこにこ笑っていた。

私の勘違いでなければ、どこかうきうきしているような、いいネタが見つかったことを喜んでいるような様子で。

私の批判的な心中を察したのか、滝口さんは「いやいや」と言い訳をするようにバッグからなにかを取り出した。

「本当にね、好奇心とか野次馬とかじゃなくて。これを書き上げるために、どうしても、彼を知ってる人の生の声が必要なんだよ」

そう言って彼が見せてきたのは、ノートに手書きされた新聞記事の下書きのようなものだった。

『夏休み直前、線路に消えた若い命——人気者の優等生Sくんはなぜ死を選んだのか　闇に葬り去られた真相に迫る！』

そんな見出しが大々的に躍っている。驚きのあまり声も出なかった。

「これは俺にとって高校生活最後の大仕事になると確信してるんだ。なんとしても夏休みが始まるまでに完成させて、みんなに読んでもらいたい。それが俺の使命なんだよ」

「…………」

私は返す言葉もなく、興奮した様子で語る滝口さんを見つめ返す。たちの悪い冗談を言っているわけでも、ふざけているわけでもなく、本当に本心からそう思っているのだと伝わってきた。

私は再びノートに目を落とす。

『Sくん自殺の理由はいじめか、複雑な家庭環境か、学業の悩みか、はたまた痴情のもつれか。SNSの裏アカ⁉　聖人君子の裏の顔⁉　エリートの心の闇⁉　真相はいかに』

胸が膨らむような妙な錯覚に陥って、ああ吐き気だ、と気がついた。

腹が立っていた。でも、相手は先輩だし、多少デリカシーに欠けるだけでおそらく悪気はないと分かるし、なんとか気持ちを抑えて口を開く。

「……いや、でも、私、なにも知らないんで……お力にはなれないかと」

精一杯の作り笑いで答えると、滝口さんも笑って返してくる。

「いやいやいや、いいんだよそれで。ただ君の感想というか、クラスメイトとして彼をどう思ってたかを、自分の言葉で話してくれるだけでいいんだ」

「………………」

そんな取材になんの意味があるのだろう。この人はいったいなにがしたいのだろう。

胸のもやもやがさらに膨らむ。

「なんだったらひと言だけ、短い単語だけでもいいよ。俺が君の意図を汲み取って、いい感じに膨らましとくから。それが記者の仕事だからさ——」

「面白そうな話をしてるな」

滝口さんの言葉を遮るように、背後から声がした。

目を向けると、偉そうに腕組みをした薊くんが立っていた。

その仏頂面を見た途端に私は、肩の力が抜け、ほっと心がほどける感じがした。

「あれっ？　君、もしかして、薊くん？」

滝口さんが彼の顔を覗き込み、ぱっと顔を輝かせる。薊くんが、くっと眉を寄せた。

「そうですが、なにか？」

「うわあ、君か！　噂の薊くん！　いやあ、いいところに！　ちょうどよかった。鈴白くんについて聞かせてくれないかな？」

「……鈴白についてとは？」

低い声で彼が訊き返す。かなり不機嫌だと私にはすぐに分かったけれど、初対面の滝口さんは気づくわけもない。

「もちろん、彼が自殺した理由だよ。でね、俺としてはこの説を推してるんだけど……」

滝口さんは水を得た魚のように、メモのようなものを私たちに見せてきた。

『二年A組、鈴白蓮くん。非常に成績優秀な好人物だったと皆が口を揃える。おそらく良識的で教育熱心な親に育てられたのだろう。我が子を優秀な人材に育てたいというその情熱と期待が、行き過ぎることもあったかもしれない。たとえば試験で学年一位にならなければ意味がないとか。しかし彼がどんなに努力をしても、同じクラスのアザミくんに勝つことはできなかった……。親に失望されて絶望した？　はたまた自分の限界を知って自分に失望したのか……。アザミくんとは女子を巡っての三角関係も？　三人での勉強会の目撃情報あり』

なにこれ。なんだこれ。

あまりにも荒唐無稽で、あまりにも無神経で、あまりにも下劣な文字を目で追ううちに、顔が引きつるのを自覚した。

ぼんやりしていた吐き気が急速に形を成していくのを感じる。でもそれは、胃の内容物を吐きそうというよりも、口汚い罵倒の言葉を吐いてしまいそうな感覚だった。

「君的にはどう思う？　唯一のライバルが自分のせいで死んだかもしれないって――」

「ずいぶん楽しそうだなあ」

薊くんが鼻で笑った。

「ちんけな承認欲求を大いに満たせそうないいネタが転がり込んできてよかったじゃないか。さぞうきうきしてるんだろう」

そこでやっと滝口さんは彼の怒りに気づいたようで、焦ったように「いやいや、そんなつもりじゃ……」と引きつった笑みを浮かべた。

滝口さんのほうが年上ではあるけれど、身長は薊くんのほうが高く、さらに態度も大きいので、滝口さんは圧倒されているように見えた。

薊くんはかまわず彼のメモ帳を取り上げ、ぱらぱらとめくる。

「こんなのは新聞記事じゃない。ゴシップ誌の中でも最底辺のクソ記事だ、俺の視界に映す価値もない」

そう言って投げるようにメモ帳を突き返した。

絶句している滝口さんに、彼はさらに追い打ちをかけるように訊ねる。

「鈴白について話を聞きたいって？」

「……いや、まあ、そう……というか記事を書くためにね、インタビュー取材を、」

「鈴白は誰にも話さなかった」

薊くんの口調が、刃のように鋭くなる。

「死にたい願望も、死にたい理由も、決して話さなかった。あいつは自分の内側を知られたくなかったんだ。誰にも踏み込まれたくない、汚されたくない聖域が心の中にあった。だから誰にも知られないように隠して隠して隠し通して、秘密にしたまま死んだ」

「………」

「本人が必死に隠していたものを、なぜ暴く？　なぜ晒す？」

「いや、暴くなんて──」

「そんな権利がお前にあるのか？　お前はそんなに偉いのか？　お前は何様なんだ？　それとも死んだ人間相手ならなにをしてもいいのか？　死人のことなら暴こうが晒そうが自由なのか？」

言い訳のように口を挟もうとする滝口さんを無視して、薊くんは畳み掛ける。

「仮に、お前が鈴白の死についてあれこれ書いて、それが大勢に読まれて大きな反響があったとしても、だ。それは鈴白の存在がそれだけみんなにとって大きかったというだけで、お前自身の価値が向上するわけでもなんでもないぞ」

「ちょっと、薊くん」

私は思わず彼の袖をつかんで引いた。鈴白くんのことを詮索するのを止めることは大事だけれど、さすがに言い過ぎだと思ったのだ。

でも、彼が私なんかの制止で止まるはずがなかった。

「他人の命で自己顕示欲を満たそうとするな。浅ましい。自分の努力と能力で勝負しろ」

聞いているだけの私でも痛いくらい、厳しい言葉だった。

滝口さんがぐっと唇を噛み、それからまたへらりと笑って口を開く。

「……いやいや、でもね？　俺の考えも聞いてほしいんだ。自殺なんていう悲劇を二度と繰り返さないために、なんで鈴白くんが自殺したのかを明らかにするのは大事なことだと思わないか？　鈴白くんの死を無駄にしないために、真相を明らかにして報道する義務が我々には――」

「黙れ」

薊くんが鋭く言った。滝口さんが言葉を呑み込む。

「ふざけるな」

緊迫した不穏な空気を察したのか、廊下を行き交う周囲の生徒たちが、怪訝な顔で私たちを見ている。

「鈴白の死が無駄になるだって？　赤の他人があいつの死から勝手に学んだり学ばなかったり、よく生きるようになったりならなかったりで、あいつの死が意味のあるものになったり無意味なものになったりするとでも言うのか？　生きてる人間はそんなに偉いのか？　馬鹿言え。傲慢もいいところだ」

はっ、と吐き捨てるように薊くんは笑った。

「あいつの生も、あいつの死も、全部あいつ自身のものだ。その価値や意味が他人に左右されることなんてない。誰かの死に意味や価値を求めるのは傲慢だし、誰かの死に他者が自分のための意味を求めるなんて、エゴの極みで、言語道断だ」

私も、滝口さんも、なにも言えない。

「鈴白の死を、勝手に自分の存在意義に還元するな」

それだけ言うと、薊くんは私の腕をつかみ、強引に引きずり歩き出した。

向かった先は、非常階段だった。

いつもと同じように、それぞれ階段に腰かける。薊くんは中段、私はその二段下。やっと息をつける。

「……いい天気だ」

屋根の向こうに広がる澄んだ青空を見て、私は思わず呟いた。

鈴白くんの葬儀の日の空を思い出す。あの日もよく晴れていた。

薊くんもしばらく黙って空を仰いでいたけれど、ふいに「そういえば」と私に目を向けた。

「弁論大会、お前がクラス代表らしいな」

「ああ、うん、まあ」

「よく引き受けたな。猫かぶりのくせに」

「……薊くんには言われたくなかったな」

私が引き受けざるを得なくなった原因の一端は彼にあるわけで、思わず嫌みを返してしまった。彼が訝しげに眉をひそめる。

「あ？　どういうことだ」

「いえ、こっちの話です」

「よく分からんが……。まあ、一体どんな弁舌をふるうのか楽しみにしてるぞ」

「ええー……やめてよ、ハードル上げないで。私ほんとに人前でしゃべるの苦手なんだってば……」

唇をへの字に曲げてぼやいてから、でも、と続ける。

「まあ、うん、頑張るよ。乞うご期待」

普段の私の性格からは考えられない発言だと自覚していた。案の定、彼も驚いたように軽く眉を上げた。

弁論大会で発表するのが憂鬱だったのは、みんなの見ている前で壇上で話さないといけないからというのももちろんあったけれど、なにより、わざわざ人前に立ってまで話すべき内容がひとつも思いつかなかったからだ。

私には、話したいことなんて、伝えたいことなんて、なんにもなかった。

でも、今、私の中には、大声で叫びたいくらいに、みんなに伝えたい想いがある。

それを、明日、ぶつけるのだ。

「分かった。期待しておく」

彼が生真面目な顔で頷いたので、おかしくなって私は笑った。

『ちっぽけな私たち　　二年A組　露草なずな

私なんて死んでも世界になんの影響も及ぼさない、ごみくずみたいにちっぽけで無力な存在だから、いつ消えてもいい。

私は昔からずっと、そう思っていました。

あるとき私は、生きるのも疲れるし、死んじゃったほうが楽だなと、ふと思い立って、屋上から飛び降りようとしました。そこに、あるクラスメイトがやって来て、私に小指の話をしてくれました。

小さくて、細くて、弱くて、頼りなくて、役立たずで、あってもなくてもいい存在。そう思っていた小指にも、他の指には代われない役割があって、小指だからこそできることがある、かけがえのない存在なんだと、話してくれました。

私は彼の話を聞いて、どんなにちっぽけでどんなに無力な存在でも、いつか誰かに「いてよかった」と思ってもらえるかもしれない、人生で一度くらいは価値のある人間になれるかもしれない、それならもうちょっと生きてみてもいいかなと思えて、気持ちが楽になりました。

そう思わせてくれたのは、鈴白蓮くんでした。

私の自殺を止めてくれた鈴白くんは、その三日後、自ら命を絶ってしまいました。

鈴白くんがどんな人かと訊かれたら、たぶん彼を知っている人はみんな、「素晴らしい人だ」と答えると思います。

彼は本当に、私が今まで会った中でいちばん優しくて、温かくて、それは誰に対しても同じで、そして努力家で、真面目で、素晴らしい人でした。

みんなにそう思わせるだけの生き方を、彼はしてきたのです。

それなのに、今、鈴白くんについて話すとき、彼が自殺したという一部分だけが取り上げられ、その側面からのみ彼について語られるのが、私はとても悔しいのです。

どうか、彼を「自殺した人」と呼ばないでください。彼を「可哀想」と言わないでください。

彼の最期のあり方で、彼の全人生を規定しないでください。

彼は生きている間、必死に頑張って、色々な経験をして、色々なことを考えて、その優しさと誠実さでたくさんの人を助けて、その心を救って、たくさんの人を笑顔にしてきました。そうやって生きてきた彼の人生を、最後に自殺という選択をしたというだけで、可哀想な人生だと決めつけないでください。

鈴白くんが自ら人生を終えたという一面は、彼のたくさんある側面のひとつに過ぎません。

そしてそれは、他人事じゃない、誰にだって可能性があることだと、私は思います。

きっと誰もが崖っぷちぎりぎりに立って、だましだまし、ごまかしごまかし、生きています。なんとか生きようとしています。

でも、ふとした拍子に、なにげなく空を見上げていて足を踏み外してしまうように、死に引きずり込まれてしまう瞬間が、きっとあるのです。

今も生きている私たちと、死んでしまった人たちの間には、それほど大きな違いはないのだと思います。

ただ、なにかのきっかけがふっと降ってきてしまったかどうか、立ち止まって考え込んでしまう時間が訪れてしまったかどうか、決断し実行する力が瞬間的に湧いてしまったかどうか、だけの違いではないでしょうか。

鈴白くんがその決断をしてしまったことは、とても悲しいし、寂しいけれど、彼が選んだことだから、否定はしません。そんな資格は私にはないと分かっています。

でも、それでも、鈴白くんに伝えたいことがあります。

死なないでほしかった。生きていてほしかった。

そんなに頑張らなくていいんだよ。

逃げてもいいよ。

完璧じゃなくたっていいよ。

諦めないで、逃げないで立ち向かい続けるのは素晴らしいことだけれど、でも、それは、たったひとつの命と引き換えにしてまでやるべきことでは、絶対にないよ。

逃げたっていい、逃げるのは間違いでも恥でもない。私たちが選びうる選択肢のひとつ。

たとえ逃げ道だとしても、その道が、自分を大切にして生きていくための最良の道なら、堂々と選んでいいんだよ。

あなたの手は、誰かを救うためだけじゃなく、自分を救うためでもあるんだよ。

だから、救いを求める手を、迷わず誰かに差し伸べてもいいんだよ。

それを、彼が生きている間に、伝えられたらよかったなあと、心から悔やみます。


鈴白くんは私に、小指にだって存在価値はあると教えてくれたけれど、でも、私は思います。

「存在価値」って、本当にあるんでしょうか。

たとえ親指がなくなっても、人差し指がなくなっても、人は生きていけます。それどころか、手がなくたって、腕がなくたって、生きていけます。

私はずっと、「私が死んでも世界は一ミリも変わらない」と思って卑屈になっていたけれど、「その人が死んだら世界が変わる」ような人なんて、実はいないんだと思います。

どんな有名人でも、どんな人気者でも、どんな大金持ちでも、どんな権力者でも、結局のところ、その人が死んだ瞬間に世界が崩壊するとか、人類が滅亡するとか、地球が爆発するなんてことはない。一部の慕っていた人に嘆かれたり悲しまれたり、一部の嫌っていた人にざまあみろとほくそ笑まれたりしながら、でもそれもほんの一時期だけのことで、だんだん思い出されもしなくなって、忘れられて、記憶から消えていく。

たとえ誰が死んでも、世界はなんだかんだで続いていく。

みんな普通にご飯を食べて、学校や仕事に行って、夜になったら眠って、また朝が来て、次の一日が始まる。そんなこれまで通りの日々が続いていく。

大きな目で見たら、人間なんてみんなみんな、ちっぽけで無力で、いてもいなくても世界に大した影響なんて及ぼさない、些末な存在なんだと思います。

世界中のみんなが、ひとり残らず、どうでもいい存在です。

生きても死んでも、どうでもいい存在です。

だからこそ、私は、自分勝手に、図々しく、生きていこうと思います』

私はそこで言葉を止め、演台に手をつき、大きく息を吸い込んだ。

思い切り、胸の奥の奥まで。

そして、叫んだ。

「――鈴白くんのこと無責任に噂してるやつ！　全員黙れ！　黙れ黙れ黙れ！」

マイクが拾った突然の大声に共鳴して、スピーカーからきいんと鋭い音が鳴り、体育館中に反響した。

「鈴白くんが死んで喜んでるやつ！　くそくらえ!!　バーカバーカバーカ!!」

私は、はあ、はあと肩で息をする。

泣くつもりなんかなかったのに、いつの間にか頬が濡れていた。

お願いだから、と声を絞り出す。

「……お願いだから、もう、鈴白くんを、静かに眠らせてあげてください」

かすれ、震える声をなんとか励まして、はっきりと告げた。

はあっと深く息を吐く。

「……これで私の発表、『ちっぽけな私たち』を終わります。ありがとうございました」

ぽかんとしている生徒たちと、唖然としている先生たち。

体育館中をゆっくりと見回してから、私は深々と頭を下げた。

視界の端に、最前列でじっと聞いてくれていた薊くんが映った。

彼は腕組みをして口元を押さえ、肩を震わせながら笑っていた。

その目に光の膜が張っているのは、見えなかったふりをしてあげよう。

「つっ、露草さん……どうしちゃったの……」

舞台袖で見ていた弁論大会担当の小野先生が、戸惑いと焦りを隠しきれない様子でおろおろと声をかけてきた。背後にいる田代先生も呆然としている。

適当に書いて田代先生にチェックしてもらい、事前に小野先生に提出した原稿とは、まったく違う内容を話したのだから、当然の反応だろう。

「……勝手なことしてすみません」

もしかしたら先生たちが監督不行き届きだとか指導不足だとかで小言を言われるかもしれないと気づき、申し訳なくなって頭を下げた。

「でも、私、どうしても、みんなに伝えたかったんです」

自分はどうなってもいいから、こっぴどく叱られたっていいから、伝えたい。

そんな強い思いを、生まれて初めて抱いた。

「……じゃあ、失礼します」

とはいえ、わざわざ怒られるために大人しく待っている義理はないので、先生たちが油断している隙に私はステージを駆け下り、そのままの勢いで出口に向かった。

「なずなー！」

「よかったよー！」

どこからか、美結と律子の叫ぶ声が聞こえてきた。

私はふはっと噴き出し、振り返る。

「ありがとー‼」

これ以上ないくらいの大声で叫び返して、ぶんぶん手を振りながら、体育館を飛び出した。


あてもなく、激情のまま、世界を駆け抜ける。

階段を勢いよく駆け上がり、屋上に飛び出した。

思いきり息を吸い込み、空を見上げる。

呆れるくらいにいい天気だった。

突き抜けるような透き通った青が、空の全部を染め上げている。

あまりの青さが目に沁みて、涙が止まらない。

私は静かに泣きながら、鈴白くんごめんね、と心の中で囁いた。

ごめんね、鈴白くん。

私たちは、君をここに置いて、先に行くよ。

君が失くした未来を、私たちは歩いていく。

いや、君がこの先で待っているのかな。

それなら、私たちが、みっともなく必死にあがいて生きる姿を、どうか見ていてね。

生き抜くのもなかなか面白そうだな、次は最後まで生きてみるのもいいかなって、君に思ってもらえたらいいな。

そのために、私は、生きるよ。

# 終章　誓い

Even if my prayers go unanswered, I have something to tell you.

目の前にはいつも、たくさんの分かれ道がある。
あの日彼は、自らの手で命を絶つ道を選んだ。
あの日私は、砂時計の時を止める道を選んだ。
選んだ道は正しかったのか間違っていたのか、そんな話をしても意味がない。
あなたはどうしてその道を選んだのか、そんな問いかけをしても意味がない。
だって、選んだ道は、変えられないのだから。
どんなに深く悔やんでも、どんなに強く願っても、過去は変えられないのだから。
選ばなかった道はすでに消え、私たちには、選んだ道しか残されていない。
過ぎた時間は戻らない。
失ったものは返らない。
やり直しはきかない。
だから、私たちは、この道をひたすら進むしかない。
それはなんて残酷なことだろう。

でも、なんて幸福なことだろう。

私たちにはまだ、生きるための命がある。進むための身体がある。

私たちはまだ、生きている。

過去は変えられないけれど、未来は変えられる。

これからの生き方は変えられる。

絶望に打ちひしがれ、悲しみに涙を流し、消せない後悔を抱えながら、私たちはただひたすら、生きていく。

終わりを迎える、その日まで。

## あとがき

このたびは、数ある書籍の中から『たとえ祈りが届かなくても君に伝えたいことがあるんだ』を手に取ってくださり、誠にありがとうございます。

どうしても書きたかった物語を、やっと形にすることができた、という思いで今、心から安堵しています。構想から二年以上、執筆だけでも一年近くという、私の中ではこれまでで最大の時間をかけ、気力と体力を振り絞って、なんとか書き上げることができました。

今の私が、今の世の中に、今を生きる皆様に届けたいメッセージの全てを詰め込むことができたかなと思います。

自分の命を大切に思えない人へ、大切な人を失って途方に暮れている人へ、どうしても贈りたかった物語です。

あのときああしていれば、こうしていれば。あんなことをしなければ。

あのときどうしてあんなことを言ってしまったんだろう、どうしてああ言ってあげられなかったんだろう。

やるべきだったのにできなかったこと、やってはいけなかったのにしてしまったこと。

そういう後悔を、誰もが心の中にひっそりと抱えていると思います。
もしもその相手が、もう二度と会えない人だったら、その後悔を自分の中から消し去ったり軽減したりすることは難しく、むしろ会えないからこそどんどん大きく、色濃くなっていってしまうこともあるでしょう。

私事ですが、父を早くに亡くしました。病気が分かってから半年、あっという間でした。そのとき私はまだ学生で、できることは少なかったのですが、そのときの私にできる限りのことをしたと思います。ですが、それでも、後悔は残っています。もっと一緒にいる時間を作れていたら、きっとずいぶん前から父の身体を蝕んでいたはずの病気にもっと早く気づいてあげられたんじゃないか。こんなに早く亡くなってしまうなら、休学してでも傍にいて看病をすればよかったんじゃないか。そう思わずにはいられなくて、考えても仕方のないことばかり考えてしまい、十年以上経った今でも、ときどき当時のことをふと思い出しては、やるせない気持ちになります。

私はこの『たとえ祈りが届かなくても君に伝えたいことがあるんだ』という物語を、誰かに「残されてしまった人」のために書きました。

誰かの死にとらわれ、いつまでも前を向けずにいる方が、世の中にはたくさんおられると思います。家族や親類、友人や先輩・後輩、直接の知人でなくとも憧れ(あこが)れの人や応援していた有名人、そのような大切な誰かを、自分の知らないところで、なすすべもなく失ってしまい、絶望と無力感に打ちひしがれている、そんな誰かの気持ちを、少しでもやわらげ、あたたかい光で包むことができたら幸いです。

最後に、誰かを「残してしまうかもしれない人」へ。

死なないで、とは言いません。言えません。その言葉には、残念ながらそれほど力がないと、自分なりに分かっているつもりです。

でも、この物語が、残された人々が抱くかもしれない気持ちに少しでも思いを馳せるきっかけになれたら。その上で思いとどまるか、それでも決行するかは、自分が天秤にかけて自分が決めることだと思います。

綺麗事だと重々承知の上で、ただただ私は、ひとりでも多くの人が、悲しい決断をせずにすむことを祈るばかりです。

汐見夏衛

本書は書き下ろしです。

たとえ祈りが届かなくても君に伝えたいことがあるんだ

2023年3月28日　初版発行
2024年9月10日　6版発行

著者／汐見夏衛

発行者／山下直久

発行／株式会社KADOKAWA
〒102-8177　東京都千代田区富士見2-13-3
電話 0570-002-301（ナビダイヤル）

印刷所／旭印刷株式会社

製本所／本間製本株式会社



●お問い合わせ
https://www.kadokawa.co.jp/（「お問い合わせ」へお進みください）
※内容によっては、お答えできない場合があります。
※サポートは日本国内のみとさせていただきます。
※Japanese text only

定価はカバーに表示してあります。


ISBN 978-4-04-112071-2　C0093